Johannes Heidrich

DIE

TODESAKTEN

-The death files-

BoD™
BOOKS on DEMAND

Über den Autor

Johannes Heidrich lebt
in Baden Württemberg

Mit dem Thriller **-Die Todesakten-** setzt er seinen
eigenen Meilenstein und beschreibt den emotionalen,
explosiven Weg der Diskrepanz unserer eigenen
Gedanken und Gefühle

In dem Thriller

DIE

TODESAKTEN

taucht der Leser in eine Geschichte ab die sowohl
Tiefgang als auch Nervenkitzel besitzt.

Johannes Heidrich

DIE

TODESAKTEN

-The death files-

Bibliografische Information der Deutschen Nationalbibliothek:
Die Deutsche Nationalbibliothek verzeichnet diese Publikation in der Deutschen Nationalbibliografie; detaillierte bibliografische Daten sind im Internet über http://dnb.dnb.de abrufbar.

Dieses Buch ist auch als E-Book erhältlich
Herstellung und Verlag: BoD – Books on Demand, Norderstedt

Herstellung und Verlag: BoD – Books on Demand, Norderstedt

ISBN: 978-3-7460-2998-6

Unverhofft

Es gab nicht viel in dem Brief zu lesen, den Ethan Dale von einem Notar erhalten hatte. Er glich in seiner einsilbigen und sachlichen Ausführung eher einer kurzen Mitteilung, als einem wichtigen Dokument. Er hatte eine Erbschaft gemacht, so viel stand fest. Für ihn klang dies seltsam. Er und erben? Der Notar, ein gewisser Mr Magglow, hatte ohne seine Anwesenheit abzuwarten alles vorbereitet. Ethan Dale las den Namen, der unter dem mit Feder und Tinte geschriebenen Wort – **TESTAMENT** – stand. Es war der Name seines verstorbenen Onkels Christoper Tracy.

Ethan Dale kannte die mit Füllfederhalter vermerkte Anschrift aus seiner Jugend.

Es war die Adresse seines Onkels Christoper aus Natchez Mississippi, einem angesehenen Richter seines Countys, dem ein Haus in der Madison St gehörte. Kurze Zeit später hielt er ein zweites beiliegendes Briefkuvert in seiner Hand. Nach dem Öffnen überflog er dessen Inhalt, ohne den Wortlaut genauer zu lesen.

Eine Liste, sowie ein abgegriffener Schlüssel an einem goldenen Halskettchen lagen dem Anschreiben bei.

Aber wieso sollte ausgerechnet er eine Erbschaft erhalten?

Eine Visitenkarte des Notars und eine bebilderte Broschüre eines dort ansässigen Immobilienmaklers, inklusive eines Angebotes für die vererbte Immobilie seines Onkels, lagen ebenfalls in dem tristen braunen Umschlag, den er erhalten hatte. Es sollte ein kurzer Besuch werden, so schien es der Notar anzudeuten. Nichts Persönliches war in dem kurz gehaltenen Anschreiben erwähnt worden. Alles andere, so konnte er lesen, würde sich im Inneren des Hauses automatisch ergeben.

Was auch immer damit gemeint war.

Vermutlich erhoffte sich der Notar eine schnelle Abwicklung, zumal Ethan Dale nicht gerade um die Ecke wohnte. Ethan schüttelte verständnislos mit dem Kopf.

Er hatte sich entschieden, zumindest ein letztes Mal das Haus seines Onkels in den Südstaaten in Augenschein zu nehmen, bevor er über einen Verkauf des Anwesens nachdachte.

———

Tage danach, rollte langsam sein Wagen die Madison St entlang, direkt auf das beeindruckende Haupthaus mit der Nummer 676 zu. Es schien in einem besseren Zustand zu sein, als er erwartet hatte.

Ethan stieg aus dem Auto und sah sich um.

Nach einigen Yards erreichte er, die mit Blättern bedeckten Stufen, die zur offenen, holzverkleideten Veranda des Hauses führten. Während er kurz innehielt, spürte er die Aura des ehrwürdigen Südstaatenhauses. Gegenwärtig schien es ihm, wie wenn hier das ganze Anwesen in einer großen Zeitblase gefangen war, in der anders als üblich, die Zeit sich nicht zu bewegen schien. Der alte Schaukelstuhl von seinem Onkel stand immer noch auf seinem angestammten Platz neben dem kleinen Holztischchen in der Ecke und bewegte sich im leichten Wind hin und her.

Ein erster Blick in den großzügig angelegten Garten, ließ Kindheitserinnerungen in ihm aufflackern. Unheimlich wirkte da die schon in die Jahre gekommene Kinderschaukel im Garten. Die nur noch von einer einzelnen Schlaufe gehalten, mit einem leisen, metallischen Krächzen im Wind hin und her baumelte.

Trotz der angenehmen Nachmittagstemperaturen

überkam ihn ein Gefühl von eisiger Kälte. Gedächtnismomente schienen ihn festzuhalten. Die Erinnerung an seine Ferien katapultierte seine Sinne für einen Moment zurück in seine Kindheit.

Damals hatte er hier eine Krähe zu Tode gequält und sie, aus Angst entdeckt zu werden, hinter den Akazien vergraben.

Verstohlen sah er in die Richtung des Akazienhaines. Für Sekunden schien alles total leise und surreal auf ihn zu wirken. Er schüttelte sich und schob sich die Kapuze seines Shirts über den Kopf.

Er sah in das ihm zugestellte Briefkuvert und suchte nach dem Türschlüssel. Seine Hand ergriff den alten, aber kunstvoll gefertigten Schlüssel, steckte ihn ins Schloss und öffnete die Türe.

Wie viele Jahre waren seit seinem letzten Besuch vergangen? Fünfzehn oder zwanzig Jahre?

Während er durch den wuchtigen Türrahmen ins Innere trat und in Richtung Empfangshalle ging, stieg ihm der Geruch von modrigem Holz in die Nase. Die riesige Halle wirkte auf ihn wie eine Szene in einem Gruselfilm. Verhüllte Spiegel, zugedeckte Möbelstücke, selbst Lampen und Bilder waren mit weißen Tüchern verhängt worden, um zumindest sie vor Staub und Schmutz zu schützen. Nur ein Porträt von Onkel Christoper war nicht abgedeckt worden. Ethan sah, während er zur Mitte der Eingangshalle schritt, zum Bild seines Verwandten hoch.

Lächelnd, mit seinem Krückstock in der Hand saß Onkel Christoper auf einem rustikalen Sessel in seiner Richterrobe, die Beine übereinandergeschlagen und grinste seinen Betrachter an. Ethan trat näher vor den Kamin und bemerkte aus dem Augenwinkel heraus, zu seiner Linken einen massiven Schreibtisch. Er ließ von seinem Vorhaben ab, das Bild seines Onkels genauer zu betrachten und schritt auf einen nicht mit Tüchern bedeckten Tisch zu. In der Mitte lag auf einem schneeweißen, mit Rüschen versehenen Taschentuch, ein etwas angestaubter roter Briefumschlag der seinen Namen trug. Links daneben lag in einer kleinen geöffneten Schatulle eine goldene feingliedrige Halskette mit einem filigran gearbeiteten Schlüssel. Rechts davon, auf einer kleinen Galerie stand ein alter Pappkarton.

Beschriftet mit Namen und Jahreszahlen stand er auf Ethans Augenhöhe. Gerade als er mit seinen Händen nach dem Deckel griff, sah er etwas, das hinter alldem ein System vermuten ließ. Eine kleine Eins war rechts unten auf dem Brief notiert und mit einem dicken Kreis umrandet.

Sein verstorbener Onkel hatte dies wohl als Hinweis angedacht.

Ruhig, ohne dass man es ihm befahl, gehorchte er dem stillen Wunsch seines Onkels und öffnete den Briefumschlag.

Er überflog den zweiseitigen Inhalt, schob den Brief in die Innentasche seiner Jacke, schnappte sich den Schlüssel aus der Schatulle und ergriff den Pappkarton, ohne ihn zu öffnen, an den seitlich eingelassenen Aussparungen.

»Die Kellertüre, wo ist die verdammte Kellertüre?«, zischte er leise vor sich hin. Den Karton auf Brusthöhe versuchte er sich zurechtfinden. *Links oder rechts?* Seine Erinnerung führte ihn nach links. Er durchschritt mit dem Schlüssel in der Hand und dem Pappkarton vor seiner Brust, zielstrebig die hohen Räumlichkeiten.

Das Billardzimmer, die Bibliothek und den riesigen Salon ließ er schnell hinter sich. Die Küche! Er suchte die Küche.

Hier in der Nähe der Küche musste doch irgendwo der Zugang zum Keller sein?

Endlich, noch während er durch die Speisekammer lief, zeigte ihm ein kleines Schild den Weg nach unten.

-Keller - Privat - kein Zutritt- stand mit roter Schrift aufgepinselt auf einem kleinen Holzschild.

Wie oft schon war er damals diesen Stufen gefolgt?

Mit dem Ellenbogen betätigte er den Lichtschalter und folgte der hölzernen Treppe in die Tiefe. Von seinem Gefühl her schienen die Treppenstufen, heute wie damals, endlos zu sein. Unten angekommen waren es noch wenige Schritte bis zur mächtig trotzenden Kellertür. Langsam setzte er beflissen den Karton vor der Tür auf dem Boden ab. Mit seinen Händen strich er über das Holz und folgte mit seinen Fingern den kalten Beschlägen. Wie oft hatte er sich als Kind gewünscht, diesen Raum betreten zu können? Nicht einmal seine Eltern durften hier hinein. Für diese Tür gab es nur einen Schlüssel. Er sah in seine Handfläche. Diesen Schlüssel.

Diesen Schlüssel trug sein Onkel immer um seinen Hals. Was hatte es überhaupt mit so einem kleinen Stück Eisen auf sich? Welches Geheimnis bewahrte es vor fremden Augen? Ein Goldschatz vielleicht?

Ethan versuchte sich zu erinnern.

Karton abstellen, aufschließen und Anweisungen folgen.

Zitternd führte Ethan den Schlüssel in das Schloss. Er drehte ihn nach links und drückte auf den Türgriff. Er schnappte den Karton vom Boden und schob ahnungslos die schwere Holztür auf.

Knarrend öffnete sie sich.

Es war stockdunkel, nichts war zu sehen. Ethan machte einen Schritt zurück. *Wusste ich es doch,* schmunzelte er in sich hinein. Der Lichtschalter befand sich außerhalb an der Wand.

Noch einmal benötigte er seinen Ellenbogen, um ihn zu betätigen. Akten und Bücher standen penibel genau in den Regalen an der Wand. In der Mitte des Raumes, vor einem Eichentisch mit seltsamen kleinen Schubladen, stand ein eleganter Stuhl. Enttäuscht stellte er den Karton nahezu widerwillig auf der Schreibtischfläche ab. Nichts war es mit einem Goldschatz, auf den er sich so sehr gefreut hatte. Er sah sich in dem Arbeitszimmer um. Verbarg das Zimmer etwas vor seinem Blick, das ihm nicht ins Auge fiel?

Frustriert ging er auf das Bücherregal am Ende des Raumes zu, während er linker Hand, eine unscheinbare schwarze Tür erblickte.

Ethan dachte nach.

Lag hinter dieser Tür etwas, das ihn zu einem reichen Mann machen würde?

Auf Augenhöhe las er die kleine, angebrachte Aufschrift. Sie machte ihn neugierig. Er las es noch einmal. **GERICHTSSAAL** stand in Großbuchstaben auf dem befestigten Türschild aus Messing.

Sollte Onkel Christoper etwa seine eigenen Fälle vorher durchgespielt haben?

Ethan zuckte ungläubig mit den Schultern. So sonderbar hatte er den älteren Herrn nicht in seiner Erinnerung. Mutig drückte er die Türklinke nach unten, öffnete die Türe und musste schlucken. Er hatte alles Mögliche vermutet, aber was er hier sah überstieg seine Vorstellungskraft.

Ein Seziertisch und ein Verhörstuhl standen am Ende des Raumes. Messer und Folterinstrumente aus verschiedenen Zeitepochen hingen wie Ausstellungs-stücke an der Wand. Sägen, Hämmer und Reißwerk-zeuge, Mikroskope und Regale mit gut sichtbar deklarierten Giftarten waren zu erkennen. Eimer und ein kleiner Luftkompressor standen auf dem Fliesenboden. Infusionsschläuche und medizinische Geräte waren ebenso vorhanden. Auch eine selbst gebaute alte Streckbank hatte jemand fachmännisch mit einer Guillotine kombiniert. An deren oberen Ende sah man den blanken Stahl im fahlen Deckenlicht blitzen. Ein Pfahl, der eher einem mächtigen Baum glich, stand inmitten des geschätzten 150 m² großen Raumes. Daran war ein riesiges hölzernes Schild mit der Aufschrift angebracht:

Die letzte schmerzliche Wahrheit ist keine Lüge

Ethan ging auf eine groß angelegte Werkbank zu. Sein Blick wanderte nach unten, sofort fiel ihm eine Vielzahl kleiner und großer Schubladen ins Auge. Zögerlich griff er nach dem Auszugshenkel einer dieser Schubladen. Vorsichtig zog er sie auf. Ihm stockte der Atem und sein Pulsschlag wurde merklich schneller. Seine Gesichtszüge verwandelten sich von einer Sekunde zur Anderen. Ein kleines schelmisches Grinsen huschte über sein Gesicht, während er das darin Aufbewahrte in den beiden Schubladen betrachtete.

Er griff zögerlich nach dessen Inhalt. Das Metall fühlte sich kalt an. Er hielt eine der unzähligen Schusswaffen in seinen Händen, die in den Schubladen verstaut waren. halbautomatische Handfeuerwaffen, Pistolen und Revolver, Munitionsmagazine. Selbst eine Maschinenpistole, sowie eine handliche Schnellfeuerwaffe mit der umgangssprachlichen Bezeichnung MP9, lag eingeölt, in einem separaten Fach. Waffen für jede Art der Verteidigung, befanden sich in jeder der Schubladen. Laserwaffen der neusten Bauart, ebenso wie Messer, Hieb- und Stichwaffen, sogar eine penibel zusammengerollte Drahtschlinge mit zwei Holzgriffen, die wohl zum Erdrosseln von Feinden gedacht war, fiel Ethan ins Auge.

Hatte Onkel Tracy Feinde?

Stocksteif sah Ethan sich um und verließ mit langsamen Rückwärtsschritten den Raum. Es war schockierend, dies alles schien abartig pervers und für ihn doppelsinnig zu sein. Unbeschreiblich hässlich und irgendwie faszinierend. Jetzt erst erblickte er auf dem Schreibtisch ein unscheinbares, kleines Blatt Papier. Aufmerksam las er die handgeschriebenen Worte. Dann erst öffnete er den Deckel des mitgebrachten Pappkartons.

Nichts darin weckte seine Neugier.

Nur ein dicker Ordner und verstaubten Akten, worauf jemand mit roter Farbe und rechteckigem Stempel ein:

-unerledigt- aufgedruckt hatte, befanden sich in ihm.

Neben verstaubten Gerichtsakten lagen dort, liebevoll mit einer roten Schleife versehen, seine alten, seit langem verschwundenen Kindertagebücher.

Er hob alles aus der Kiste heraus, setzte sich auf den bequemen Ledersessel am Schreibtisch und begann die Papiere von Staub zu befreien, bevor er den ersten Briefumschlag öffnete, der oben an seinen Kindertagebüchern mit einer Büroklammer befestigt war. Erwartungsvoll begann er den Brief zu lesen.

Lieber Ethan,

Wie du dich sicherlich erinnerst, warst du in deiner Jugendzeit gelegentlich mit deinen Eltern bei mir. Zwei Jahre davon waren die schrecklichsten im Leben deiner Mutter.

Weshalb?

Du hattest dich verändert.

Als sie mit dir nicht weiter wusste, bat sie mich um Rat. Du bist ab und zu wie in Trance mit funkelnd bösen Augen auf deine Mom losgegangen. Du hast damals kleine Tiere misshandelt und anderen Menschen wehgetan. Ich wollte dies alles nicht glauben, aber das Schicksal und die Zeit zeigte uns dein wahres Gesicht.

Eines Tages, ich war zufällig auf einem Kongress in eurer Nähe, besuchte ich euch. Ich glaube, es war Mai und du warst gerade zehn geworden. Da passierten nach Meinung deiner Mutter, mit dir täglich unglaubliche Ding. So auch dieser Zwischenfall den ich miterleben durfte.

Wir nutzten meinen Besuch, um mit euch Kindern in den Park zu gehen. Deine Mom und ich unterhielten uns, während du und deine Schwester sich mit euren Spielsachen beschäftigten. Du blicktest desinteressiert zu einem unweit gelegenen Rasenstück, auf dem mehrere Kinder sich aufhielten.

Ein kleines Mädchen wurde von ihrem größeren Bruder im Park geohrfeigt. Man hörte ihren kurzen Aufschrei, sowie das Weinen bis zu uns herüber. Keine große Sache, denke ich, so was kommt unter Geschwistern immer mal vor. Aber was dann kam....

Ich kann es beschwören, was dann geschah war unheimlich. Schließlich beobachten wir, wie du dich wortlos von deinem Platz aus erhoben hattest und auf die gegenüberliegende Wiese zugingst. Wir riefen dich zurück, aber du reagiertest nicht und bist weiter in die Richtung der spielenden und streitenden Kinder gelaufen. Mechanisch hast du dir einen herumliegenden Ast gegriffen und damit wortlos, immer und immer wieder, auf den Jungen eingeschlagen, der seine kleine Schwester geohrfeigt hatte.. Wir eilten zu dir. Und während wir dich von dem Jungen wegzerrten, führtest du noch immer unkontrollierte Schlagbewegungen aus, die ins Leere führten.

Deine Mutter musste dich kurz danach in eine psychiatrische Anstalt einweisen lassen. Du hattest danach zwei Jahre lang eine Einzeltherapie.

Irgendwann durftest du in den offenen Bereich der Anstalt und mit 15 Jahren endlich nach Hause. War es damals dein eigener Gerechtigkeitssinn der dich steuerte, oder bist du der Psychopath, für den dich alle hielten? Deine Eltern verstarben während dieser furchtbaren Zeit und deine kleine Schwester kam zu Adoptiveltern.

Du wurdest erwachsen, und wie deine Anfälle gekommen waren, sind auch wieder verschwunden. Für wie lange? Wenn du in der Kiste greifst, die jetzt vor dir liegt, wirst du etliches darüber finden. Deine Krankenakte und - was mir noch wichtiger scheint - deine eigenen Kindertagebücher aus dieser Zeit, in denen du viel über deine Schwester und deine Mutter niedergeschrieben hattest. Deine Ängste und Wut hattest du mit Kohlestiftbildern illustriert. Siehe es dir selbst an.

Aber bedenke, wenn du sie liest, wirst du dich entweder besser verstehen, oder wieder deinen Dämon in dir freilassen. Entscheide du für dich.

Bist du ein kranker Psychopath oder hast du einen feineren Gerechtigkeitssinn als andere Menschen? Was, oder wer bist du, eine Mixtur aus allem, eine teuflische Gerechtigkeit? Die entscheidende Frage, die du dir bestimmt oft genug selbst gestellt hast, ist doch die: Wer und was bin ich wirklich?

Mein Junge, mehr kann ich dir nicht auf den Weg in deine eigene Zukunft mitgeben. Geld, Vermögen, ein Haus und deine eigene Vergangenheit. Tue das Richtige.

Dein Onkel

Christoper Tracy

Blue Rock Station

Endlich wurde es wieder Sommer in dem kleinen verschlafenen Städtchen Blue Rock Hill in South Carolina. Nicht das Julianne Peaches-Shappert etwas gegen Schnee hätte. Ganz im Gegenteil. Sie kam eigentlich aus Massachusetts und da musste man immer zur Winterzeit mit Schnee rechnen und zudem kam sie in den verschneiten Novembertagen, an denen man das Haus nicht verlassen sollte, gut mit ihrem eigenen Manuskript voran. Sie grinste jedes Mal wenn sie sich vorstellte, wie sich die Leser ihrer Krimis mit dem Gedanken nach mehr, nach einer Fortsetzung ihrer Krimireihe sehnten.

Und wenn ihr Adoptivbruder Dylan, der wie ein leiblicher Bruder für sie war, sie bei seinen täglichen Besuchen in den Wintermonaten zu mehr Abwechslung herausforderte, kamen ihr die besten Ideen für ihre Kriminalromane in den Kopf.

Ihre Adoptiveltern waren in ihrer frühsten Jugend schnell ihre eigene Familie geworden. Sie hatte Psychologie studiert und kam beruflich gut voran. Einen Posten beim FBI schlug sie nach einem Eignungstest und einer kurzen Probezeit aus.

Sie wollte Menschen helfen. Sie hatte sich nicht weitergebildet, um bei einer Polizeibehörde zu landen. Sie traf damals für sich die richtige Entscheidung und fand unweit ihres Wohnortes einen Job in der Psychiatrie eines Krankenhauses, der sie ausfüllte und forderte. Mit ihrem aufgeschlossenem Wesen und einem offenem Ohr für jeden hatte sie in der Klinik und außerhalb ihres Wirkungsbereiches viele Freunde gefunden. Und nicht zu vergessen, das befreundete Ehepaar Lessly und Frederick Parker vom Nachbarhaus, die oft gemeinsam an den Wochenenden, mit ihrem zehnjährigen Sohn Zac herüberkamen. Somit war für Ausgelassenheit und Abwechslung in ihrer Freizeit gesorgt.

Julianne nutzte diese Zeit, ihre Seele mit dieser Wärme aufzutanken. Aber jetzt, bei den ersten Sonnenstrahlen empfand sie die sommerliche Wärme als besonders wohltuend. Joggen war angesagt.

Dabei bekam sie ihren Kopf frei. Den Kopfhörer mit fetziger Musik vom Handy auf den Ohren, lief sie oft stundenlang am frühen Morgen kreuz und quer durch ihr Wohngebiet und den angrenzenden Wald.

Heute war es anders. Ihre Lektorin Dorothee Paris hatte sie den ganzen Morgen wegen einiger Wortfehler und Satzstellungen an ihrem Manuskript, notgedrungen von ihrer geplanten Tätigkeit, dem Joggen, abgehalten.

Julianne kam spät los, noch bevor sie ihre neuen Joggingschuhe anzog, sah sie auf die Uhr. Mist, elf Uhr, ärgerte sie sich.

Draußen wurde es unerwartet warm und so entschloss sie sich, nur eine kleine Runde zu drehen.

Nach einem circa zweistündigen Lauf kam sie auf ihrem Rückweg am Nachbarhaus vorbei und winkte Lessly zu, die hinter ihrem Küchenfenster stand.

Außer Atem nahm sie einen kleinen Schluck aus ihrer Wasserflasche, während sie an der Eingangstür ihres schmucken Blockhauses ankam. Julianne versuchte ihre Atemfrequenz auf normal zu senken und führte auf ihrer kleinen Veranda Atem- und Stretching- Übungen aus.

Die Tür am Nachbarhaus ging auf und Lessly sah zu ihr herüber, um kurz darauf wieder im Inneren des Hauses zu verschwinden. Sekunden später kam sie mit einem dicken wuchtig wirkenden Briefumschlag zurück, der eher einem Päckchen glich.

»He du Sportskanone, du hast einen dicken Umschlag bekommen. Der Kurier hat dich nicht angetroffen und es bei mir abgegeben. Bekommst du dein eigenes Kopierpapier durch einen Boten?«, wollte Lessly neugierig wissen.

»Fühlt sich zumindest an wie eine Packung Kopierpapier«, begann sie zu scherzen, als sie Julianne den dicken Umschlag überreichte.

Julianne drehte den Umschlag hin und her.

»Es steht kein Absender drauf. Aber an deiner Vermutung kann was Wahres dran sein Lessly. Ich habe letztes Jahr einige Manuskripte verschickt. Vielleicht schickt jemand das Altpapier neuerdings zurück«, dabei lächelte sie genervt.

»Wenn du Lust hast, komm nach dem Duschen zum Kaffee rüber. Ich würde mich freuen und Zac natürlich auch.«

»Wenn ich fertig bin komme ich rüber zu dir, ok?«

Lessly nickte und ging zurück ins Haus. Julianne verschwand ebenfalls durch die Tür ins Innere ihres Blockhauses. Sie warf den prallen Briefumschlag auf das kleine Tischchen neben dem Sofa und ging unter die Dusche.

Eine Stunde später klopfte sie an Lesslys Tür.

Mit einem: »Hallo Tante Peaches, Mama telefoniert mit Dad«, wurde sie von Lesslys Sohn Zac freudig begrüßt. Zärtlich strich sie dem Dreikäsehoch über den Kopf, während sie an ihm vorbei in Richtung Küche ging.

Eben legte Lessly das Telefon auf die Ladestation zurück, als Julianne ihr von hinten auf die Schulter tippte.

»Hallo Lessly, ich bin da!«

Total erschrocken drehte sich ihre Freundin zu ihr um.

»Verdammt Juli, du sollst mich nicht erschrecken«, fuhr sie ihre beste Freundin barsch an.

»He Lessly, bleib locker. Du bist total angespannt. Was ist los? Stimmt etwas nicht mit deinem Mann, oder weshalb überreagierst du so? Ist was passiert?«

Julianne strich ihrer Freundin tröstend über die Schulter.

»Nichts Wichtiges Juli, Frederick geht es gut. Nur...«, druckste sie herum.

»Ich bin eben nun mal ein Angsthase. Drei Straßen weiter haben sie gestern Nacht eingebrochen und eine alte Dame überfallen. Und wir sind hier mitten in der Pampa. Hier gibt es kaum Häuser und den Wald am Ende der Straße, mehr nicht. Wir beide wohnen am Arsch der Welt. Wenn da etwas passiert, wo dann?«

Julianne sah sie an.

»Na dann kommst du zu mir. Und wir werden demjenigen, der sich in unsere Häuser wagt gemeinsam einheizen. Und wenn das nicht reicht, hole ich meine Waffe aus der Schublade und wir regeln das persönlich.«

Lessly sah ihre Freundin entgeistert an.

»Du besitzt eine Waffe? Mein Gott Juli, woher hast du die? Hast du einen Waffenschein?«

»Ja klar habe ich den. Und so oft ich kann, gehe ich mit meinem Brüderchen auf den Schießstand.«

»Du gehst mit Dylan zum Schießen?«, fragte Lessly nochmals verwundert.

»Ich habe nur ein Pfefferspray in der Handtasche und Fredericks alten Baseballschläger unterm Bett. Eine Waffe im Haus geht schon mal wegen dem Kleinen nicht, verstehst du?«

Julianne nickte verständnisvoll.

»Na das reicht ja auch für den Notfall. Aber denke nicht an solche Dinge. Bei uns passiert so was nicht. Wolltest du uns nicht einen Kaffee machen?«, versuchte sie so ihre Freundin auf andere Gedanken zu bringen.

»Stimmt«, erinnerte sich Lessly.

»Bringst du bitte das Geschirr aus dem Schrank? Oben links stehen die flachen Teller. Ich habe auch was gebacken. Schmeckt dir garantiert.«

Die beiden Freundinnen grinsten sich an.

Erst nachdem Frederick in der Hofeinfahrt hupte, bemerkten die Ladys wie spät es geworden war. Beide sahen auf die große Küchenuhr, die über dem Kühlschrank hing.

»Mein Gott, wie die Zeit verging. Sechs Uhr«, äußerte sich Lessly völlig überrascht.

Julianne nickte und verabredet sich noch kurz mit ihrer Nachbarin für morgen früh zum Joggen, ehe sie aus der Türe verschwand.

Julianne winkte noch Frederick zu, der aus dem Auto gestiegen war, bevor sie über den Rasen zu ihrem Haus lief.

Es stand später noch der Anruf ihres Adoptivbruders Dylan an, der sich wie nahezu jeden zweiten Abend, um neun Uhr, aus seiner Schicht bei ihr melden würde. Beide hatten ein inniges Verhältnis zueinander.

Julianne machte es sich auf dem Sofa bequem. Sie wollte noch ihre Abendlektüre, ihr eigenes Manuskript, nach dem Dorothee ständig fragte, leicht überarbeiten. In diesem Moment klingelte ihr Telefon.

»Peaches-Shappert«, meldete sie sich, nachdem sie die grüne Taste am Telefon gedrückt hatte. Es war Dylan. Sofort begann Julianne zu lächeln.

»Na, was macht unser Flughafen, steht noch alles?«, scherzte sie.

»Wie, du musst länger arbeiten wegen Joseph?«

Gespannt lauschte sie seiner Begründung.

»Ach Dylan, jetzt habe ich mich gefreut, dass du vorbeikommst. Du hast dich jetzt eine ganze Woche nicht blicken lassen. Dass die Kids von deinem Kollegen Masern haben, und Joseph den alleinerziehenden Vater mimt und zuhause bleibt, dafür kann ich nichts«, kam es wie ein kleiner Protest in ihr hoch.

Sichtlich enttäuscht zog sie eine leichte Schnute.

»Naja, ich habe ja noch die Glotze und mein halb fertiges Manuskript. Dann mache ich mich da noch ran, hatte ich sowieso vor«, täuschte sie ihren Missmut über das Nichterscheinen ihres Bruders vor.

»Na dann Dylan, wir hören uns morgen, ok? Ich wünsche dir zumindest einen stressfreien Abend und eine wundervolle Nacht.«

Als sie sich von ihrem Sofa erhob und sich umsah, kam ihr nur ein Gedanke.

Wo zum Teufel ist mein Manuskript? Hatte ich es gestern bei der Arbeit im Diner mit, um Fehler auszubessern? Oder liegt es oben im Schlafzimmer?

Angeödet durch die Aussage ihres Bruders schlenderte sie auf der Suche nach ihrem Manuskript durch alle Räume, auch das Schlafzimmer durchsuchte sie nach ihrem kleinen flachen Ordner. Nichts war von den Papieren zu sehen. Sie hatte keine Kopie. Hier war sie altmodisch. Zuerst wurden die Notizen aufs Papier geschrieben, danach kommen sie auf den PC.

Das war ihre Arbeitsweise. Sie hielt inne, um zu überlegen.

»Die Tasche. Meine Handtasche, da muss es drin sein. Wo ist meine verdammte Handtasche?«, murmelte sie. Nochmals machte sie einen Rundgang bis sie in der

Küche, auf dem Stuhl ihre schwarze Handtasche entdeckte. Zweimal war sie daran vorbeigelaufen.

Jetzt öffnete sie den Reißverschluss mit einem lauten Ritsch.

Da war er, ihr kleiner Ordner. Sie griff sich das Manuskript und ein kleines rotes Schreibmäppchen. Zurück auf dem Weg ins Wohnzimmer sah sie sich nochmals um. Dabei fiel ihr der Briefumschlag auf, den Lessly ihr gegeben hatte.

Keine Sekunde später viel ihr das eigentliche Vorhaben wieder ein, sich um ihr aktuelles Werk zu kümmern.

Mit dem Ordner in den Händen setzte sie sich auf die Couch, nippte an ihrem Kaffee und blätterte in ihren Aufzeichnungen.

Nachdem sie die gesuchte Stelle gefunden hatte, die ihr im Kopf herumschwirrte, konnte man sofort ihre Erleichterung spüren. Zufrieden begann sie in dem Wirrwarr von Zeichen und Randbemerkungen, mit Radiergummi und Bleistift bewaffnet, Veränderungen vorzunehmen. Ihre Lektorin Dorothee nervte sie seit Tagen mit der Abgabe ihres neuen Krimis.

»Zaubern gehört nicht zu meinen Stärken«, bemerkte Julianne.

Gut Ding will Weile haben, sagt da ein altes Sprichwort. Damit hielt sie Dorothee auf Distanz. Aber auch sie musste Abgabetermine einhalten. Somit blieb ihr keine Wahl. Sie musste das Manuskript fertigbekommen. Und ein Buch zu schreiben, Charaktere zum Leben erwecken, lag der smarten Psychologin. Sie ging ganz in der Materie der Crime Investigation des Handlungsstoffes auf. Sie litt und kämpfte mit jedem ihrer Helden und Ermittler. Wobei nie sicher war wer am Ende der Story sich als Guter oder Böser entpuppen sollte. Aber genau dies faszinierte die Leser ihrer Bücher.

Genervt über die aufkommende Dunkelheit stand sie nach geraumer Zeit von ihrer kuscheligen Couch auf. Sie knipste die Stehlampe an, betätigte den Lichtschalter für den Leuchter über dem Esstisch, bevor ihr wieder das kleine Briefpaket auf dem Flurtisch ins Auge fiel. Mit dem Bleistift in der Hand packte sie jetzt die Neugierde.

Wer hatte ihr eines ihrer Manuskripte nach dieser langen Zeit zurückgesendet? War es noch eines vom letzten Jahr? Julianne konnte sich nicht erinnern. Alle von ihr verfassten Bücher waren schon seit einem Jahr gedruckt und im Umlauf. Und ihre Lektorin Dorothee war die Einzige, die von ihrem neuen Buchvorhaben wusste. Sie nahm den Bleistift in den Mund, griff nach dem Umschlag und fühlte mit ihren Fingern nach dem Inhalt. »Zweifellos Papier«, stellte sie beruhigt fest. Sie drehte und wendete es.

Kein Absender.

Zögernd kam ihr ein absurder Gedanke in den Sinn. Vorsichtig legte sie das Ganze zurück.

War es eine Briefbombe von einem enttäuschten Fan?

Sollte sie Sheriff O´Neil anrufen? Verunsichert begutachtete sie den Umschlag.

Eine Briefbombe, scherzte sie gedanklich wieder mit sich selbst. *Wer würde mir eine Briefbombe schicken? Ich bin der liebste Mensch auf dieser Welt und habe niemandem was getan.*

Nochmals sah sie das fremdartige Etwas an.

Na, bis jetzt ist nichts passiert, dann wird auch nichts passieren, wenn ich das Kuvert öffne.

Der Umschlag war wie bei einem Briefumschlag üblich, mit Spucke verklebt worden. Kein zusätzlicher Klebestreifen, nichts wies auf Ungewöhnliches hin.

Mutig nahm sie den Umschlag in beide Hände. Langsam begann sie die Hände, wie beim Schütteln eines Cocktails hin und her zubewegen.

Sie atmete tief durch.

»Keine Briefbombe«, beruhigte sie sich, bevor sie mit einem Brieföffner langsam in die offene Stelle zwischen Lasche und Oberseite des Kuverts hineinfuhr und herumstocherte. Vorsichtig, unter einem hörbaren Crrr... öffnete sie die Stirnseite. Hob vorsichtig die Innenseite an und sah hinein. Fehlanzeige, kein versteckter Draht und keine Bombe oder Ähnliches. Mit einem imaginären: *Julianne, du bist kein Angsthase*, versuchte sie sich Mut zu zusprechen. Langsam holte sie einen Stapel abgeheftete Blätter heraus, dabei fiel ihr darin, ein kleineres Briefkuvert auf, das aus dem Umschlag zu Boden fiel. Sie griff nach ihm, ohne den Blätterstapel aus der Hand zu legen. Der schnörkellose, ausgedruckte blaue Aufkleber mit der Aufschrift Julianne Peaches-Shappert Bakerlane 23 South Carolina **-persönlich-** stach ihr sofort ins Auge. Der Absender hatte sich Mühe gegeben, weshalb?

Julianne sah auf den sorgfältig abgehefteten Stapel Papier in ihrer Hand.

Ein ausgedrucktes Manuskript.

Dies konnte nicht ihr Manuskript sein. Sie schrieb ihre Manuskripte immer von Hand, danach tippte Dorothee, oder sie es in den PC. Ihr Verstand wurde hellwach und ihre schriftstellerische und weibliche Neugierde kam noch dazu. Hastig riss sie das Briefkuvert auf, um enttäuscht ein einziges Blatt Papier in Händen zu halten. Zögerlich las sie die Zeilen.

Hallo Ms Peaches-Shappert

Sie sind eine erfolgreiche Autorin, die vermutlich für einen ungeübten Schreiberling wie mich, einige Tipps parat hat. Wären Sie so nett?

Pardon ich vergaß mich vorzustellen. Nennen Sie mich doch, wenn es Ihnen keine großen Umstände bereitet bei meinem Pseudonym Kelep Freeborn.

Ich muss mich für meine rüpelhafte Art an Sie heranzutreten entschuldigen, aber gleichzeitig haben Sie die Möglichkeit einen Thriller zu lesen der es in sich hat und gewiss eine ganz persönliche Art an Einfühlungsvermögen dem Leser abverlangt. Haben Sie jetzt Lust mit meinem Manuskript in die Welt des Wahnsinns abzutauchen?

Ich muss gestehen, es reichte bisher nur zu diesem ersten Kapitel, aber ich verspreche Ihnen weitere Kapitel unverbindlich und kostenlos an Sie nachzureichen. Nun wünsche ich ohne lange Rede viel Spaß beim Lesen.

Ihr Kelep Freeborn

Verwundert drehte Julianne den Brief um. War da noch mehr? Hatte sie etwas übersehen? Eher gelangweilt widmete sie sich jetzt dem Papierstapel, den sie in der anderen Hand hielt. Sie machte sich nicht die geringsten Gedanken darüber, weshalb der Unbekannte nicht seinen richtigen Namen auf den Briefumschlag geschrieben hatte. Irgendwann würde er sich zu erkennen geben, beruhigte Julianne sich selbst und reinsehen schadet nicht.

Vielleicht ist es ja eine tolle Story, ging es ihr durch den Kopf, während sie zu ihrem Sofa zurücklief, um sich darauf niederzulassen.

Sie schlug die erste Seite auf ohne zu ahnen was sie erwarten würde. Nur zwei Worte standen riesengroß auf dem Blatt.

Kapitel eins.

Gespannt begann sie darin zu lesen.

Erlösung

Der frühe Nachmittag schien für die Inhaberin und Vorstandsvorsitzende von Marlamatics Industries, Marla Elttely perfekt gelaufen zu sein, während sie mit einem Lächeln auf ihre teure Cartier-Armbanduhr sah.

Noch eine Stunde, dann bin ich zuhause, und um Mitternacht geht mein Flieger in Richtung Europa. Endlich mal Entspannen.

Sie ließ auch hier die letzten Minuten nicht ungenutzt verstreichen, währenddessen sie ihrer Sekretärin Sabin einige Instruktionen für ihre Abwesenheit gab.

»Sabin! George von der Managementabteilung wird sporadisch, während meiner Abwesenheit die Leitung der Chefetage übernehmen. Gehen Sie ihm bitte in allen Fragen zur Hand. Sie wissen ja, er ist zwar jung und clever, aber…«, dabei zwinkerte sie Sabin zu.

»Und noch was Sabin. Bitte stellen Sie während meiner Abwesenheit die nächsten 29 Tage, keine SMS und keine Anrufe an mich durch. Ich möchte endlich mal richtig entspannen. Verstanden?«

»Geht klar Ms Elttely, ich werde Sie nur stören wenn es wirklich dringend ist, versprochen.«

Marla hatte es in der Geschäftswelt ganz nach oben geschafft. Ihr Konzern stellte seit über zwanzig Jahren Bein- und Handprothesen her. Ihr Ex-Mann Levin hatte damals einige Kugellager aus Karbon entwickelt die eine lebenslange Haltbarkeit der Gelenkteile garantierten. Dazu kam das passende Know-How der Elektronik. Jedes Teil, einmal mit der Software verbunden und angelernt, wie es in der Sprache der Elektroniker hieß, lernte die Abläufe seines Benutzers in dem Bruchteil einer Sekunde. Somit war ihre Firma der Konkurrenz um Längen überlegen.

Auf dieses System hatte sie etliche Patente, die ihren

Konzern zum Marktführer der Branche katapultierten.

Marla war der Kopf und das Herz des Konzerns und sie allein besaß die Patentrechte. Clever wie sie war, hatte sie alles unter ihrem eigenen Namen angemeldet, nicht unter dem ihres Ex-Ehemannes Levin Elttely. Den hatte sie damals, während ihrer Scheidung mit 50.000 Dollar abgespeist. Eine lapidare Summe wie es schien. Macht und Geld schienen ihr Lebenselixier zu sein. Manipulationen an Menschen bereiten ihr ein regelrechtes Vergnügen und waren bei ihr an der Tagesordnung. Aus purer Lust und Laune heraus rief sie oft Mitarbeiter vorzeitig aus ihrem Urlaub zurück oder kündigte sie wegen Nichtigkeiten.

Unterschwellig war sie eine Antreiberin der skrupellosesten Art. Sie schien kein Gewissen, kein Mitgefühl zu besitzen.

Sie besaß nur Geld und dies schien ihr das Gefühl zu geben, übermächtig allen anderen gegenüber zu sein. Das Wort Beliebtheit schien in ihrem Vokabular nicht zu existieren. Kaum einer ihrer siebenhundert Mitarbeiter mochte sie.

Erschrocken sah sie ihre Sekretärin Sabin an, während die dem Gebäude gegenüberliegende Kirchturmuhr schlug.

»Ach Gott Kindchen ich muss jetzt los. Und nicht vergessen George bespricht alles Weitere mit Ihnen. Tschüss.«

Und mit einem gewaltigen Rums flog die Bürotür hinter ihr zu, als sie den Raum in Richtung Aufzug verließ.

Sie war froh die überfüllte Innenstadt von Atlanta endlich für einige Zeit verlassen zu können.

Während sie den Wagen den Harris-Farm-Way in Austell, in Richtung ihres großzügigen Wohnhauses lenkte, atmete sie tief und entspannt durch. Marla Elttely sah sich schon im Urlaubsmodus auf einer Liege am Strand liegen.

Vor ihrem Haus angekommen drückte sie einen Knopf am Lenkrad. Zaghaft ging vor ihr das Tor der weiß gestrichenen Doppeltgarage auf. Ein silberner SUV stand akkurat auf der rechten Seite in ihrer Garage. Marla stutze bei diesem für sie ungewohnten Anblick eines unbekannten Fahrzeuges in ihrer Garage.

Der Gärtner sollte doch erst nächste Woche kommen und der hat einen schwarzen Pick-up. Niemals würde er sich erdreisten in der Garage zu parken, zumal er keinen Türöffner besaß.

Marla blieb sitzen und dachte nach.

Ein Einbrecher? Die würden ja nicht ihr Fahrzeug in der Garage abstellen. Levin? Es konnte nur das Auto ihres Ex-Mannes Levin sein. Er besaß so einen silberfarbenen SUV.

Gedanklich hatte Marla Elttely ihren Ex-Mann eher in der Kategorie unwichtig eingestuft. Dennoch, gab es für diesen Wagen, keine andere plausible Erklärung.

Aber weshalb war er ohne sie vorher anzurufen bei ihr aufgetaucht? Marla hasste unliebsame Überraschungen. Sie studierte von der Straße aus das ihr fremde Fahrzeug. Beruhigt begann sie, zu lächeln.

»Levin? Stimmt«, flüsterte Marla mit sich selbst. Das Nummernschild war aus Philadelphia und dort lebte ihr Ex-Mann. Beruhigt legte sie den Gang ein und fuhr neben das abgestellte Fahrzeug in die Garage. Leise surrte noch das Garagentor, nachdem es Marla durch einen weiteren Knopfdruck am Lenkrad zum Schließen brachte. Mit einem weiteren Druck auf die Taste an ihrem Schlüsselanhänger deaktivierte sie die Alarmanlage des Hauses. Mit kleinen Schritten ging sie, auf in ihrem engen Kostüm durch die Verbindungstüre ins Haus.

Der Sensor des Flurs erfasste ihre Körpersilhouette und auch hier begann, wie von Geisterhand gesteuert, dezent das Licht in der ganzen Wohnetage zu leuchten und leise Musik erklang aus Lautsprechern die in der Decke eingelassen waren.

Im Flur angekommen legte Marla ihren Schal ab, stellte die Tasche auf das kleine Schränkchen vor dem Spiegel und schlüpfte aus ihren Pumps in bequeme Hausschuhe. Ihr direkter Weg führte sie in die Küche. Ihr Durst, den sie auf einmal verspürte, stillte sie mit einem Vitamindrink, um danach das halbleere Glas trällernd zur leisen Musik in Richtung Wohnzimmer mitzunehmen.

Monströse, antike Möbel prägten den von ihr eingerichteten Wohnbereich. Venezianisch, geschnitzte Möbel und schwere Ledersitze standen um einen Holztisch aus afrikanischer Wenge herum. In dem großzügig arrangierten Raum kam es einem trotz ihrer Wuchtigkeit nicht zu sehr überfüllt vor. Auch die zwei mächtigen Ohrensessel vor dem brennenden Kamin trugen zu einem harmonisch arrangierten Gesamtbild bei. Marla hatte sich hier ihre eigene Wohlfühloase geschaffen.

Marla stockte an der Türschwelle des Raumes der Atem. Weshalb brennt das Holz im Kamin? Hat es etwa Levin angezündet? Begann sie sich mit heruntergezogenen Augenbrauen zu fragen. Zu spät.

Zwei harte Schläge trafen sie mitten ins Gesicht. Die Schnelligkeit und Präzision, mit der sie geführt wurde, riss ihr das Getränk aus der Hand und schleuderte es zu Boden. Blutspritzer aus ihrer Nase und aus dem offenen Mundwinkel verteilten sich in Bruchteilen einer Sekunde überall auf dem weiß gestrichenen Türrahmen, während wie in Zeitlupe, ihr Kopf zur Seite geschleudert wurde und am Rahmen anschlug. Es glich dem Geräusch einer Frucht die klatschend auf einem Steinboden aufschlug.

Ohne etwas zu begreifen, sackte Marla mit einem leisen Gurgelgeräusch, Sekunden später, bewusstlos auf den Boden.

Es schien eine Ewigkeit vergangen zu sein bis Marla Elttely wieder zu sich kam. Man hatte sie in einen der Ledersessel gesetzt, bis auf die Unterwäsche ausgezogen und mit Klebeband an Armen und Beinen am Sessel fixiert.

Sie fühlte in diesem Moment nichts, rein gar nichts. In ihrem Kopf schienen sich alle Gedanken der Vergangenheit mit denen der Gegenwart, wie in einem Bienenschwarm zu vermischen. Sie spürte nur, wie das Blut pochend durch ihre Schläfen raste. Irgendwie sah sie kurz im Dunkel einen verschwommenen Umriss vor ihren Augen, bevor sie sofort wieder ohnmächtig wurde.

Es erschien ihr wie im Traum. War es ein Traum? Wohl kaum. Das Pochen und der Schmerz schienen echt zu sein. Das Blut, ihr eigenes Blut, fühlte sich warm an. Es war alles real.

Ein leises: *Verdammt, was ist geschehen,* schlängelte sich durch ihre Gedanken.

Julianne Shappert blätterte mit spitzen Fingern hastig die Seiten des Manuskriptes um. Die von ihr so geschätzte Dramaturgie und Spannung baute sich langsam und zunehmend in einem sich steigernden Tempo auf.

Sie suchte angestrengt nach der die Seitenzahl des letzten Blattes.

Erleichtert stellte sie fest, dass erst bei Seite dreiundachtzig, das ihr zugesandte Kapitel zu Ende war. Sie blätterte hastig zurück an ihre zuletzt gelesene Position. *Siebzehn* stellte sie lächelnd fest. Der Abend schien gerettet zu sein und viel Spannung, so hoffte sie, lag noch in dieser Nacht vor ihr.

Nur das leise Grillen und zirpen der Tiere, außerhalb ihres Blockhauses war durch das offene Fenster zu vernehmen.

Endlich ein Manuskript eines anderen Schriftstellers das nach ihrem kriminalistischen Geschmack scharfsinnig geschrieben war. Eine Psychologin wie sie, konnte sich sehr genau in die Charaktere der eigenen Bücher hineinversetzten. Scheinbar war dies der Schlüssel für den so erfolgreichen Verkauf ihrer Kriminalromane.

Julianne Shappert schüttelte den Kopf.

Aber sie selbst, kannte keinen Autoren, der sein Manuskript einem konkurrierenden Kollegen gegeben hätte. Weshalb auch. Und wieso tat der unbekannte Schreiber so etwas? Der Name Kelep Freeborn sagte ihr rein gar nichts.

Kopfschüttelnd begab sie sich in die Küche.

Im Flur bemerkte sie im Augenwinkel einen Schatten vor ihrer Haustüre. Momente später klopfte jemand beharrlich gegen ihre Eingangstüre.

Schlagartig blieb Julianne auf ihrem Weg in die Küche stehen.

»Wer ist da draußen?«, versuchte sie mit tiefer verstellter Stimme, demjenigen vor dem Haus Angst zu machen. Sekundenlang herrschte Stille.

»Entweder Sie sagen ihren Namen oder ich rufe die Polizei!«, tönte sie laut gegen die von innen geschlossene Tür.

»Julianne, ich bin es Frederick, dein Nachbar. Deine Klingel geht nicht«, kam es von draußen.

Erleichtert öffnete Julianne die Eingangstüre. Frederick streckte ihr eine CD entgegen.

»Die soll ich dir geben, Julianne. Du hattest sie Lessly geliehen. Sorry, wir haben die CD erst jetzt wieder gefunden. Einen schönen Abend noch, Julianne. Wir sehen uns morgen«, verabschiedete er sich.

»Und bestelle den Elektriker.«

Julianne nickte.

»Klar doch Frederick, bestimmt.«

Sie ging auf ihre Couch zurück und machte es sich wieder bequem. Wenn es eines gab, was sie nicht gebrauchen konnte waren es Störungen jeglicher Art beim Lesen eines Manuskripts und dieses hier von Kelep Freeborn, schien nach den ersten Zeilen spannend und fesselnd zugleich zu sein.

─────

Mit aufgerissenen Pupillen und verängstigtem Blick starrte Marla ihr Gegenüber an. Ihr Peiniger hatte sich nicht einmal die Mühe gemacht, sie zu knebeln. Aus weiser Voraussicht wie Marla eher unbewusst feststellte. Sie konnte ihr Gegenüber kaum erkennen, alles verschwamm vor ihren Augen.

Bewegen, bewege dich Marla, bewege dich, versuchte sie ihrem Körper imaginär zu befehlen, was aber faktisch unmöglich zu realisieren war. Nur den Mund und die Augenlider konnte sie bewegen. Die Zunge, der ganze

Mund fühlte sich pelzig und schwer wie ein Stein an. Sie bemühte sich zu reden, zwecklos. Das Denken fiel ihr schwer. Behäbig und langsam formte ihr Gehirn krampfhaft den ersten Satz.

Speichel vermischt sich dabei mit Blut und schob sich bei dem mühsamen Versuch zu reden aus ihrer Mundhöhle. Ihr linkes Auge war geschwollen und etwas Warmes tröpfelte auf ihren nackten Oberschenkel. Eine klaffende Wunde über dem Augenlid war Zeugnis des Schlages, den sie abbekommen hatte. Sie versuchte sich vergeblich an den Schlag zu erinnern. Ihr Gehirn verweigerte den Dienst.

Kein Muskel folgte ihren Anweisungen. Sie versuchte sich zu konzentrieren. Da war doch was? Jetzt erst, indem sich jemand, ihr gegenüber im Sessel bewegte, probierte sie ihren starren, benebelten Blick darauf zu fokussieren. Es war für sie unmöglich Genaueres zu erkennen. Konturen, Umrisse mehr nicht. Enttäuscht senkte sie ihren Kopf. Fantasierte sie? Da war es wieder. Nicht alle Sinne schienen vollkommen verloren zu sein; ihr Gehör funktionierte noch. So vernahm sie von gegenüber ein Rascheln. Sie hob wieder den Kopf an, ohne wirklich etwas zu erkennen. Das Schemenhafte, das sie sah, saß ihr gegenüber. Es schien doch keine Fantasie gewesen zu sein. Dann entfernten sich Schritte. Sie hörte, wie Wasser lief und in ein Gefäß gelassen wurde, bevor das Geräusch sich ihr wieder näherte.

Panik kam in ihr auf.

Nur ein kläglich leises und verstümmeltes: »Ähhh«, war von ihr zu hören, begleitet von blutigem Speichel, der ihr aus dem Mund lief.

Das Geräusch der Schritte, endete vor ihr.

Eiskaltes Wasser klatschte mit voller Wucht in ihr Gesicht. Hektisch zog sie Luft in ihre Lungen. Wie ein

Tier warf sie ihren Kopf hin und her.

Fast lautlos setzte sich ihr jemand gegenüber.

Sie vernahm das typische Geräusch, das Leder von sich gab, wenn jemand es zusammendrückte. Mehrmals, bestimmt schon tausend Mal hatte sie das Geräusch vernommen, wenn sie sich täglich in ihren Sessel vor dem Kamin fallen ließ. Kein Zweifel, jemand saß ihr jetzt gegenüber. Nur wer?

Langsam konnte sie den Kopf bewegen und ihre Zunge wurde zunehmend flexibler. Schwerfällig versuchte sie ihre Zahnreihe mit der Zungenspitze zu ertasten. Minuten vorher schien dies noch aussichtslos zu sein, aber irgendwie kam ihr Gefühl wieder zurück. Ihr Kopf schmerzte und noch immer lief ihr Blut über das Auge.

Es schien Bewegung in ihr Gegenüber zu kommen. Etwas zögernd drehte sie ihren Kopf in die Richtung des Geräusches.

»Hallo Marla, wie geht es Ihnen? Können Sie mich hören?«, fragte sie eine ruhige, durchaus angenehme männliche Stimme. Wie durch einen Wattebausch vernahm sie die Frage. Angestrengt nickte sie, um zeitgleich zu reden. Aber es kam nur ein stümperhaftes, nicht zu verstehendes: »Uhrgl süer hssskt.«

»Sie sind also die allmächtige Marla Elttely, richtig?« Wieder nickte sie schwerfällig, sofern dieses kurze Auf und Ab, wie ein Nicken gedeutet werden konnte.

»Die Marla Elttely von Marlamatics Industries?«, wollte der Fremde sich rückversichern.

»Wissen Sie Marla, ich frage dies nur damit ich weiß, dass ich hier richtig bin. Obwohl ich, so oder so hier richtig bin.«

Marla verstand jetzt absolut nichts mehr. Die Sätze der ihr fremden Person, kamen viel zu verwirrend bei ihr an.

»Aber nun zur Sache«, dabei sah der Fremde auf seine Armbanduhr.

»Ich habe Ihnen Pancuronium gespritzt. Naja, es lähmt bei einer Halbwertzeit von fast drei Stunden Ihre Muskeln.«

Erneut lächelte der für sie nicht sichtbar Fremde, der auch ihr Entführer sein musste, in sich hinein.

»Aber wenn ich die Erklärung meines Lieferanten richtig verstanden habe, wird in kurzer Zeit Ihr Verstand und auch Ihre Zunge wieder die gewohnten Aufgaben übernehmen können. Aber alles andere, was unterhalb des Kopfes liegt, kann warten.«

Seine Finger tasteten Ihren Kopf ab und er sichtete die klaffende Wunde über ihrem Auge.

»Das blutet ganz schön. Ich versuche die Blutung zu stillen. Wir brauchen Sie ja noch.«

Der Fremde erhob sich und verließ sie. War dies ihre Chance sich zu befreien? Marla versuchte, die Zunge im Mund umherzubewegen. Es ging beschwerlich, aber es ging. Sie freute sich innerlich über diese zurückge- wonnene Eigenschaft.

Bewege deine Finger, Marla, bewege endlich diese Scheißfinger, versuchte sie sich gedanklich zu stimulieren. Ein leises und holprig gesprochenes »Fuck«, brachte sie heraus, als ihr bewusst wurde, dass ihr nur die Finger der rechten Hand gehorchten.

Marla schluchzte, währenddessen der Unbekannte zurückkam. Sehen konnte sie noch immer nicht genug, aber sie spürte seinen Atem hinter sich. Sekundenlang blickte er ihr über die Schulter.

Dann hörte sie, wie er etwas auf dem nahen Tisch ablegte und wieder hinter sie trat.

Der Fremde konnte nicht anders und ertappte sich

dabei wie er ihr tief in den Ausschnitt blickte, wo ihre beiden üppig geformten Brüste, die Körbchen ihres BHs vollkommen ausfüllten. Plötzlich, mit einem furchtbar klingenden und beinahe, durch den Zynismus noch profanerem: »Marla, du undankbares Miststück hast mehr an Titten, wie dir eigentlich zusteht«, griff er nicht gerade feinfühlig nach ihren Brüsten.

Er schälte sie unbeholfen aus ihrem engen Gefängnis und umfasste sie mit beiden Händen.

»Welche Täuschung, wobei die Schönheitschirurgie hier ja nachgeholfen hat«, stieß er dabei laut lachend aus, währenddessen er mit ihr Blickkontakt herstellte. Marlas Körper schien sich wie eine Sprungfeder zu spannen, ehe sie einen spitzen Schrei ausstieß. Kurz darauf warf sie unter Tränen ihren Kopf hin und her. Marla lallte.

»Du Schwein, du perverser Sadist, lass mich gehen! Was willst du überhaupt von mir? Was habe ich getan, dass du mich so behandelst?«

Unbeeindruckt schob der Fremde ihre Brüste in ihren BH zurück.

»Ich sollte dir Dreckstück das Gesicht zerschneiden. Du kennst noch nicht den Schmerz, aber er wird sich bald wie ein Bruder in deinem Körper anfühlen. Du würdest ihn lieben, sofern du einen Bruder hättest. Und zu deinen künstlichen Titten kommen wir später.«

Schluchzend hob Marla den Kopf.

»Du Sadist hast keine Chance. Du perverser Sack, du unterschätzt mich, stimmt's?«

Der Fremde hatte sich ihr gegenüber in einen Stuhl gesetzt und starrte sie wortlos an, indessen Marla ihn aufs übelste beschimpfte und titulierte.

»Ich kann mich zwar nicht bewegen, aber sieh dich mal um. Meine Wohnung ist videoüberwacht und alle acht Stunden ruft die Security hier an, wenn ich nicht den Sicherheitscode eingebe, du Schwachsinniger. Oder suchst du Geld? Ich habe Geld! Kein Problem, ich gebe dir welches.«

Der Fremde bewegte sich kaum, bisweilen sich Marlas Blick wieder zu klären begann.

Regungslos und unbeeindruckt saß der Fremde vor ihr auf seinen Stuhl. Ein solch mutiges Verhalten hatte er nicht erwartet. Nur das kleine, von Marla zischend gesprochene Wort -Schwachsinniger- machte ihn wütend, sehr wütend.

Der Zorn stand ihm buchstäblich ins Gesicht geschrieben, während er aufstand um ihr ein: »Halte einfach mal dein Maul du elende Bitch!«, verbal entgegenschleuderte.

Er nahm ihren Kopf zwischen seine Hände und beugte ihn etwas zur Seite.

Unbekümmert zog er ein Stofftaschentuch aus seiner Hosentasche, schnaubte sich, putzte sich über beide Nasenflügel und sprach Marla jetzt mit energischer Stimme an, bevor er das Tuch zusammenrollte.

»Weißt du was ich jetzt mache? Du kannst es ja nicht sehen, tut mir so leid«, spielte er gekünstelt das Ganze herunter.

»Ich stille jetzt deine verdammte Blutung. Und das Gute daran, ich habe bei dir in der großen Garage einen batteriebetriebenen Tacker der neusten Bauart gefunden, ist doch toll oder nicht?«

Er lächelte, ohne dass sie sein Gesicht genau sehen konnte. Er drückte ihren Kopf zur Seite. Hastig versuchte sie sich mit aufgerissenen Augen und angespanntem Körper, aus der schraubstockähnlichen Umklammerung ihres Kopfes zu befreien, um ihren eigenen schemenhaften Blickbereich zu vergrößern. Es schien zwecklos. Sie konnte nur den Ärmel ihres

Peinigers erkennen, der sich seinerseits in eine andere Position brachte. Dabei fing es in ihrem Gehirn sofort zu arbeiten. Tausend Szenarien spulten sich vor ihrem geistigen Auge ab, wobei sich einer der schlimmsten sich gleich bewahrheiten sollte.

»Marla hörst du mir überhaupt zu? Um deine Frage vorwegzunehmen. Es ist ein handelsüblicher stabiler, ja etwas moderner, akkubetriebener Tacker aus dem Bauhaus. Solch ein Ding, mit dem man Bretter und Gardinenstoff befestigen kann, aber ich…«, er drückte dabei ihren Kopf noch fester auf die Kopflehne des Sessels.

»Aber ich werde das bescheuerte Taschentuch, das ich zu einer Mullbinde geformt habe, auf deine Wunde legen und es dir dann über die Wunde tackern.«

Mit vollem Druck presste ihr der Fremde das Gerät, das er von dem Tisch genommen hatte gegen den Schädelknochen und drückte in schneller Folge dreimal ab. Noch bevor Marla bewusst wurde, was jetzt geschehen würde, hörte sie dreimal tack, tack, tack und wurde bewusstlos. Kleine Rinnsale liefen ihr übers Gesicht und Wange. Sie bildeten sich genau dort, wo die Metallklammern in ihr Fleisch eingedrungen waren. Langsam suchte das Blut, von der Schwerkraft getrieben, seinen Weg über das Gesicht hinab zum Hals nach unten.

———

Bei Julianne klingelte das Telefon.

Zwangsläufig musste sie das Manuskript aus den Händen legen und nahm den Hörer ab. Es war nur ihr Bruder Dylan, der sich nach ihrem Befinden erkundigte. Vielleicht, so seine Aussage würde er spät in der Nacht noch bei ihr vorbeisehen. Joseph, sein Kollege hatte zur Wiedergutmachung für Dylans geleistete Überstunden, von ihm die nächsten zwei Schichten übernommen. Somit würde er volle zwei Tage bei Julianne verbringen um die längst fälligen Arbeiten an ihrem alten Holzzaun ausführen können. Julianne freute sich und bat ihn, wenn sich etwas ändern sollte, vorher nochmals anzurufen. Dylan versprach es ihr und sie legten auf.

Julianne nahm das Manuskript abermals in die Hände. Langsam zog sie ihre Decke, die an ihrem Fußende lag nach oben, und deckte sich bis zur Hüfte damit zu.

Oft genug versuchten auch andere Autoren ihre Gedanken in Worte zu fassen. Meist mit mäßigem Erfolg, aber dieser Verfasser schien in diesem Fach ein wahrer Könner und Künstler zu sein. Julianne blätterte die Seite um.

———

Marla kam zu sich und hob den Kopf.

»Du Wahnsinniger, mit deinem Vorhaben kommst du nicht durch. Ich werde gleich abgeholt und dann bist du nur noch Futter für die Bullen, du Arschloch.«

Jetzt schien der Eindringling etwas ungehalten zu werden. Er spannte ihre Wangen zwischen seine Handfläche und packte sie wütend am Kopf.

»Bitch, glaubst du ich bin blöde? Denkst du ich komme einfach hier reinspaziert? Meinst du wirklich es ist alles Zufall was hier geschieht?«

Der Fremde schüttelte den Kopf.

»Du bist hier das Opfer und nicht, wie so oft in deinem Leben, diejenige die bestimmt was getan wird. Heute ist es anders«, dabei sah er ihr grinsend in die Augen und begann maßlos zu kichern. Marla bekam bei diesem Kichern Angst, furchtbare Todesangst. Sie zitterte am ganzen Leib. Langsam begann die Wirkung, des gespritzten Mittels nachzulassen.

»Marla, glaubst du geldgeiles Etwas tatsächlich, alle

um dich herum sind dumm? Oder denkst du, du bist nur schlau?«

Fortwährend kicherte der Fremde ungehemmt weiter, der ihr unablässig, noch immer die Kiefer auseinanderpresste. Blut, Sabber und Schleim, liefen während sie röchelte, zwischen seiner Hand und ihrer Unterlippe, das Kinn hinunter. Wütend griff er mit der anderen Hand in seine Tasche, fischte einen kleinen Chip heraus und stopfte ihn Marla in den Mund. Ruckartig hebelte er ihren Unterkiefer nach oben.

Das knirschende, klackende Geräusch, als beide Zahnreihen aufeinandertrafen, konnte man in diesem Moment hören. Er drückte ihr die Nase zu, und zwang sie den Chip zu schlucken. Zappelnd wie ein Fisch der auf dem Trockenen lag, wandte Marla sich widerspenstig nach Luft ringend wie ein Aal hin und her. Sie hustete, röchelte und irgendwann rutschte das kleine Stück aus Metall und Plastik die Speiseröhre hinab in ihren Magen. Marla schien keine Luft mehr zu bekommen und rang unaufhörlich nach Luft. Nach Luft japsend, signalisierte ein unaufhörliches Pfeifen ihrer Lungen bei jedem kurzen Atemzug ihre Bedrängnis.

Ihr Peiniger griff nach einer Wasserflasche, die neben seinem Sessel stand. Packte sie bei ihren Haaren, riss ihr den Kopf nach hinten und ließ deren gesamten Inhalt gluckernd, unter Spucken und Saugen, in Marlas Mund verschwinden. Erst nachdem die Flasche leer war, beendete er die fürchterliche Prozedur. Widerstandslos schien jetzt ihr Kopf auf den entblößten Schultern hin- und her zu baumeln. Mit einem Tätscheln holte er sie aus ihrer kurzen Bewusstlosigkeit zurück.

Wieder nach Luft japsend, kam nur ein: »Wer bist du überhaupt? Was willst du von mir? Ich kenne dich nicht. Wo ist die Polizei, ich will zur Polizei.«

Marla schien zeitweise nicht ganz bei Sinnen zu sein. Mit einem weiteren Schlag ins Gesicht beendete der Fremde ihr zusammenhangloses Gestammel.

»Höre zu, Marla. Eben hast du den Chip deiner eigenen Videokamera verschluckt, cool oder nicht?«

Er hob feixend ihren Kopf an. Sie sah in die Richtung, in der blinkend eine ihrer Überwachungskamera hing.

»Nein meine Süße, ich lüge nicht. Das Blinken dort oben ist die Endlosschleife meines eigenen, kleinen Kamerachips. Na ja den baugleichen, den du verwendest und…«, nochmals griff er in seine Tasche, wobei alleine schon die schnelle Handbewegung, Panik bei Marla verursachte.

»Schhhh, schhhhh ganz ruhig, Marla. Ich möchte dir etwas zeigen.«

Der Fremde hatte einige Bündel Geldscheine hervorgeholt und hielt sie ihr vor die Nase.

»Sind deine, nicht dass ich welches benötige. Nein, Kohle hätte ich genug, aber danke fürs Angebot. Ich nehme sie mit. Sind übrigens aus dem Tresor im Schlafzimmer. Und weil wir so gemütlich beieinander sind, folgendes zu deiner Information. Du hast dich für die nächsten Tage abgemeldet. Naja sagen wir so, wenn du nicht gestört werden möchtest, dann wirst du ja hoffentlich auch nicht gestört. Wir werden sehen. Aber bis dahin haben wir beide noch wahnsinnig viel Spaß miteinander. Aber nun zu deiner Reise nach Europa.«

Der Fremde sah auf seine Uhr.

»Wir haben fünf Uhr, so nehme ich an, dass eine Freundin von mir dein Reiseangebot angenommen hat. Ich hoffe, dass sie einige Zeit auf deine Kosten, mit deiner Kreditkarte und deinen Klamotten, in deinem gemieteten Hotel absteigt und dort eine schöne Zeit verbringt. Ich wäre ja selbst gefahren«, dabei stupste er sie spaßig von der Seite aus an.

»Aber wir haben noch was vor, wir beide lösen noch ein klitzekleines Problem. Nun, was soll ich sagen? Dein Security-Dienst weiß nur, dass du in den Ferien bist, mehr nicht. Und zu deiner dritten Frage von vorhin. Es ist mir egal wie du mich nennst. Jeff, Paul, Burt, Klaus oder Andrew, suche es dir aus. Aber gewöhne dich nicht allzu sehr daran. Es wird sicher nur ein kurzes Vergnügen sein. Nun ja, da wir beide nicht nach Europa können, machen wir dafür hier einen kurzen Ausflug. Marla, was hältst du davon?«

Marlas Blick wurde langsam klarer, der Nebel auf ihren Pupillen verschwand, während sie ihn mit verklärtem Blick, ohne ihn zu erkennen ansah.

»Ok Burt, darf ich Sie Burt nennen, ja? Ich meine Burt passt zu Ihnen, oder nicht?«

Marla versuchte eine persönliche Bindung zu ihrem Peiniger aufzubauen, vielleicht hatte sie so eine Chance zu entkommen. Nickend kam ein: »Ok, Burt gefällt mir, ja du kannst mich Burt nennen«, bestätigte er ihr mit einem Kopfnicken. Marla versuchte, sich stammelnd der Situation anzupassen.

»Ok, ok, ok Burt wohin geht unser gemeinsamer Ausflug?«

Der von ihr sogenannte Burt stand auf und ging um ihren Stuhl herum zum Tisch der hinter ihr stand. Irgendetwas tat sich hinter ihrem Rücken, was sie nicht sah. Burt kam lachend zurück.

Wie er erneut so vor ihr stand, versuchte er beschwichtigend auf sie einzureden.

»Marla es ist auch für mich nicht so einfach, aber es muss nun mal sein.«

Er ging vor ihr in die Hocke, um ihr ein verstohlenes Handzeichen anzuzeigen.

»Psst, der Ausflug ist geheim. Betriebsgeheimnis«, dabei legte er ihr die Innenseite seiner Hand auf den Mund. Marla zitterte wie Espenlaub am ganzen Körper. Schluchzend bettelte sie um ihre Freilassung. Ein paar Mal bot sie Burt Geld an, um sich aus dieser misslichen Lage befreien zu können. Es schien alles ein furchtbarer Albtraum zu sein, aus dem sie jeden Moment erwachen würde, aber nichts geschah.

Nur Burt sprach mit ruhiger Stimme zu ihr.

»Und damit du unsere kleine Reise ganz entspannt überstehst, habe ich was für dich«, dabei stieß er ihr die Nadel einer Spritze in ihren Hals und drückte langsam auf den Kolben. Marla hörte nur noch leise Worte.

»Schlaf einfach ein. Wenn wir da sind, wirst du erstaunt sein.«

———

Julianne zog, nachdem sie diese Zeilen gelesen hatte, ihre Wolldecke noch weiter nach oben. Sie sah zur Wanduhr hinüber. Es war gleich Mitternacht und von ihrem Bruder war noch immer nichts zu sehen. Von ihrem bequemen Platz aus beobachtete sie durchs Fenster die Veranda. Im fahlen Licht der Außenbeleuchtung konnte man nur erahnen, wie der Wind mit den Blättern der Bäume spielte. Sie gab sich einen Ruck, schlug die Decke zurück und machte sich barfuß auf den Weg in die Küche.

Gerade währenddessen sich Julianne eine heiße Tasse Schokolade zubereitete, hörte sie ein seltsames Geräusch. Eine gespenstische Situation. Julianne bemühte sich ruhig zu bleiben. »Ich bin Krimiautorin und kein Angsthase«, sagte sie sich immer wieder, bevor sie durchs Küchenfenster aufs Nachbargrundstück spähte und den Grund dafür entdeckte. Es war das Windrad des Nachbarn. Mit einem Lächeln kam ihre Sicherheit wieder zurück, als sie sich mit ihrer heißen Schokolade in der Hand auf den Weg zum warmen Sofa begab. Bis zum Hals zugedeckt, nippte sie an ihrem heißen Getränk und las die spannende Lektüre weiter.

———

Als Marla zu sich kam, fröstelte sie aus unerklärlichem Grund. Durch ihre geschlossen Augenlider konnte sie grelles Licht erkennen. Langsam öffnete sie ihre Augen. Zaghaft befragte sie ihren Verstand. *Bin ich frei?*

Sachte versuchte sie ihre Glieder zu bewegen. Aber die Ernüchterung kam schnell. Ihre anfängliche Freude wurde prompt gebremst und schlug in Wut um. Panisch bemerkte sie, dass ihr Körper mit dicken Lederriemen fixiert war. Sie war zur totalen Unbeweglichkeit verdammt. Mit allen Sinnen versuchte sie zu erkennen, wo sie war.

Marla lag zugedeckt auf etwas Kaltem und Harten. Von der Decke aus gaben Neonstrahler ihr gleißendes Licht in jeden Winkel des Raumes ab. Sie konnte sich nicht umdrehen, keinen gottverdammten Inch bewegen.

Sie sah Backsteine an der gewölbeartigen Decke. Rote Backsteine.

Verdammt wo bin ich? In einer Halle, in einem Keller? Und weshalb liege ich angeschnallt hier? Da waren doch Schritte

Ängstlich sah Marla sich um. Zumindest soweit es ihre Bewegungsfreiheit zuließ.

»Hilfe, hilft mir jemand? Ich bin hier. Hilfe!!!«, brüllte sie, so laut sie konnte. Niemand schien sie zu hören. Nach kurzer Zeit trat ein Mann an sie heran. Marla sah nach rechts. Burt stand vor ihr und sah auf sie herab.

»Burt, befreie mich bitte. Ich gebe dir alles was ich besitze.«

Burt der neben ihr stand sah sie nur indifferent an.

»Marla, meine Liebe, selbstredend darfst du mich später verlassen, wenn du möchtest, Ehrenwort.«

Marla bekam ein seltsames Glitzern in die Augen. Zwischen ihren Tränen sah es aus, wie wenn die Farben eines wundervollen Regenbogens auf ihren Pupillen, ihr ein unverhofftes kleines Lächeln schenken würden.

»Aber bis dahin muss ich dir leider etwas erklären, was sich für dich weniger erfreulich anhören wird«, tat Burt fadenscheinig.

Er schlug einen kleinen mitgebrachten Ordner auf und fing an, daraus zu zitieren.

Marla fiel ihm ins Wort, noch bevor er den ersten Satz begann.

»Wo sind wir? Was tue ich hier?«

»Wo wir hier sind, fragst du dich? Erkennst du den Ort nicht mehr?«

Marla schüttelte unter Tränen den Kopf.

»Deine Wurzeln sind doch in Atlanta. Und auch dieses schöne Gemäuer gehört dir. Du hattest dieses alte Gehöft in der Nähe vom Park Lake gekauft. Du erinnerst dich doch noch, oder? Das ganze Gehöft gehörte vor über fünfzehn Jahren einer Familie, die du in den Ruin getrieben hast. Du wolltest für Menschen ein neues Zuhause schaffen und neue Häuser in der Region bauen. Du hast alles abreißen lassen, bis auf dieses Gebäude hier, in dessen Räumlichkeiten, du einmal einen Club errichten wolltest. Ich muss zugeben, es war vielleicht ein guter Vorsatz, aber draußen steht im Umkreis von einer Meile nichts mehr. Seltsam, dass du davon nichts mehr weißt.«

Burt zog eine Urkunde mit ihrer Unterschrift aus dem Ordner und hielt sie ihr vor die Nase.

»Dir ging es nur um Macht und dein verfluchtes Geld, mehr nicht. Du hast es geschafft, zufrieden?«

Hektisch sah Marla sich um. Nichts erkannte sie. Und niemals wollte sie irgendwo auf diesem Planeten einen Club besitzen. Oder etwa doch? Die Urkunde tauchte nicht von ungefähr auf, ihr Name stand darunter und die Unterschrift schien echt zu sein.

»Nun, sei es, wie es ist. Deinen Exmann hast du auch wie eine Weihnachtsgans ausgenommen und zurückgelassen.«

Marla begann laut zu lachen.

»Dieser faule Nichtsnutz hat es nicht besser verdient. Er hat kaum gearbeitet, Drogen genommen und ist dann…«, jetzt versuchte sie tatsächlich theatralisch zu wirken und verdrehte dabei die Augen.

»Ja, dann ist der Junkie eben abgerutscht und hat sich die volle Dröhnung gegeben. Das war alles. Mein Gott kann ja mal passieren«, beschwichtigte sie Burt mit weiblichem Charme. Dabei wirkte sie nicht gerade mitfühlend. Burt hatte so etwas erwartet und blieb äußerlich ruhig.

»Und was ist dies hier?«

Er legte ihr eins ums andere Dokument auf den Bauch.

»Die Patentanmeldung deines Mannes ging nie beim Notar ein. Du hast sie ihm für 50.000 Dollar abgeschwatzt. Sechzehn Patente laufen auf deinen Namen, die eigentlich niemals dir gehören.«

»Aber dafür bekam er doch sein Geld«, warf Marla von ihrer liegenden Position aus ein.

Burt wurde ungehalten.

»Ja schon, aber zwei Wochen später hattest du das Geld eingeklagt, weil er das Kleingedruckte nicht gelesen hatte. Was für ein Frevel, du Miststück.«

Marla sah ihre Chance in der wörtlichen Auseinandersetzung mit ihrem Widersacher und konterte.

»Und dafür misshandelst du mich, quälst mich und sperrst mich ein? Burt, dies ist eine lachhafte Aussage. Dieses Geld hätte ich zurückgeben können, aber er hat….«

Zu mehr kam Marla nicht, da Burt ihr den Mund abrupt zuhielt, während er die Aussage von Marla vollkommen ignorierte und noch wütender wurde.

»Das Einzige, was du nie kennengelernt hast ist Schmerz, du verlogenes Luder«, dabei holte er aus und schlug sie ins Gesicht. Röchelnd spuckte sie Blut nach ihm aus, was Burt noch mehr reizte. Nochmals und nochmals, immer wieder schlug er auf sie ein, bis ihr Kopf aus einer Vielzahl von kleinen Wunden blutete und mit abgewandtem Gesicht regungslos vor ihm lag.

Dicke Blutstropfen sammelten sich unter ihrem Hinterkopf und rannen dem Abflussschacht entgegen.

Wütend zog er ihr die Decke vom Leib und sah sie an. Genau in diesem Moment öffnete sich mit einem Quietschen an der entgegengelegenen Seite der Halle eine Türe.

Mit weißer Kittelschürze und einen OP-Wagen vor sich, kam jemand langsam pfeifend auf Burt zu. Freudestrahlend ging Burt mit ausgebreiteten Händen auf den Mann zu. Freundschaftlich fielen sie sich in die Arme.

»Carlos, mein mexikanischer Freund. Konntest du dich von deinem schweren Job in der Klinik loseisen? Kam das Geld bei dir an? Ging alles klar bei dir?«

Carlos nickte und zeigte auf die entkleidete Dame auf dem kalten Seziertisch.

»Hombre, ist diese Patientin unser Fall?«

Burt sah ihn kurz an und nickte ihm zu.

»Schon, aber hast du alles dabei?«

»Alles von deiner Wunschliste ist im Wagen, die größeren Geräte kommen morgen. Ich hole den Rest. Ich bin gleich wieder da.«

Fluchs verschwand Carlos.

Langsam kam erneut etwas Leben in Marlas Körper, zumindest drehte sie den Kopf. Burt ging erneut auf den Seziertisch aus Chromnickelstahl zu, auf dem sie lag.

Offensichtlich hatte sie die Ankunft von Carlos nicht mitbekommen. Burt sah sie an. Mit einem Griff schnappte er nach seinem Messer an seinem Gürtel, klappte es auf und zerschnitt jetzt wortlos ihren BH. Er sah sich dabei nochmals, ihre wohlgeformten Brüste an.

»Die sind doch nicht echt?«, stellte er ernüchtert fest.

»Aber wir sind so frei und stellen für dich alles auf null zurück, ok?«

Blubbernd gab Marla ihren eigenen, mutigen Kommentar dazu ab.

»Aber mit 40.000 Dollar bar bezahlt.«

Burt nickte unbeeindruckt. Marla schien sich noch nicht ganz von den Faustschlägen erholt zu haben und wurde abermals ohnmächtig. Die Tür ging auf und Carlos, bepackt wie ein mexikanisches Maultier, steuerte auf die beiden zu. Keuchend legte er alles auf den bereitgestellten OP-Wagen. Burt hielt sich seinen ausgestreckten Zeigefinger an den Mund. Was so viel heißen sollte, dass Carlos ab jetzt besser nicht mehr reden durfte. Stumm nickte dieser ihm zu und ging leise, mit Mundschutz und übergestülpten Handschuhen, ans Kopfende des Tisches.

Sekunden später kam Marla zu sich. Burt nahm sich eine weiße Metzgerschürze vom Wagen und stülpte sie sich über.

»Marla, kennst du einen Jesper Kischer?«

Mara schüttelte zaghaft mit dem Kopf. Burt griff hinter sich und nahm etwas vom Tisch, das Minuten vorher der mexikanische Arzt mitgebracht hatte. Mit einer blitzartigen Bewegung drehte er sich um, holte aus und schlug mit voller Wucht, mit einem kleinen handlichen Vorschlaghammer auf ihr linkes Schienbein. Berstende Knochen waren zu hören.

Nachdem der Hammer sein Ziel getroffen hatte, spritzten Unmengen an Blut, quer über den Tisch.

Marla wand sich mit einem entsetzlich lauten Aufschrei unter unsagbaren Schmerzen. Blut lief wie aus einem undichten Schlauch, vom Rande des Hammers aus dem Schienbein, auf den kalten Tisch.

Weswegen auch immer, Burt hatte ein großes Blutgefäß verletzt. Pochend schoss das warme Blut im Takt des Herzschlages aus der Wunde. Langsam unter einem schmatzenden Geräusch zog Burt den metallenen Kern des Werkzeuges aus der Wunde. Neuerlich hallten Marlas Schreie durch den Raum.

Carlos sah Burt zornig an.

Er wusste sofort, wenn nichts geschah, würde die Patientin in zehn Minute verblutet sein.

So wollte Burt das Szenario nicht beenden, noch nicht. Carlos trat näher an den Tisch und stieß seinen Partner zur Seite. Er schnitt mit einem Skalpell durchs Fleisch und legte die Arterie frei. Fingerfertig drückte er eine Arterienklemme in die Wunde, um die Blutung zu stillen.

Stumm versorgten beide wie ein eingespieltes Team das Bein. Sie entfernten ein Teil des gesplitterten Knochens, schnitten mit dem Skalpell gekonnt Fleischstücke heraus, um das Bein besser versorgen zu können und vernähten die verletzte Arterie, während

Marla, wurde durch ein Narkotika sie in Dämmerschlaf versetzt.

Ruhig und besonnen, ohne Stress und Hektik reinigten sie die Wunde am Schienbein. Auch das Anlegen eines Venentropfes verlief lautlos und unspektakulär. Burt, verstand wohl etwas von Medizin und Wundversorgung, andernfalls hätte er diese Situation nicht so kontrollieren können, wie alles andere bisher Geschehene auch.

Marla, hatte wie schon so oft, erneut das Bewusstsein verloren.

Eine dicke Kompresse verschloss die von Burt verursachte Wunde. Marla wurde fachmännisch präzise, ein Druckverband an besagter Stelle angelegt. Schadensbegrenzung hieß anscheinend die Devise. Carlos spritzte Marla zusätzliche Schmerzmittel, um sie für die nächsten Stunden ruhig zu stellen und so den Heilungsprozess zu sichern. Burt, wie Marla, Ethan Dale nun nannte, fuhr an ihrem Bein mit seiner Hand hinab, von den Schenkeln aus zur Fußsohle. Sie hatte wunderschöne Beine. Ein Meisterwerk der menschlichen Evolution dachte er sich, bis Carlos stumm auf die Kopfwunde mit seinem Finger zeigte. Burt versuchte sich zu rechtfertigen.

»Sorry, war Zufall, aber ich habe es doch gut gelöst oder?«

Carlos schwieg.

Julianne warf angewidert von diesen Zeilen, das Manuskript auf den Boden. Schräge Gedanken gingen ihr durch den Kopf.

Wer denkt sich eine solche Geschichte aus? Welcher kranke Kopf tut so etwas?

Noch schlimmer, dies schien nicht die übliche Fantasie eines Autors zu sein. Für sie schien diese abartige Fantasie viel zu nahe an der Realität geparkt zu sein. Lange sah sie auf den Umschlag des Manuskriptes, das halb aufgeschlagen vor ihr auf dem Boden lag. Ihre Neugier überwog den Ekel, den sie verspürt hatte. Sie griff erneut danach, um weiter zu lesen.

———

»Verdammt«, zischte Carlos.

»So was darf nicht passieren, Hombre. Du hattest uns doch eine andere Aufgabe gestellt.«

»Dies stimmt, Carlos. Du bist der Chirurg, aber ich gehe dir nur vorsorglich zur Hand.«

Mehrfach lachte Burt lang und anhaltend laut. Es klang wie Teufelsgelächter und bereitete sogar seinem Mitstreiter Carlos Angst. Er bekreuzigte sich und küsste dabei sein kleines Kruzifix, das er um den Hals trug. Ruhig und gelassen bedeckte Burt die vor ihm liegende Marla mit einer Wolldecke. Er wandte sich Carlos zu, um zu ergänzen.

»Carlos, wir haben noch 27 Tage und die werden wir nutzen, verstanden?«

Ängstlich stand Carlos neben seinem 1,78 m großen, imposant wirkenden Partner und nickte nur stumm. Mit seinen 1,60 m wirkte er neben ihm eher klein und zerbrechlich. Was sollte er tun. Burt war der Boss. Die Kohle stimmte und die ihm gestellte Aufgabe hatte er hundertmal in seinem mexikanischen Krankenhaus durchgeführt. Somit lief alles, was im Vorfeld besprochen wurde, reibungslos und nach Vorschrift ab. Mal abgesehen von Burts kleinem emotionalem Ausrutscher.

Burt zog seine Metzgerschürze aus.

»Ich muss nochmals weg. Ihre Kleidung ist total verdreckt. Ich bring sie zur Reinigung. Unsere Lady soll doch später schick aussehen, oder nicht?«

Carlos sah ihn mit einem breiten Grinsen an.

»Si Hombre.«

Man hatte Marla Ruhe gegönnt, zumindest jetzt. Vierzehn Stunden wurde sie ruhiggestellt, ihre Wunden behandelt und Carlos schien sehr oft nach ihr zu sehen. Er versuchte sie mit allem zu versorgen, was die Möglichkeiten und seine chirurgische Kunst zu bieten hatte.

Wie sie so regungslos vor ihm auf dem Tisch lag und er die Geräte kontrollierte, schien es, wie wenn auch er ihre Pein genoss.

Selbst ein Beatmungsgerät hatte er aus seiner Klinik mitgebracht. Anästhesiegerätschaften und einiges mehr stand ihnen zur Verfügung.

Carlos wischte sich den Schweiß von der Stirn. Die lange Arbeitszeit, sowie das häufige improvisieren forderte seinen Tribut. Auch er kam nicht ohne Schlaf aus, viel zu oft überkam ihn die Müdigkeit.

Müdigkeit hatte Unkonzentriertheit zu Folge und die war hier total fehl am Platz.

Burt, der dies bemerkte, übernahm die folgende Schicht und kümmerte fürsorglich um Marla Elttely.

Immer wieder strich er ihr dabei durchs Haar, während er mit ihr redete. Sie vernahm von all dem nichts. Ruhig gestellt, und in einem künstlichen Koma, lag sie ausgeliefert, regungslos auf dem Bett. Man hatte sie an ein Beatmungsgerät angeschlossen.

Julianne atmete auf.

»Pohhh uii, das Manuskript ist mal spannend.«

Es schien ein packender, realitätsnaher Thriller zu sein. Hin- und hergerissen nahm sie sich vor, das ganze Kapitel an diesem Abend zu lesen.

Sie wollte gerade in die Küche gehen, als es klingelte und zeitgleich sich ein Schlüssel im Schloss drehte. Sie erschrak.

Die Tür öffnete sich. Es war Dylan.

»Hallo Schwesterchen, es ging nicht schneller, tut mir leid. Hast du noch was zu essen? Ich habe einen Mordshunger?«

»Ja, ich habe dir was in den Kühlschrank gestellt.«

Ihr Bruder verschwand in der Küche. Er machte sich das Essen in der Mikrowelle warm und kam, während sein Essen aufgewärmt wurde, mit einer Möhre bewaffnet zurück.

»Nanu, kein TV an? Dann schreibt mein kleines Schwesterchen bestimmt an ihrem wundervollen neuen Buch, bravo!«

»Falsch, mein großer Bruder. Jemand hinterließ gestern bei Lessly ein Manuskript für mich, allerdings ohne Absender. Ich sollte es mir durchlesen. Und ich kann dir nur so viel sagen. Es ist gut. Verdammt gut. Dort drüben«, dabei zeigte sie auf das Begleitschreiben.

»Ließ den Brief selbst, ein bisschen ominös ist es schon. Aber spannend allemal.«

Sechzig Stunden später

Währenddessen Burt gerade seine Schicht begann und den Raum betrat, deckte Carlos nach seiner erledigten Auftragsarbeit, Marla fein säuberlich zu.

Lächelnd und noch mit blutigen Handschuhen, legte er zufrieden seine kleinen Werkzeuge zur Desinfektion auf den Tisch zurück, als Burt ihn ansprach.

»Na, alles erledigt Carlos?«

Der Mexikaner sah ihn schwitzend, aber überglücklich mit strahlenden Augen an.

»Und wie Hombre, ich habe exzellente Arbeit geleistet. Ich bin eben ein Künstler«, grinste er vor sich hin und wusch sich die Hände.

»Carlos, heute Abend ziehen wir die eigentliche Aufgabe durch, ok?«

Carlos nickte.

Nach drei Stunden kam die gepeinigte Marla zu sich. Mit ängstlichem Blick und hektischen Atemzügen unter ihrer Maske, starrte sie Burt mit weiten Pupillen an.

Burt, versuchte sie zu beruhigen.

»Ganz ruhig Marla, es ist nichts geschehen. Beruhige dich wieder.«

Noch immer angeschnallt, brachte sie jetzt nur wenige krächzende Worte hervor. Burt kam nahe heran und legte sein Ohr in die Nähe ihrer Lippen.

»Habe Schmerzen. Kann nicht aufstehen? Hilf mir«, stammelte sie mehrfach. Unbeeindruckt von alledem drehte sich Burt um, nahm den kleinen Vorschlaghammer und hielt ihn ihr vors Gesicht.

»Ich frage dich nochmals dasselbe wie vor Tagen.«

Sofort zuckte Marla panisch auf dem Tisch, ohne sich befreien zu können. Unter heftigen Tränen kam nur ein verängstigendes »Nein, nein, nicht schlagen.«

Burt sah sie eindringlich an.

»Ok, ich werde dir nicht wehtun, versprochen, aber dafür beantwortest du mir meine Fragen, verstanden?«

Wie von Gespenstern getrieben nickte sie unaufhörlich. Sie hatte Angst, nochmal mit dem Hammer geschlagen zu werden.

Schluchzendes Weinen erfüllte den Raum. Burt legte den Hammer beiseite.

»Dann fangen wir nochmals an. Kennst du einen Jesper Kischer und war er während deiner Ehe dein Geliebter?«

Mara nickte schluchzend ein paar Mal.

»War er der Quarterback bei den Atlanta Falcons?«

Marla wusste nicht, worauf er hinaus wollte, aber es stimmte alles. Sie nickte wieder.

»Als er dich wegen einer Cheerleaderin verlassen wollte, hast du ihm aus Eifersucht und Rache seine rechte Schulter zertrümmern lassen. Seine Karriere war damit beendet und du bist noch weiter gegangen. Monatelang hast du ihn mit Drogen versorgt. Bevor er sich das Leben nahm, indem er von der Brücke am Highway zwanzig in den Chattahoochee River sprang. Stimmt's?«

Burt sah ihr bei diesem Satz tief in die Augen.

Zuerst nickte Marla, doch dann kam von ihr ein leises: »Freigesprochen, freigesprochen. Ich wurde damals vor Gericht freigesprochen.«

Burt wandte sich ab und schrie nur noch herum.

»Freigesprochen. Freigesprochen von was und wem? Du Miststück hast seines und das Leben einiger anderer Menschen zerstört. Zum Beispiel das der Leute, die hier lebten und wohnten. Selbst die hoffnungsvolle Karriere eines jungen Spielers hast du zerstört. Du hast ihn zum Selbstmord getrieben. Für mich bist du eine Mörderin, du hast ihn umgebracht! Du hättest jeden anderen haben können, aber ihn hast du springen lassen. Weshalb?«

Burt, wandte sich von ihr ab und verließ zornig den Raum.

Am Abend betraten Burt und Carlos bekleidet mit Gummihandschuhen, Mundschutz, Hygienemäntel und weißen Gummistiefeln den Raum. Marla wurde in einen Dämmerschlaf versetzt. Rund vier Stunden würde die anschließende Prozedur dauern, die beide Männer an Marla durchführen würden. Burt hatte die Ohrenstöpsel seines iPod im Ohr und trällerte zum jeweiligen Song mit. Immer wieder bat Carlos ihn den Mund zu halten. Kichernd, wie auf Droge, schien Burt in seinem Element aufzugehen und verweigerte dies. War es der Wahnsinn oder einfach seine Art? Carlos schüttelte nur mit dem Kopf.

»Fertig«, bemerkte Carlos stolz, während er den letzten Verband der Patientin angelegt hatte.

»Sie hat trotz der Blutkonserven viel Blut verloren. Ob sie es schafft? Ich weiß es nicht. Für Marla wäre jetzt der Tod eine Erlösung. Glaubst du nicht?«

»Und wofür habe ich mir die ganze Arbeit gemacht und Geld ausgegeben?«

Carlos zucke nur mit den Schultern.

»Ich habe keine Ahnung, was in dir vorgeht, Hombre.«

Unterdessen wurde Marla am darauffolgenden Tag, während sie noch bewusstlos war, abgeduscht, aufs Peinlichste genau gereinigt und angezogen. Selbst ihre Frisur brachte Burt wieder in ihren ursprünglichen

Zustand, noch bevor er sie an ein bereitgestelltes Bett mit Fixierbändern anschnallte. Ohnehin wäre sie nicht in der Lage gewesen, sich viel zu bewegen.

Die Narkosemittel hielten sie weiterhin in einer Art Dämmerschlaf fest. Burt wollte nichts überstürzen.

An Tag 21, nachdem sie die Wirkungsstätte penibel gereinigt hatten, jedes noch so kleine Teil an Klemmen, Tupfern oder Ähnlichem eingesammelt war, verabschiedete sich Carlos von seinem Freund.

────────

»Julianne? Hallo, bist du noch da?«, rief Dylan über den Tisch.

Mit einer Handbewegung, vertieft in die Lektüre, kam ohne aufzublicken, nur ein: »Ja, bin da. Wenn du deinen Teller in die Küche bringst, könntest du mir bitte aus der Schublade eine Packung Cracker mitbringen? Bist du so lieb?«

Dylan stand wortlos auf und folgte dem Wunsch seiner Schwester.

»Deine Lektüre scheint ja richtig gut zu sein.«

»Das kannst du laut sagen. Zuerst meinte ich, das Manuskript wäre zu hart, aber jetzt geht's schon«, meinte sie und las das Manuskript weiter, von dem nur noch wenige Seiten des ersten Kapitels vor ihr lagen.

────────

Am 24. Tag schien Marla sich gut erholt zu haben. Noch immer konnte sie nicht beurteilen, was geschehen war. Ihre Gelenke schmerzten, im Kopf hämmerte es, ihre Brust war bandagiert und überall empfand sie nur Schmerz. Tränen rannen ihr übers Gesicht, als Burt an ihr Bett herantrat. Noch immer war sie nicht Herr ihres eigenen Körpers. Ihr Körper schien sich von ihrem Verstand gelöst zu haben. Nichts war wie vorher. Auch ihren eigenen Willen hatte sie kaum unter Kontrolle. Sie schien gebrochen zu sein.

»Marla, ich habe eine Überraschung für dich. Morgen Abend kannst du nach Hause. Ich bringe dich persönlich dorthin. Ok? Aber dafür muss ich dir sehr früh ein Beruhigungsmittel geben. Wir wollen doch nicht, das du dich aufregst, oder? Und da du noch sehr schwach bist, habe ich dir einen Rollstuhl besorgt und schiebe dich. Einverstanden?«

Sofort begannen ihre Augen zu strahlen. Hoffnung keimte in ihr auf.

»Ach so, noch was«, fügte Burt hinzu.

Marla bekam bei diesen Worten Angst und einen Heulkrampf. Würde Burt sein eben Gesagtes wie eine Floskel, wie einen Spaß abtun?

»Ich habe dort eine Überraschung für dich, freust du dich?«

Sofort war bei diesem Satz ihre Skepsis von eben wie verflogen. Endlich zurück in ihr Heim. Diese Worte in ihrem Gehirn, waren sie im Augenblick auch noch so unreal, gaben ihr das Gefühl der Sicherheit und Geborgenheit zurück. Schluchzend schlief Marla ein.

————

Aufgeregt blätterte die Krimiautorin Julianne Peaches-Shappert die Seite um. Gibt es ein Happy End? Endlich schien es soweit zu sein. Sie kontrollierte die letzten Seiten. Gleich geschafft lobte sie sich selbst, als sie auf die Uhr sah.

Sechs Uhr?

Sie konnte es nicht glauben. Eben noch hatte sich ihr Bruder in sein Zimmer nach oben verabschiedet und….

Sie sah nach draußen. Die Sonne ging hinter dem Horizont auf.

Sie wollte trotz ihrer Übermüdung durchhalten und las angespannt Zeile für Zeile weiter.

———

Als Burt das Zimmer betrat, war es nicht Abend, wie er Marla versprochen hatte, sondern vier Uhr in der Früh. Für Marla schien es in diesem Moment weder ein Zeitgefühl noch ein körperliches Gefühl zu geben.

Leise sprach Burt auf die vor ihm liegende Marla ein.

»Keine Angst Marla, es geht los. Ich bringe dich heim. Großes Indianerehrenwort. Aber wie gesagt, Kapuze muss sein, dann hebe ich dich in den Rollstuhl und bring dich zurück. Dies ist doch eine Überraschung oder?«

Marla nickte zögernd, während ihr große dicke Tränen übers Gesicht liefen. Der Albtraum schien bald beendet zu sein.

»Noch was«, tat Burt scheinbar unwissend.

»Deine Firma, die Marlamatics Industries, ist doch noch immer in der Hasselwood St., oder? Welche Hausnummer war das? Und in welchen Stock hast du deinen Arbeitsplatz?«

Marla glaubte die Überraschung zu kennen.

»Hasselwood St 430 im 42. Stock.«

Marla begann zu lächeln.

Alles wird gut, alles wird gut. Ist nur ein böser Traum, suggerierte sie sich selbst.

Burt tätschelte ihr vorsichtig auf die Brust.

»Wird alles gut.«

Marla verspürte, einen stechenden Schmerz unter ihrem Kostüm, in Höhe ihrer Brüste, als er sie dabei kurz berührte. Aber was waren schon Schmerzen. Sie hatte tagelang diese Schmerzen am ganzen Körper ausgehalten.

Langsam ließen die Schmerzmittel nach und mehr und mehr zog bei ihr, in Körper und Verstand wieder ein reales Empfinden ein. Burt nahm ihr jetzt die Atemmaske ab, stülpte ihr den schwarzen Leinensack über den Kopf und hob sie in den Rollstuhl.

»Und nehme die Finger von den Rädern, sonst klemmst du dich noch ein.«

Sorgsam legte er ihr den Spanngurt auf Höhe ihrer Armbeuge an. Ihre Bewegungsfreiheit war erneut eingeschränkt. Aber so konnte sie immerhin nicht aus dem Rollstuhl fallen.

»So Marla, jetzt noch zwei Stunden Fahrt und dann sind wir am Ziel.«

Es war früh, als sie die Randbezirke der Stadt erreicht hatten. Plötzlich stoppten sie. Wortlos ließ Burt den Rollstuhl mit seiner lebenden Fracht aus dem Wagen, die kleine Rampe am Heck herunter gleiten und verschloss das Fahrzeug. Während der ganzen Fahrt ballte Marla die Faust der rechten Hand und streckte die Finger wieder aus, immer und immer wieder. Es schien doch noch Wirklichkeit zu werden, die Kraft und das Gefühl schien rechtzeitig zurückzukehren. Die linke Hand war vollkommen einbandagiert, weswegen auch immer, Marla schien dieser Umstand nicht wirklich zu stören. Anderes schien wichtiger zu sein.

Gemächlich schob Burt den Rollstuhl vor sich her.

Aber wieso konnte Marla kaum etwas hören? War es die Kapuze, die ihr die Sicht und ein Teil des Hörens nahmen?

Auf einmal vernahm sie Vogelgezwitscher und vereinzelt hupte irgendwo ein Auto. Da, sie hörte das Geräusch eines Müllwagens, der klappernd die Tonnen leerte. Vereinzelte Wortfetzen drangen an ihr Ohr, mehr nicht.

Es fühlte sich für Marla an, als ob die Stadt ihre laute Stimme verloren hätte. Kaum Menschenstimme drang an ihr sonst so feines Gehör. Marla begann hektisch zu atmen. Panik breitete sich in ihr aus. Erst als sie das vertraute Geräusch des Aufzuges hörte, der sich mit einem Ding Dong ankündigte, wurde sie ruhiger. Mittlerweile hatten sich die Aufzugstüren vor ihr geöffnet. Burt schob sie stumm hinein und drückte eine Taste. Lautlos begab sich der Fahrstuhl zur gewünschten Etage. Die Türen öffneten sich und ein warmer, angenehmer Windhauch schlug ihnen entgegen. Burt schob Marla wortlos vor sich her. Erst als er stoppte und ihr die Kapuze vom Kopf zog und den Gurt löste, wusste Marla wo Burt sie hingebracht hatte und wo sie standen.

Dachterrasse Marlamatics Industries 45. Stock am Rande des Gebäudes zur Hasselwood St. Der leichte Wind hier oben blies Marla die Haare durcheinander. Sie konnte keinen klaren Gedanken fassen.

Sie sah ihn verängstigt, aber scheinbar gefasst an.

»Burt, möchtest du mich umbringen?«

Sekundenlang sah Burt Marla nur an, ehe er in seine Tasche griff, nachdem ein klares und überzeugendes: »Nein«, über seine Lippen kam. Er zog ein Handy hervor und legte es ihr in die Hand.

»Sehen wir es realistisch«, dabei knöpfte er ihr langsam die Jacke des Kostüms auf.

»Sieh dich an. Geschunden wäre noch weit untertrieben. Du bist nichts. Aber überhaupt nichts mehr.«

Marla sah an sich hinab und begann zu realisieren was er meinte.

»Ich erkläre es dir. Carlos hat ganze Arbeit geleistet. Dir fehlen deine zwei gekauften Brustimplantate«, dabei zog er die beiden entfernten Silicon Implantate aus seiner Jackentasche und warf sie über die nur fünf Inch hohe Brüstung in die Tiefe. Marlas Puls begann zu rasen. Sie sah sich an und begann zu schluchzen.

»Aber dem nicht genug. Sieh genauer hin Marla. Los komm sieh dich an!«

Ruckartig, brachial zog er ihr die übergelegte Decke von den Beinen.

»Du besitzt keine Beine mehr. Sind einfach futsch und zwei deiner Finger gingen leider auch drauf. Sorry die benötigte ich als kleine Trophäe. Aber dafür hast du jetzt neue, waschechte, einwandfrei funktionierende Marlamatics Beinprothesen der neusten Generation. Alles wurde fachmännisch korrekt durchgeführt.«

Erschrocken sah Marla an ihrem Körper entlang und erschrak. Nur noch zwei Beinstümpfe, die nach den Knien endeten stachen ihr ins Auge. Darunter waren nagelneue Prothesen ihrer eigenen Firma montiert, die in ihren Pumps steckten. Burt zeigte mit dem Finger nach unten.

»Und du glaubst nicht, wie teuer die Dinger bei euch sind. Ich musste 38.000 Dollar berappen. Ohne Krankenkassenanteil versteht sich«, versuchte er spaßig zu wirken.

»Aber sei es, wie es ist, Marla. Es liegt in deinen Händen. Du hast, wie damals dein Liebhaber die Wahl. Ich werde nicht dein Richter oder Henker sein. Aber sieh hin. Es trennen dich fünf Inch von deiner Erlösung. Ein Schups, und dein kleines Wägelchen rutscht mit dir in die Tiefe. Du bist dann für immer alle Sorgen los. Oder, du drückst am Telefon vor dir auf die grüne Taste. Ich war so frei und habe deine Firmennummer abgespeichert. Danach holt dich fünf

Minuten später deine Sekretärin hier oben ab. Deine Entscheidung.«

Langsam ging Burt zum Fahrstuhl zurück. Die Fahrstuhltüre öffnete sich und er drehte sich ein letztes Mal nach Marla um.

»Marla!«, rief er ihr zu.

»Denke an den Quarterback und entscheide selbst was du tust.«

Danach war Burt, wie sie ihn nannte, hinter der sich schließenden Aufzugstür für immer verschwunden. Schluchzend verbrachte Marla eine geschlagene Stunde auf dem Dach, bevor sie im Büro ihre Sekretärin anrief. Marla Elttely wurde die folgenden Wochen in einem nahegelegen Krankenhaus auf einer Privatstation versorgt. Carlos, der mexikanische Arzt hatte ihr die Brustimplantate fachmännisch entnommen und die Wunde versorgt. Ebenso die beiden Beine unterhalb der Knie entfernt und ihr die firmeneigenen Beinprothesen angepasst. Es war ohne Übertreibung eine Meisterleistung.

Marla erstatte keine Anzeige. Aber fünfzehn Monate später stürzte sie sich aus unerklärlichen Gründen und ohne Abschiedsbrief vom Dach des 45. Stockes ihres Bürogebäudes.

————

Julianne atmete tief durch.

Der Krimi war so real geschrieben, dass es anfing sie zu frösteln. Sie stand auf, schlug sich die Decke über die Schultern und ging auf Socken in die Küche.

Der nächste Tag schien wie am Schnürchen zu laufen bis zu dem Augenblick, als Dylan am Nachmittag vom Einkauf in Bosstys Drugstore zurückkam. Auf der Veranda vor der Eingangstüre sah er einen kleinen, unscheinbaren roten Kasten stehen.

Mit beiden Armen voller Tüten rief er von weitem nach seiner Schwester.

»Julianne, haben deine Nachbarskinder, ihr Spielzeug bei dir auf der Veranda abgestellt?«

Langsam nahm er dabei die wenigen Stufen nach oben und blieb vor dem Kasten, welcher nun vor seinen Füßen stand stehen. Julianne öffnete ihm, mit einem Geschirrtuch in der Hand die Türe.

»Was hast du gesagt? Ich habe dich nicht verstanden. Ich hab gerade die Töpfe abgetrocknet.«

Dylan wies mit einer leichten Kopfbewegung nach unten.

»Gehört diese Kiste dem kleinen Zac von nebenan? Sieht aus wie eine Spieluhr, zumindest ist sie so farbenfroh bemalt.«

Seine Schwester zuckte mit den Schultern.

»Kann eigentlich nicht sein. Lessly ist mit Frederick und Zac vorgestern Abend zu ihren Eltern, nach Iowa gefahren. Vor morgen sind sie nicht zurück. So sagte es zumindest Lessly.«

Dylan stieg über eine kleine Kiste, die in Mitten des Einganges im Weg stand, und schob Julianne sanft mit dem Ellenbogen beiseite.

»Lass mich die Lebensmittel in die Küche bringen.«

Als Dylan zurückkam, stand Julianne noch immer unschlüssig mit ihrem Geschirrtuch im Türrahmen und sah nach unten.

»Was ist das? Und wer hat diese Kiste vor deine Türe gelegt?«, flüsterte Dylan ihr ins Ohr.

»Mach es auf und sieh hinein. Oder hast du Feinde?«

Sofort kam ihr der letzte Umschlag in den Sinn, den sie anonym bekam und geglaubt hatte es sei eine Briefbombe.

»So ein Quatsch. Ich habe nur Freunde und Verehrer.«

»Na dann hole es herein und mach es auf. Es steht vor deiner Tür, nicht vor meiner.«

Zögernd hob sie den Kasten an und trug ihn ins Wohnzimmer.

»Jetzt mach ihn auf du Angsthase«, forderte Dylan sie zum Öffnen des Behältnisses auf. Vorsichtig öffnete sie den kleinen Riegel an der Vorderseite und hob den Deckel nach hinten an. Erleichtert atmete sie tief durch. Ein weißer Brief mit blauem Adressfeld kam zum Vorschein. Adressiert an Julianne Peaches-Shappert.

Sie zog den Umschlag heraus und darunter sah man eine kleine verschlossene schwarze Plastikbox. Schnell öffnete sie den Brief und las die wenigen Zeilen sich laut vor.

Liebe Julianne!

Ich hoffe die Krimilektüre hat Ihnen gefallen. Ich gebe zu, die eine oder andere Sache hätte ich realer ausschmücken können, aber nun was soll's. Ich hoffe, Sie sind mir nicht böse und behandeln mein Schriftstück vertrauensvoll, wie eine persönliche Leihgabe. Gerne lasse ich Ihnen zu gegebener Zeit das zweite Kapitel vom Manuskript zukommen. Aber als kleiner Vertrauensbeweis meinerseits habe ich Ihnen eine Kostbarkeit beigelegt.

Ihr Kelep Freeborn

»Dylan, machst du bitte die kleine Plastikbox auf?«

Beherzt griff sich Dylan die Box und öffnete sie.

»Da hat sich einer einen Scherz erlaubt, Schwester-chen sieh rein, nur Eiswürfel.«

»Und was ist hiermit?«

Erst beim Schütteln, kam etwas zum Vorschein. Dylan zog daran und war über dessen Inhalt so erschrocken, dass er die Tüte samt Inhalt zu Boden fallen ließ.

In einer luftdicht verschweißten Tüte befanden sich zwei abgetrennte Finger.

Julianne wich zurück.

»Sag mir, dass es ein Witz ist und jemand sich einen Halloweenstreich erlaubt hat. Sind die echt? Oder sind die Finger von…?«

Ein düsterer Verdacht keimte in ihr auf, als sie die Nummer von Sheriff O´Neil wählte.

Spurensuche

Es dauerte nur Sekunden, bevor sich das Büro des Sheriffs meldete. Hastig trug Julianne der netten Dame am Telefon ihr Anliegen vor. Diese versprach den Sheriff, der sich keine zehn Meilen entfernt von ihr auf der Lielstenfarm befand, zu informieren.

Dylan legte, nachdem er sich aus dem hauseigenen Verbandskasten die Gummihandschuhe besorgt hatte, das Plastikpäckchen zusammen mit den Eiswürfeln in die Box zurück.

Seine Schwester saß stumm am Tisch.

Keine zwanzig Minuten später klopfte es an der Eingangstür.

Endlich, Sheriff O'Neil stand vor der Türe. Mächtig wie eine Eiche, stemmte er seine Hände in die Hüften. Nach einer kurzen Begrüßung nahm er sich des Sachverhaltes an.

»Ma'am, ist Ihnen der Inhalt bekannt?«

Julianne starrte ihn an. Noch bevor sie etwas sagen konnte, präzisierte er seine Frage und hielt ihr dabei das kleine Behältnis vors Gesicht.

»Ms Shappert, kommen Ihnen die Finger bekannt vor?«

Erschrocken wich sie kopfschüttelnd zurück.

»Sheriff, wie können Sie annehmen, dass ich den Besitzer dieser Finger kenne. Sie sind geschmacklos. Irgendjemand da draußen vermisst sie bestimmt.«

Julianne begann zu schlucken, ohne den Satz zu Ende zu führen. Dabei zeigte sie auf das Tütchen.

O'Neil sah sie an und nahm seinen Hut vom Kopf.

»Nun, wissen Sie…«, fing er seinen etwas elitären Satz an.

»Wenn Sie meinen markanten Hut betrachten, dann

denken Sie ja auch, dass er einem Sheriff, gehören muss, oder nicht? Und wenn ich das kleine Päckchen so ansehe«, dabei hob er es in die Höhe.

»Naja, sie sind Ihnen geschickt worden. Ich würde behaupten, für Männerfinger sind sie zu klein, für Kinderfinger zu groß. Also schätze ich, es sind welche von einer weiblichen Person. Ich kann ja auch daneben liegen. Aber lackiert sind sie ja auch noch. Aber um genaueres zu erfahren, liegt dies jetzt doch in den Händen der Spurensicherung.«

Julianne, schoss sofort der Gedanke an ihren unbekannten Schreiberling durch den Kopf. Sie erwähnte aber nichts von dem Manuskript.

Sheriff O´Neil versprach, sich um die Angelegenheit zu kümmern und das FBI zu informieren.

Kurze Zeit später verschwand er mit dem dubiosen Paket samt Inhalt in seinem Wagen.

Dylan und Julianne setzten sich erst einmal.

Julianne zuckte nur ratlos mit den Schultern

»Juli, wer ist so krank und legt dir so etwas vor die Türe?«

Drei Tage danach

Schon vor Monaten hatte sich Julianne bei ihrer Arbeitsstelle, eine psychiatrischen Klinik in der sie als Fachpsychologin tätig war, eine sechsmonatige Auszeit genommen, um an ihrem Buch zu schreiben. Nur ihre stundenweise Nebentätigkeit im Diner gab sie nicht auf.

Zügig war sie nach Hause gefahren und erblickte aus einiger Entfernung ihren Bruder. Nach der üblichen Begrüßung begannen beide über den alltäglichen Ablauf zu reden, bis Dylans Blick auf eine Visitenkarte fiel, die er Stunden zuvor im Briefkasten fand.

»Hast du Freunde beim FBI?«

Juli drehte sich zu ihm um.

»Wieso? Ich war da nicht lange beschäftigt, nur bis nach der Probezeit, mehr nicht. Das weißt du doch.«

Dylan hielt ihr eine Visitenkarte vor die Nase, auf der hinten etwas gekritzelt stand.

»Die lag im Briefkasten Schwesterchen.«

Julianne nahm sie ihm aus der Hand und las zuerst laut die Vorderseite.

»FBI-Supervisor Special Agent Max Peterson Büro Atlanta.«

Danach drehte sie das kleine schmucklose Kärtchen um.

»Wir haben sie leider nicht erreicht. Bitte setzen Sie sich mit uns in Verbindung, Max Peterson.«

Juli stutzte.

»Keine Ahnung, was die wollen. Ich werde mal anrufen. Vielleicht habe ich in Atlanta falsch geparkt, wer weiß?«, scherzte sie, während Dylan die von ihr mitgebrachten Speisen aufräumte und sie sich ins Wohnzimmer zum Telefon begab. Mit der Visitenkarte in der Hand wählte sie die Nummer. Als Juli nach kurzem Gespräch wieder auflegte, fragte Dylan nach.

»Und was war, erzähle.«

»Nichts. Die zuständigen Beamten wären nicht im Hause und würden morgen Vormittag bei mir vorbeisehen. Mehr nicht, Bruderherz.«

Dylan sah seine Schwester eindringlich an. Er wusste, wenn ihr etwas im Kopf herumschwirrte, wurde sie ganz still. Und sie wurde still, fast unheimlich still. Dylan rüttelte sie am Arm.

»Juli, was ist los? Hast du vielleicht eine Ahnung weshalb das FBI etwas von dir möchte?«

Juli schüttelte nur den Kopf.

»Habe keinen blassen Schimmer was die von mir wollen, aber morgen werden wir es bestimmt erfahren.«

Am nächsten Morgen verabschiedete sich ihr Bruder schon sehr früh von Julianne, um seinen Dienst am Flughafen anzutreten während sie dabei auf die Uhr sah. Es war noch Zeit für eine Runde Jogging, bevor das FBI bei ihr an der Türe klingeln würde. Untätig wollte sie den schönen Morgen nicht verstreichen lassen und machte sich gerade für den Lauf fertig, als es an der Tür klopfte. Ein Mann und eine Frau mit dunklen Sonnenbrillen und dunklen Anzügen standen auf ihrer Veranda. Beide hoben gleichzeitig ihren Dienstausweis und Marke in die Höhe, bis der männliche Beamte zu reden begann.

»Ms Peaches-Shappert? Julianne Peaches-Shappert?«

Julianne nickte.

»Ich bin Supervisor Special Agent Max Peterson vom FBI aus Atlanta. Und dies hier ist meine Kollegin Supervisor Special Agent, Lee Romero. Dürften wir Ihnen bezüglich Ihres erhaltenen Paketes einige Fragen stellen?«

Julianne Peaches-Shappert sah die beide Bundesbeamten entgeistert an.

Noch bevor sie zu Wort kam, zog Special Agent Romero ihre dunkle Brille ab und stotterte zögernd herum.

»Julianne Peaches-Shappert, ich meine die Julianne Peaches von der FBI-Academy in Quantico? Juli, bist du es wirklich?«

Jetzt erst erkannte Julianne ihre ehemalige Kommilitonin Lee, die mit ihr damals den Eignungstest in Quantico gemacht hatte. Mit ihr war sie in der Probezeit, als Partnerin eng verbunden, bevor sie den Dienst quittierte. Mit offenen Armen ging Julianne, zum

Erstaunen von Agent Peterson an ihm vorbei, direkt auf Agent Romero zu. Sie waren damals wie Schwestern gewesen. In enger Umarmung wippten sie von einem Bein aufs andere.

»Wenn ich das Dylan erzähle, flippt der vor Freude aus.«

»Du meinst deinen süßen Bruder?«, gab Spezial Agent Romero witzig zurück.

»Genau der«, lachte Julianne, ehe Agent Romero das ganze familiäre Getue Agent Peterson erklären konnte. Schnell hatte sie die beiden Beamten ins Haus auf ein kühles Getränk gebeten, dabei wurde selbstredend der Fund der zwei Finger angesprochen sowie den Erhalt ihres ominösen Manuskripts.

Julis Gesichtsausdruck veränderte sich dabei.

»Muss ja nichts damit zu tun haben, aber seltsam war es schon, als ich Tage vorher ein mir fremdes Manuskript ohne Absender in Händen hielt. Glaub mir Lee, es war sehr realistisch geschrieben.«

Juli stand auf, zog das erwähnte Manuskript, inklusive einen Umschlag aus einer Schublade und legte es abwartend auf den Tisch. Jedoch Agent Romero schien zumindest jetzt, diesen Umstand völlig zu ignorieren.

»Juli, wir haben von keiner vermissten oder gesuchten Person gehört, dessen Fingerabdruck mit deinen beiden gefundenen Fingern übereinstimmt. Aber das hat nichts zu bedeuten. Vielleicht suchen wir in der falschen Richtung. Es sind die Finger einer Frau, so viel sagt die DNA-Analyse. Vielleicht ist alles nur ein Scherz. Aber dürfen wir den Umschlag und das Manuskript zur Spurensicherung mitnehmen? Vielleicht ergibt sich was.«

Julianne nickte.

»Ich lese mir das Manuskript auch durch, schon von Berufswegen, ok? Ich verspreche dir, wir gehen dieser Sache gewissenhaft nach.«

»Naja, bedroht hat mich ja niemand. So gesehen geht's mir gut. Nur derjenige, wer auch immer diesen Thriller verfasst hat, der schickt mir bestimmt ein weiteres Kapitel. Sofern es eines gibt. Die Finger müssen ja nicht mit der mir zugesandten Lektüre in Verbindung stehen. Ich tippe da eher auf einen Zufall.«

»Ok, Schwester«, lächelnd sah Lee dabei ihre ehemalige Mitstreiterin an.

»Was hältst du davon. In einer Woche komm ich privat bei euch zum Barbecue vorbei und berichte dir was in diesem Fall, inzwischen geschehen ist. Ok?«

Juli begann zu lachen.

»Ok, abgemacht Schwester. Dylan freut sich bestimmt, wenn ich ihm dies heute Abend berichte.«

Beide Agents verabschiedeten sich von Julianne und begaben sich nach draußen, wo sie ins Auto stiegen und in Richtung Atlanta fuhren.

Schnell war am Abend, nach dem Eintreffen von Dylan, alles Neue über ihre alte, wiedergefundene Freundin Lee Romero ausgetauscht.

Die Tage vergingen, niemand hatte an das Zurückliegende gedacht, als Lee Romero hupend die Zufahrt herauffuhr. Überschwänglich begrüßten sich alle und begannen mit einem ausgiebigen Barbecue. Irgendwann fiel es Lee ein, dass sie was vergessen hatte und eilte die wenigen Schritte zu ihrem Auto. Dort zog sie ihre Tasche vom Beifahrersitz und kam zurück. Ein flinker Griff in ihre geräumigen Tasche und sie streckte kurz darauf Juli das Manuskript entgegen.

Schnell fühlte sich Julianne an jenen Abend zurückerinnert und schluckte. Hatte sie das Geschehene doch total ignoriert.

»Keine Fingerabdrücke, keine verwertbaren Spuren. Nicht mal auf dem Briefpapier des Anschreibens. Ich kann dir zwar sagen, woher das Papier stammt, auch den Boten haben wir gefunden.«

Sie machte eine kleine Sprechpause.

»Aber keiner erinnert sich genau an denjenigen, der den Umschlag abgegeben hat. Na ja, und der Name Kelep Freeborn scheint auch nur ein Künstlername zu sein. Und jetzt wird es noch schöner. Die beiden Finger gehören angeblich niemandem. Aber ich bleibe dran. Jemandem müssen sie ja fehlen. Vielleicht gehören sie aber auch zu einer erst kürzlich verstorbenen Person aus einem Beerdigungsinstitut?«

Lee zuckte mit den Schultern.

Fassungslos über so wenig nützliche Informationen vom FBI, stand Juli verdutzt vor ihr.

»Aber wieso lagen die Finger vor meiner Tür? Lee, ist das Manuskript nicht der gleiche Fall?«

Lee schüttelte den Kopf.

»Vermutlich nicht. Der oder die Täter könnten die Finger, wie bereits erwähnt, auch einem Toten in der Leichenhalle entwendet haben. Vielleicht wollte dich so jemand beeindrucken?«

»Stimmt, auch so könnte es gewesen sein. Und ich mach mir überflüssige Sorgen um mein Leben. Wahrscheinlich ist es meine völlig übertriebene, schriftstellerische Fantasie die Kapriolen schlägt.«

Sie begann gekünstelt zu lächeln.

Alles schien, von da an in geordneten Bahnen zu verlaufen. Aber nur dem Anschein nach.

Neuigkeiten

Julianne hatte früh den Tisch gedeckt und ging hinaus auf die kleine Veranda. Sie wartete wie jeden Tag auf den Zeitungsjungen Chris, der von seinem Fahrrad aus ihr die Zeitung entgegenwerfen würde. Sie sah Chris von weitem auf seinem blauen Rad, pünktlich wie immer die Straße entlangfahren.

Als er an ihr Grundstück kam, bremste er unplanmäßig ab. Julianne wunderte sich, weshalb er dies tat und sah ihn an. Chris legte sein Fahrrad ins Gras und kam mit seiner übergroßen Zeitungstasche auf sie zu. Überrascht sah sie ihn an, als er ihr auf seinen kleinen Beinen entgegenlief.

»Guten Morgen Ms Peaches-Shappert, ich habe was für Sie.«

Beherzt griff er in seine Zeitungstasche. Nach einem kurzen Moment des Suchens, zog er die Tageszeitung und einen grünen, etwas dickeren Briefumschlag hervor und übergab ihn ihr. Bei Julianne begannen sich auf der Stirn kleine Schweißtropfen zu bilden als sie auf den Umschlag sah. Ihr Name stand fein säuberlich gedruckt auf einem Etikett. Dahinter standen nur die Worte

Kapitel zwei.

Julianne sah den Zeitungsjungen an und schüttelte ihn an seinen Schultern.

»Chris, woher hast du den Brief? Wer hat ihn dir gegeben?«, fragte sie ihn eindringlich.

»Ms Peaches-Shappert, drüben an der Katell. Rd hat mir ein älterer Herr in einem dunklen Anzug, den Umschlag und zwanzig Dollar gegeben. Ich sollte den Umschlag nur Ihnen persönlich übergeben, mehr nicht. War das denn falsch, Ms Peaches-Shappert?«

Juli stricht dem kleinen Chris beruhigend übers Haar.

»Alles ok Chris, ich wollte nur wissen, wer mir eine Freude machen möchte«, log sie den Jungen an und verabschiedete sich von ihm. Schnellen Schrittes eilte sie zum Board, auf dem das letzte Manuskript des fremden Schreiberlings lag, das Lee Romero ihr zurückgegeben hatte. Zittrig nahm sie ein Messer vom Tisch und öffnete den neu angekommenen Briefumschlag. Wieder lag ein Brief einem Stapel Papier bei. Sie achtete nicht auf das sorgsam geschnürte Bündel, das die Aufschrift Kapitel zwei trug, sondern öffnete den Brief und las das beigelegte Schreiben.

Hallo Julianne!

Ich muss mich bei Ihnen für die lange Wartezeit entschuldigen. Ich hatte Ihnen versprochen Sie auf dem Laufenden zu halten. Bestimmt haben Sie ungeduldig das nächste Kapitel erwartet. Leider dauerten die Recherchen ein wenig länger als erwartet. Sie als Schriftstellerin wissen ja wie das ist. Recherche ist der halbe Erfolg!
So hoffe ich, dass auch dieses Mal meine Lektüre, oder besser gesagt der Thriller Sie fesseln wird. Natürlich bedanke ich mich schon jetzt für ihre zur Verfügung gestellte Zeit und entschuldige mich schon jetzt, für die dadurch entstandenen Unannehmlichkeiten.

Somit verbleibe ich ihr

Kelep Freeborn

Julianne legte wie in Trance den Brief zur Seite und sah auf das Bündel Papier. Sie entschloss sich, dieses Mal das Ganze locker zu sehen.

Ein Thriller, Kapitel zwei was sonst, redete sie sich ein und verwarf den Plan es sofort zu lesen.

Frühstück war angesagt und keine Lektüre am Morgen schien besser dafür geeignet zu sein, als eine Tageszeitung. Dabei ging ihr immer wieder das Gespräch mit Lee durch den Kopf. Sollte etwas unschlüssig klingen, dann melde dich bitte, hatte sie dauernd erwähnt und so wollte Julianne auch vorgehen. Nüchtern und ohne Vorbehalte. Bestenfalls war es ja nur ein guter Thriller, den sie vor sich hatte, mehr nicht.

Keine zehn Stunden später

Sie war vollkommen erledigt und abgeschlagen, ausgelaugt und total übermüdet. Es war gegen drei Uhr Nachmittag, als sie von der Frühschicht im Diner zurückkam. Nur ein Bad konnte hier hilfreich sein und so verschwand Julianne für geraume Zeit nach oben. Nach dieser Entspannung kam Julianne endlich zur Ruhe und schnappte sich unwillkürlich das fremde Manuskript.

Immer wieder beschäftigte sie die Frage, weshalb tut der Schreiber so geheimnisvoll, wenn es seiner Meinung nach nur ein ganz gewöhnlicher Thriller ist? Hatte er Angst vor Kritik?

Als sie sich mit einem kühlen Getränk und etwas Knabberei versorgt hatte, ließ sie sich auf ihrer Lesecouch nieder. Entspannt und relaxt griff sie nach der ersten Seite und begann zu lesen.

Alex Cloogster

Als an diesem Morgen der Wagen von der Hauptstraße aus Roanoke Virginia kommend in die Lexington Road abbog, hatte der Fahrzeuglenker des '70er Ford Mustangs, nach drei Stunden Fahrzeit rund 120 Meilen, zwischen seinem Wohnort und seinem Ziel gebracht. Langsam rollte der Wagen auf der unbefestigten Straße auf das abgelegene Blockhaus zu.

Überall lagen verstreut, unbrauchbare Dinge in der Gegend herum. Alte Autoteile, ein Kinderfahrrad und aufgestapelte Holzstücke. Eine alte Badewanne, die am Straßenrand ihr Dasein fristete, zeugte von einer lebhaften Vergangenheit dieses Grundstücks, hier am scheinbaren Ende der Welt, weit außerhalb der Ortschaft.

Alex Cloogster, der Eigentümer dieses Anwesens, war nach seiner Scheidung vor sechzehn Jahren hier zurückgeblieben. Er hielt sich mit einem Job bei einer Bäckerei in der Stadt über Wasser. Nebenbei verkaufte er, wenn es die Jagdsaison erlaubte, frisches oder eingelegtes Wild aus den umliegenden Wäldern. Dabei machte es für ihn keinen Unterschied, ob er einen kapitalen Hirsch, oder ein Wildschwein jagte. Er jagte gern. Für manchen Einwohner der Stadt jagte er zu gern. Seine private Speisekammer war stets gefüllt und dies nicht nur mit Fleisch aus der Umgebung.

Nur sein Job, der bereitete ihm kein wirkliches Vergnügen. Täglich lungerten die Obdachlosen um das Geschäft herum, in der Hoffnung etwas aus der Backstube zu bekommen.

Er persönlich fand, dass sein Boss Freddie Bohrstein, ein viel zu weiches Herz hatte.

Täglich musste er unter seiner Aufsicht, die wie Hyänen herumlungernden Obdachlosen mit Brot und anderen Zutaten aus der Bäckerei versorgen. Er empfand es als eine jämmerliche Tätigkeit. Für ihn waren Obdachlose wie streunende Hunde, die man am besten ausrotten sollte. Aber was sollte er tun? Sein Chef bezahlte ihn gut und so blieb ihm nichts anderes übrig, als zähneknirschend die tägliche Routine hinzunehmen.

Durch Pfützen und über das lose Blattwerk steuerte der alte Ford Mustang auf den Hauseingang zu. Mr Cloogster hackte gerade neues Brennholz für seinen Kamin, als der Fremde aus seinem Wagen stieg. Mit seinem langen Ledermantel schien er für die warme Jahreszeit etwas übertrieben warm angezogen zu sein. Alex Cloogster erkannte jetzt erst den Fremden und ging auf ihn zu. Freundschaftlich begrüßten sich beiden.

»Mr Freeborn, was treibt Sie hierher in meine bescheidene Bleibe? Sie waren doch erst vor wenigen Monaten hier?«, dabei zeigte er mit den Händen auf das Areal.

»Alex, tut mir leid, aber mir gehen die Vorräte an Wild aus. Da dachte ich, weil noch Jagdsaison ist, sehe ich hier vorbei. Und ich besorge für meinen Bruder und seine Familie einen kapitalen Braten. Etwas Feines, richtig Zartes, wenn Sie wissen, was ich meine? Übrigens für meinen Nachbarn, Pater Miller komme ich demnächst auch wieder vorbei.«

Kelep Freeborn versuchte sein Escheinen, mit seinen Händen so interessant wie möglich zu gestalten.

»Wie gesagt, für meinen Nachbarn Pater Miller, darf ich nächsten Monat auch noch ein zartes Fleischstück besorgen. Wäre es möglich, dass ich da nochmals vorbei schaue. Ist ja noch Jagdsaison oder? Ich kenne mich da nicht aus, in Ihrem County.«

Alex lächelte.

»Klar können Sie im nächsten Monat vorbeisehen. Bei mir ist immer Jagdsaison«, grinste er Kelep an, als wie wenn es ein Spaß wäre.

Kelep Freeborn wusste aber genau, dass diese Woche die Abschusszeit für Hirsche enden würde, was zumindest Alex wenig Kopfzerbrechen bereitete. Er schoss zu jeder Jahreszeit.

Es wurde belangloses Zeug geredet als die beiden Männer, zumal sie sich mehr als nur einmal getroffen hatten, sich das gegenseitige Du angeboten.

Das Eis schien gebrochen zu sein und jeder, zumindest Alex Cloogster, hatte das Gefühl seinem Gegenüber vertrauen zu können.

»Kelep, komm mal mit. Ich möchte dir was zeigen.«

Er führte seinen Besucher hinters Haus in deren Mitte eine mächtige Kiefer stand.

»Da nehme ich meine Tiere auseinander«, prahlte er und zeigte dabei noch auf die blutverschmierte Schüssel die unter zwei Haken stand, die an einem Ast befestigt waren. Alex Cloogster zeigte auf den Hügel hinter sich. Nichts, außer Gras und Buschwerk deutete auf etwas Ungewöhnliches. Eine alte vermoderte Holztür schien wie zufällig am Hügel angelehnt.

»Kelep, fällt dir etwas auf?«

Kelep Freeborn schüttelte den Kopf.

»Nur eine verrottet Türe, die dort am Hang liegt. Gras, Büsche? Oder habe ich etwas übersehen?«

»Kelep, du bist kein Waldläufer aber ein lausiger Beobachter.«

Kelep hob scheinbar unwissend beide Hände in die Höhe.

»Kläre mich auf Alex!«

Alex stolzierte vor ihm herum und bat ihn stehen zu bleiben. Er ging kurz ins Haus zurück und holte seine doppelläufige Flinte hervor, kam zurück und schob sich seinen speckigen Cowboyhut in den Nacken. Unrasiert, mit einer Zahnlücke in seiner Kauleiste, baute er sich vor Kelep auf und hielt ihm die Flinte vor die Nase. Anscheinend wollte er vor seinem etwas größeren Gegenüber angeben.

»Wow wow wow, Alex! Nicht so hektisch mit der Waffe. Sie könnte losgehen«, tat Kelep übertrieben, so als hätte er eine mordsmäßige Angst vor ihm.

Alex hielt beharrlich die Waffe an Kelep's Kinn positioniert, dabei kam er dicht an seinen Kopf und begann zu flüstern. Hierbei bemerkte Kelep, wie Alex furchtbar aus seinem Mund nach Knoblauch roch.

»Ich erzähle dir ein kleines Geheimnis Stadtmensch«, versuchte er Kelep einzuschüchtern, indem er ihm in die Augen sah.

»Das bleibt unter uns, verstanden?«, dabei versuchte er Kelep weiter in die Augen zu sehen, was bei dem Größenunterschied nicht einfach war.

Kelep nickte langsam, indem er auf Alex herabsah.

»Hör zu, mein Vater und dessen Vater, die hatten eine kleine Kühlkammer in den Berg gebaut. Einfach so. Und ich habe die Kammer leicht modifiziert, wenn du weißt, was ich meine«, dabei zwinkerte er ihm unverblümt an.

Kelep hatte zwar eine Ahnung was Alex damit meinte, aber er tat nichtsahnend und nickte ihm zur Bestätigung zu.

»Klar Partner. Modifiziert, klasse.«

Kelep sah auf die gammelige Tür, die einfach auf der Böschung zu liegen schien. Zeigte mit dem Daumen nach oben und wies mit der Hand in Richtung der Böschung.

»Dass ich es richtig verstanden habe, hinter dem alten Ding ist eine Kühlkammer?«

Alex nickte und nahm seine Waffe von Kelep's Hals.

»Wir müssen leise reden, Kelep. Man kann hier draußen niemandem trauen, hier kommen Penner und Nutten den Weg entlang, verstehst du?«

Dies schien Kelep's Stichwort zu sein.

»Penner und Nutten? Ich habe unten in der Stadt die Vermisstenmeldung eines Professors Greg Evans gesehen, wieso wird ein Professor vermisst?«, tat Kelep unwissend.

»Ach der.«

Alex machte plötzlich eine kurze, dennoch abwertende Handbewegung. Er tat beschwichtigend und völlig desinteressiert.

»Der scheint abgerutscht zu sein. Ist anscheinend ein Penner geworden. Ich kannte den Typ nicht wirklich, sorry. Die Bullen waren auch hier draußen und haben jeden Stein umgedreht, weil der Professor dauernd vor der Bäckerei meines Chefs rumlungerte.«

»Aber ich mag weder Penner noch Nutten, die stinken immer so abartig nach Essensresten.«

Kelep nickte.

»Ok mein Freund, ich hole dein Fleisch aus der Truhe im Haus. Und bis du das nächste Mal kommst, habe ich ein richtig junges, zartes Stück Fleisch für dich.«

Kichernd ließ Alex seinen Besucher Kelep vor dem Haus stehen und ging hinein. Keine zehn Minuten später kam er mit einem großen verpackten Stück Fleisch zurück.

»Ist ein Stück von einem jungen Reh«, begann er wieder zu kichern.

»War noch nicht ausgewachsen und habe es an der Straße gefunden. Für schlappe fünfzig Dollar bekommst du es, ok?«

Alex schien Kelep zu vertrauen. Kelep zog seine Geldbörse hervor und bezahlte. Er versprach spätestens in vier Wochen zu erscheinen und ging mit dem Fleischvorrat zum Wagen.

Winkend verabschiedete sich Kelep von ihm, als er zurück in Richtung Roanoke fuhr.

Viele Gedanken gingen ihm dabei durch den Kopf als er langsam in die Parkbucht seines Motels einbog. Keiner kannte ihn hier, keiner sprach ihn an. Nur die junge Servicedame Emma, die wie es schien, hier die Zimmer reinigte und die Wäsche wechselte, schien ihn für nett zu befinden. Sie grüßte zumindest freundlich, wenn sie ihn kommen sah.

Von ihr kam auch der Tipp mit dem vermissten Professor Evans. Er war damals ihr Physiklehrer an der High-School und nach seiner Scheidung wurde er obdachlos. Keine fünf Monate später, verschwand er spurlos aus dem Ort. Keiner wusste weshalb und wohin er abhandengekommen war.

Er lungerte ständig an den Bäckereien herum. Er gab ein oder zweimal die Woche Schülern Nachhilfe und erbettelte sich sein tägliches Auskommen. Schließlich schien er zum Säufer geworden zu sein.

Mehr konnten auch seine Lehrerkollegen nicht über ihn berichten.

Kelep Freeborn's Recherchen schienen lückenhaft zu sein. Weshalb verschwindet ein angesehener Lehrer, der örtlichen Schule spurlos?

Als er in seinem Motel saß und Akten und Zeitungsschnipsel studierte, ging ihm der Kühlraum von Alex nicht aus dem Kopf.

War er am Ziel seiner Ermittlungen? Würde er wie Alex werden? Konnte so sein ungestilltes Verlangen nach Gerechtigkeit beschwichtigt werden. Stand er für Recht und Ordnung ein, oder würde sein stilles Verlangen in ihm mehr als nur dies erwarten? Was war seine wirkliche Antriebsfeder? Hatte er dieses Verlangen in seinen Genen?

Schnell schob er diese grässlichen Gedanken von sich, indem er aufstand, ein Stück vom mitgebrachten Fleisch abschnitt und rüber zur nahegelegenen High-School ging, in der nach seiner Information die Analyse von Stoffen gelehrt wurde.

Mit einer kleinen Handbewegung warf er das Fleischstück auf den Tisch eines Studenten, der abseits von allen anderen in einem leeren Saal saß und seine Chemiebücher studierte. Er packte ein Bündel Geldscheine aus und schob es dem Studenten in die Brusttasche.

»Ich brauche eine vertrauensvolle Analyse. Welches Fleisch dies ist, von welchem Lebewesen, oder was auch immer. Ist das möglich? Nichts Offizielles, wenn Sie wissen was ich meine.«

Der Junge hinter dem Tisch war noch mit dem zählen der Scheinen beschäftigt und nickte nur, ohne ihm in die Augen zusehen.

»Ist morgen früh fertig, Sir.«

Kelep griff nach dem Kragen des Studenten und zog ihn ruckartig nach oben, nicht ohne vorher sein Namenschild gelesen zu haben.

»Joshua«, zischte Kelep Freeborn ihn leise und beherrschend an.

»Joshua, die Sache bleibt unter uns, verstanden? Ich möchte wissen, woraus dieses Stückchen Fleisch besteht!«

Der Junge nickte, nachdem Kelep ihn zurück auf seinen Stuhl fallen ließ und verschwand im Nebenraum. Irgendwie schien Kelep dem Studenten nicht zu vertrauen. Sein Instinkt witterte Gefahr. So entschloss er sich dazu, am nächsten Morgen vor dem Gebäude im Auto auf den Studenten zu warten.

Sein Instinkt betrog ihn nicht.

Als Joshua das Gebäude betrat, bemerkte er nicht das ortsfremde Fahrzeug gegenüber der Straße. Keine zwei Stunden später, Kelep hatte sich gerade einen Kaffee geholt, verließ Joshua sichtbar aufgeregt mit einem Blatt Papier in Händen das Schulgebäude und lief direkt über den Campus in Kelep's Hände.

»Wohin des Weges junger Freund«, bremste Kelep, Joshuas Absicht die Straße zu überqueren. Kelep zog aus seinem Hosenbund eine Waffe, die er unter der Tageszeitung versteckte und hielt sie dem Schüler auf Bauchhöhe entgegen.

» Junge, möchtest du heute sterben?«

Joshua, der keine Armlänge entfernt stand, schüttelte unaufhörlich mit dem Kopf. Schweißperlen hatten sich auf seiner Stirn gebildet.

»Nicht für ein Blatt Papier, Mister«, dabei streckte er ihm das Blatt entgegen. Kelep ging noch näher auf ihn zu, während er seine Waffe zurücksteckte und nach dem Schriftstück griff.

»Waren die 200 Dollar zu viel, mein Junge? Wenn du jemandem davon erzählst, besuche ich dich und schneide dich in kleine Streifen, verstanden?«

Joshua sah ihn nur perplex an.

»Und jetzt hau ab!«, befahl im Kelep, während er das Blatt Papier in seiner Brusttasche verschwinden ließ.

Zurück im Motel konnte er sich sicher sein, der Student würde nicht plaudern, dafür war er viel zu sehr eingeschüchtert. Erst jetzt las Kelep die Analyse des Fleisches und schlug mit der Faust auf den Tisch.

»Fuck, Fuck, Fuck.«

Etwas brachte ihn in Rage. Sein Verdacht hatte sich bestätigt. Ungehalten sprang er von seinem Stuhl auf. Er war so schnell, dass durch seine Rückwärtsbewegung der Stuhl zu Boden viel. Wie ein Tiger im Käfig ging er unkontrolliert im Zimmer auf und ab. Wut kam in ihm auf. Sie breitete sich wie ein Lauffeuer in seinem Körper aus. Zitternd, wütend und ungehalten, mit hochrotem Kopf nahm er einen Schluck aus der Bierdose. Hektisch sah er sich lauernd um. Hatte er Visionen? Eingebungen oder ging sein Verstand mit ihm durch? Kelep fand keine Ruhe.

Er zog den kleinen Koffer unter seinem Bett hervor und stöberte wild darin herum. Akten, lose Zeitungsausschnitte, Schmerzmittel, alles lag wahllos darin herum. Zitternd griff er nach der Pillendose. Mit einem Schluck Bier spülte er zwei der gelben kleinen Pillen hinunter, ohne darauf zu achten was die Beschreibung auf der Pillendose hierfür angab. Erschöpft legte er sich aufs Bett, als er Minuten später total ermüdet die Augen schloss.

———

Julianne schien von Kapitel zwei des Manuskripts enttäuscht zu sein. Sie erwartete eine harte Schreibweise. Fehlanzeige. Wie sie bei ihrer damaligen Mutmaßung es feststellte, ist alles nur Fiktion und journalistische Freizügigkeit. Es hatte aus ihrer Sicht definitiv keinen Bezug zu den Fingern, die ihr jemand gesendet hatte. Vermutlich war es damals doch ein Spinner, der sie oder ihre Krimis nicht mochte.

Julianne begann zu schlucken, als sie nach dem Glas mit Orangensaft griff.

»Ups, schon wieder leer.«

Missmutig erhob sie sich aus ihrer bequemen Leseposition von ihrem Sofa und ging mit dem leeren Glas in der Hand in die Küche. Dort angekommen stellte sie es auf den Tisch, als das Telefon klingelte.

»Shappert«, meldete sie sich kurz und knapp.

»Lee, du? Was verschafft mir das Vergnügen? Wolltest du nicht erst am Wochenende bei uns vorbeikommen?«

Überrascht lauschte sie auf die Ausführungen ihrer Freundin Lee Romero vom FBI, die sie sachlich über den Stand der Dinge informierte.

»Sorry Juli, Max und ich haben einen Fall in Virginia, in einem Kaff zwischen Blacksborg und Lexington. Keine Ahnung, wo wir hier gerade sind. Max und ich sind gleich vor Ort; nur noch fünf Meilen. Wenn ich es schaffe, komme ich am Wochenende vorbei. Aber vorher schicke ich dir eine SMS, ok?«

»Ja ok, du meldest dich einfach. Du kannst gerne deinen Kollegen mitbringen.«

»Ok Juli, ich muss jetzt auflegen. Wir biegen gerade in ein Waldgebiet ein. Mach's gut, bis bald«, danach war nur noch ein Knacken in der Leitung zu vernehmen. Julianne legte den Hörer zurück in die Ladestation.

Irgendetwas an diesem Gespräch machte sie stutzig. Hatte sie etwas überhört? Sie wischte den Gedanken schnell beiseite. Nach einem kurzen Rundumblick lief sie zurück zu ihrer gemütlichen Lesecouch. Schnell war die Stelle gefunden, an der sie abgesetzt hatte. Sie nahm einen großen Schluck aus dem Glas und weiter konnte es mit dem Lesen gehen.

———

Unglaublich schnell schienen die letzten zwei Tage an Kelep vorbeigegangen zu sein. Nur zum Essen hatte er das Motelzimmer verlassen. Ab und zu war ihm Emma, die freundliche Reinigungskraft begegnet, die immer ein freundliches Lächeln auf den Lippen hatte.

Selbst als er abwesend war, konnte er sich darauf verlassen, dass nichts aus seinem Zimmer verschwand. Im Gegenteil, zuvorkommend legte Emma dem Gast immer unaufgefordert seine frisch gewaschene Wäsche zusammen. Als Kelep ihr heute beim Gehen eine hundert Dollar Banknote zugesteckt hatte, lief sie rot an und bedankte sich überschwänglich bei ihm.

Er wollte heute keine Zeit vergeuden, tat das großzügige Geldgeschenk an sie als belanglos ab, griff nach seiner Jacke, den Handschuhen, einigen Papieren und verschwand auf dem Flur, in Richtung Parkplatz zu seinem Auto.

Als er den Schlüssel im Zündschloss drehte, war ihm eines klar, sein Ziel.

»Hier rein«, sprach er mit sich, als er das Straßenschild Lexington Road sah.

Alex Cloogster, sah verdutzt auf, während Kelep's Wagen direkt vor seiner Veranda hielt. Eine Stunde zuvor war er von der Arbeit gekommen und genehmigte sich gerade einen kleinen Snack, als er durch die verdreckten Scheiben seines Wohnzimmers sah und mitbekam wie Kelep Freeborn aus dem Wagen stieg.

»Hey Kelep, wolltest du nicht erst in drei Wochen wiederkommen? Oder habe ich etwas missverstanden?«

Kelep kam grinsend auf ihn zu.

»Du weißt ja Alex, es kommt meist was dazwischen. Unvorhergesehenes meine ich. Hast du noch ein Bier für mich?«, versuchte er sich bei Cloogster einzuschmeicheln.

»Klar habe ich Bier«, gab Alex geschwollen an.

»Moment, ich hole dir eines.«

Für Sekunden verschwand Alex im Hausinneren und erschien sofort wieder mit einem Sixpack.

»Komm mit nach hinten.«

»Gibt es was da hinten?«

Alex lächelte ihn an.

»Ich habe hier draußen kaum Besuch, na ja zumindest nicht oft. Ich habe hinten, über dem Feuer einen Hasen auf dem Spieß. Möchtest du mitessen?«

Verwundert sah Kelep ihn an, während Alex ihm das Bierpaket in die Armbeuge drückte.

Sollte ich mich geirrt haben?

Er verwarf den Gedanken. Hatten doch die Gewebeanalysen, eines vermeintlichen Tieres, zweifelsfrei ganz andere Wahrheiten zutage befördert. Jeder Zweifel schien ausgeschlossen zu sein, trotzdem wollte Kelep der Sache auf den Grund gehen.

Als sie hinter dem Haus auf das brennende Grillfeuer zuliefen, hing tatsächlich ein kleines Tier mit vier Beinen, das dem eines Hasen glich auf der Grillstange. Kelep sah sich um.

Verdammt.

In einer Ecke, neben dem alten Baum, lag das Fell des Tieres. Es war tatsächlich das Fell eines Hasen. Waren Kelep's Akten und die Fleischanalyse ein Irrtum? Er musste sicher sein, was sein Vorhaben betraf. Unaufhörlich pochte es in seinen Schläfen und das Adrenalin schoss ihm durch die Adern, als er am Rande der Hütte einen kleinen Stapel aufgetürmte Kleidung erblickte. Er nahm sich einen heruntergekommenen Klappstuhl und setzte sich. Alex nahm lächelnd ihm gegenüber Platz und begann den Spieß zu drehen, an dem der Hase hing und begoss ihn zugleich mit Bier aus seiner Dose.

»Macht einen guten Geschmack«, rechtfertigte er sich. Beide unterhielten sich über belangloses Zeug.

Wie konnte Kelep, seine eigene Vermutung, die wissenschaftlich untermauert war, beweisen?

Alex berichtete, wie langweilig sein Job beim Bäcker sei und dass diese Tätigkeit ihn kaum ausfüllen würde. Währenddessen stand Kelep aus seinem Stuhl auf und tat so, als ob er sich dehnen müsse, und lief scheinbar planlos auf dem Hinterhof umher. Er tat gelangweilt und desinteressiert, bis er an dem Kleiderstapel vorbeikam.

»Sammelst du jetzt alte Fetzen, Alex?«

Er deutet dabei auf das Kleiderpaket.

Alex wiegelte lässig mit einer überzeugenden Antwort ab.

»Das ist altes Zeug von den Nachbarn. Ich gebe es ab und bekomme ein paar Penny, nichts Aufregendes mein Freund. Wenn du möchtest, kannst du dir was davon mitnehmen.«

Lachend hoffte Alex auf einen Widerspruch des Fremden. Kelep bückte sich und sah dabei das eingestickte Namensschild in einem Mantel, der auf dem Boden lag.

Greg Evans, der Name des vermissten Professors aus der High-School.

Kelep ließ sich die in ihm aufkommende Wut nicht anmerken und setzte sich.

»Alex, du hast es gut hier draußen. Ruhe und Abgeschiedenheit. Kommen auch mal Weiber hier raus?«, versuchte er jetzt provozierend zu wirken und zeigte mit dem Finger auf ihn.

»Junge Dinger wollen ja wohl kaum etwas von dir altem Sack. Du bekommst bestenfalls die abgelegten

Weiber ab«, scherzte er, während er einen Schluck aus der Dose nahm.

»He Mann, ich bin nicht alt. Und junge Dinger wissen meine Fähigkeiten zu schätzen«, dabei klopfte sich Alex lachend auf die Brust.

»Erst vor ein paar Monaten kamen zwei Teenies beim Wandern hier durch. Ich kann dir sagen die waren gut drauf. Und die eine konnte gut…«

Er machte eine unschuldige Handbewegung.

»Du weißt was ich meine.«

Kelep nickte.

»Die waren aber auch gleich wieder weg. Schade ihre Haut war….«, Alex unterbrach absichtlich, seinen angefangenen Satz.

»Der Hase muss durch sein!«

Mit seinem Messer, das er sich aus dem Hosenbund zog, schnitt Alex ein Stück Fleisch für Kelep zum Probieren ab.

»Wow, echt zart das kleine Häschen.«

»Ich gehe kurz rein und hole uns ein Stück Brot.«

Kelep erhob sich diesem Moment aus Stuhl während er ihm zunickte.

»Und ich geh kurz ans Auto. Zigaretten holen. Und Paprika bring ich mit, war noch einkaufen. Alex, Lust auf Paprika?«

»Klaro.«

Kelep ging zügig zu seinem Wagen, öffnete den Kofferraum und begann sich ohne Hektik zu bewaffnen. Bowiemesser, Klebeband, eine halbautomatische Handfeuerwaffe und eine kurze Pumpgun verstaute er am Körper und im Innenfutter seines langen Mantels. Wobei er bei der Pumpgun keinen Hehl daraus machte, sie zu besitzen. Er trug sie sichtbar in seiner Hand.

Ehedem er den Kofferraumdeckel zuschlug und um das Gebäude herumging.

Als Alex um die Ecke bog, hatte er ein Tablett mit Brot und allerlei anderem Zeug in der Hand. Jetzt vernahm er laut und deutlich das unverkennbare Geräusch einer Pumpgun, dessen Ladekolben zurückgezogen wurde.

Nachdem Kelep noch zwei, drei Schritte von ihm entfernt war, feuerte er einen Schuss aus kurzer Distanz auf Alexanders Bein ab.

Wie in Zeitlupe fiel ihm das Tablett aus der Hand und knallte auf den Boden. Sein schmerzverzerrter Blick und die aufgerissenen Augen, gaben in diesem Moment Unverständnis und seine Panik preis.

Ohne eine sichtbare Regung lief Kelep Freeborn an dem zur Seite fallenden Alex vorbei. Zielstrebig ging er auf die am Hügel angelehnte Türe hinter dem Haus zu. Sie muss der Eingang zum Kühlraum sein, schließlich hatte Alex, bei Kelep's letztem Besuch ja damit herumgeprahlt.

Ein zweiter Schuss hallte durch die Stille und das Vorhängeschloss verabschiedet sich.

Jammernd und winselnd lag Alex Cloogster am Boden, als Kelep zurückkam und auf ihn zuging. Alex war bemühte, sich kriechend vor ihm in Sicherheit zu bringen. Mit verzerrtem Gesicht versuchte er sich aufzurichten und humpelte in Richtung Haus. Langsam, als hätte er alle Zeit der Welt, schritt Kelep auf den Verletzten zu. Mit erhobener Waffe postierte er sich zwischen sein Opfer und dessen Haus.

»Kelep, was tust du? Wieso schießt du mit einer Waffe auf mich. Bullshit! Was habe ich dir getan?«, versuchte er ängstlich den Grund für diese unverhoffte Attacke gegen ihn, von seinem vermeintlichen, neuen Freund zu erfahren.

Stumm stand Kelep vor ihm und lud erneut die Flinte. Jetzt zeigte das Mündungsrohr auf seinen Kopf. Wieder vernahm Alex das Klack-Klack vom Lademechanismus. Schützend hielt er sich die Arme vor den Kopf. Er erwartete den Schuss, der seinem Leben ein Ende setzen würde. Sekunden vergingen, nichts geschah.

Alex sah langsam hinter den erhobenen Armen hervor. Noch hielt Kelep den Lauf der Flinte auf seinen Kopf gerichtet. Auf was wartete er? Auf sein Flehen und Betteln?

»Fuck you.«

Jetzt begann Alex laut und hämisch zu lachen.

»Kelep, du bist ein Versager. Du traust dich nicht einen Menschen zu erledigen, richtig?«

Kelep sah ihm in die Augen, ohne dabei das geringste Mitgefühl für ihn zu empfinden.

Er griff nach hinten an seinen Hosenbund und zog Handschellen hervor. Während er sich zu Alex beugte und sich dessen Hand griff.

Mit einem typischen Klick, umschloss der kalte Stahl das dreckverschmierte und rußbedeckte Handgelenk von Alex Cloogster. Unbeeindruckt sah Kelep sich um. Ruckartig zog er sein Opfer, am anderen Ende der Handschellen, hinter sich her.

Er ließ die offene Handschelle um das Standbein des an den Boden montierten Grills klicken, ehedem Alex der heißen Glut zu entkommen versuchte. Immer wenn die sengenden Flammen der Grillkohle mit seinem Handgelenk in Berührung kamen, schrie er vor Schmerzen.

Fluchend und schreiend bemühte er sich weiterhin, völlig erfolglos auf Kelep einzureden. Davon völlig unbeeindruckt ging Kelep zu einem Holzstapel und kam mit einem kurzen, runden Holzstück zurück, das einem Holzblock glich.

»Nein, nein du Arschloch«, rief Alex ihm entgegen, als er das Vorhaben von Kelep durchschaute. Er wand sich wie eine Schlange. Seine schmerzende Wunde am Knie schien zweitrangig zu sein. Heulend schlug er panisch um sich, als er Kelep mit dem kleinen Holzblock auf sich zukommen sah.

»Bitte, bitte, Kelep, wir sind doch Freunde. Lass diesen beschissenen Holzblock da wo er war. Bitte nicht ins Feuer werfen, ok?«

Kelep sah in an und setze den Holzblock neben ihm ab.

Erleichterung.

Hatte das Betteln Wirkung gezeigt? Alex legte wimmernd nach. Wie bei einem Hündchen sprach er auf Kelep ein, obwohl er nicht in der Position des Hundeführers war, eher in der des Tieres.

»Komm mein Kleiner, mach mich los und ich gebe dir die 300 Dollar, die ich im Haus habe.«

Kelep's Pupillen wurden seltsam dunkel. Über dem Feuer hing blubbernd der alte Suppenkessel, dem Kelep vorher keine Beachtung schenkte.

Er erhob sich aus seiner Position, sah sich um und ging auf das Kleiderbündel an der Hauswand zu.

Zielstrebig zog er eine weiße Bluse hervor und kam mit ihr zurück. Keine Minute später stand Kelep breitbeinig vor Alex. Aber der hoffte auf seine schnelle Befreiung.

»Komm mein Junge«, versuchte Alex ihm jetzt mit leiserem Tonfall ins Gewissen zu reden.

»Mach mich los und wir vergessen das Ganze hier. Du bekommst meine 300 Dollar und ich lade dich auf eine besondere Art der Jagd ein. Diese Art des Jagens wirst du nie vergessen, das verspreche ich dir.«

Noch immer sah ihn Kelep wortlos an, griff sich den Holzblock und positionierte ihn neben sich. Blitzschnell griff er nach der freien Hand von Alex und hielt sie fest. Entsetzt mit aufgerissenen Augen blickte der ihm ins Gesicht.

»Was hast du vor? Bist du ein Bluthund? Lass meine Hand los!«

Kelep griff sich mit seiner freien Hand an den Gürtel. Vorsichtig und mit Bedacht zog er das Bowiemesser aus seiner Scheide. Jetzt blickte er, ohne den Augenkontakt mit seinem Gegenüber zu verlieren, in die weit aufgerissenen Augen von Alex. Blitzschnell legte er die freie Hand von Alex auf den Holzklotz und hob sein Messer an.

»Alex, ich habe Lust auf eine Suppe. Suppe mit Fleischeinlage, wenn du verstehst was ich meine.«

Die scharfe Klinge seines Bowiemessers durchschnitt in diesem Moment nicht nur die Luft, während es widerstandslos auf den Holzklotz niederraste.

Die Klinge steckte Sekunden später im Holzklotz.

Fingerkuppen flogen durch die Luft. Ein Aufschrei hallte durch den Wald. Wie mit einer Pumpe betrieben, schossen kleine Blutfontänen aus den verbliebenen Fingerstümpfen hervor. Alex wälzte sich vor ihm hin und her.

Kelep zog sein Bowiemesser aus dem Holz, griff nach der Bluse und wischte sich das Blut von der Klinge. Nachdem er das Messer gesäubert hatte, steckte er es mit einem entspannten Gesichtsausdruck zurück in sein Behältnis. Er griff nach dem Arm von Alex, der wild zappelnd und schreiend angekettet am Boden lag. Um die Blutung fürs Erste zu stoppen, umwickelte er flink die Fingerstümpfe seines Opfers mit der weißen Bluse die neben ihm lag. Er sah ihn an und hielt sich seinen Zeigefinger senkrecht vor den Mund.

»Psst, ganz leise, Alex. Wie ist es, wenn man was verliert?«, dabei tätschelte er ihm mit der Hand auf den Kopf.

»Bitte liegenbleiben und nicht sterben. Bin gleich wieder bei dir.«

Kelep erhob sich und suchte den Boden nach den Fingern ab. Er sammelte sie ein und zeigte sie Alex, der wimmernd und schmerzverkrümmt am Boden lag.

»Kelep, ich brauch einen Arzt, ruf bitte einen Arzt, bitte!«

Kelep lächelte. Er erhob sich und ging auf den nach Gemüse duftenden Suppenkessel zu, während er die abgetrennten Finger, unter deren Fingernägel noch der Dreck zu erkennen war, in den Kessel warf.

Ohne einen weiteren Kommentar ging er jetzt auf die Türe zu, deren Schloss er zuvor beseitigt hatte, und öffnete sie.

Julianne schluckte, nicht ohne eine gewisse Sympathie für den Schreiber zu empfinden. Selten war solch eine mitreißende Lektüre bei den Buchhändlern zu ergattern. Entweder waren keine vorhanden oder verliehen. Hier schien alles identisch und realitätsnah zu sein. Der Verfasser dieser Zeilen schien zu wissen, worüber er schrieb.

Dieses Mal schien einiges anders, wie im ersten Kapitel zu sein. Julianne schien eine perfide Abartigkeit zu erkennen. Blut, na gut. Das gab es fast in jedem Thriller. Nein, für sie schien es bis hierher eine gelungene Geschichte zu sein.

Draußen brach langsam die Dämmerung herein. Julianne erhob sich und versuchte eine für sich angenehme, warme Atmosphäre zu schaffen. Sie zündete die aufgestellten Kerzen und Teelichter an. Schnell stillte sie noch in der Küche ihren Hunger mit einem Stück Kuchen vom Vortag. Ehe sie wieder unter ihrer Decke verschwand.

Als Kelep die Türe geöffnet hatte, kam ihm aus dem Keller ein kühler Luftstrom entgegen. Er tastete mit seinen Fingern nach einem Lichtschalter.

Nachdem er den Schalter umlegte, nahmen die Elektrostarter an den Neonlampen ihre routinemäßige Arbeit auf. Mit einem hörbaren Geräusch überbrückten sie die Kontakte. Nach mehrmaligem Aufflackern ergossen vier Neonlampen ihr kaltes Licht in den Raum. Kelep sah vor sich einen kleinen Schreibtisch mit einem etwas abgewetzten Bürostuhl. Der große Raum, schien keine zehn Yards von ihm entfernt, durch einen dicken Plastikvorhang geteilt worden zu sein. Kelep sah verwundert nach oben. Hinter dem Vorhang, schien der

Raum weiterzugehen und war ebenfalls hell erleuchtet. Eine rundum verlaufende Schiene an der Decke, an dem wahllos einige Haken hingen, erweckte den Eindruck, als ob hier die Fließbandarbeit eines Schlachtraumes angesagt war.

Kelep kümmerte sich nicht darum.

Sein Augenmerk fiel auf eine Pinnwand, an der Papiere, sowie Verkaufsbescheinigungen, Führerscheine und Ausweispapiere hingen.

Er atmete tief durch.

Er zählte in Gedanken mit, indem er mit seinem Finger auf jedes der kleinen Dokumente tippte.

Fünfzehn, sechzehn, siebzehn.

Er konnte es nicht glauben. Nochmals las er die zwei Wörter die unter den Lichtbildern aufgedruckt waren.

Driving license - Passport.

Er begann innerlich zu frösteln.

Kelep konnte seinen eigenen Atem in der Kälte sehen und blickte zu einem Thermometer, der neben der Tür hing. Immerhin +2°C. Die Temperatur lag noch oberhalb des Gefrierpunktes.

Er zog einen kleinen Zettel aus der Tasche und versuchte die darauf gekritzelten Namen auf der Pinnwand zu finden.

Rebecca Malegeh, Richard Blum, Katrin Hampelt und da Josh Browning, David McNamara. Und wieder fand er eine Übereinstimmung *Linda Ohlsek* und....

Er verglich den Namen ein weiteres Mal. Kein Zweifel, es war auch der Führerschein des verschwundenen Professors Greg Evans mit dabei. Kelep schob die Notiz zurück in seine Tasche, als er kurz darauf wutentbrannt mit der Faust auf den Schreibtisch schlug.

Kelep sah sich um. Seine hektischen, reflexartigen Augenbewegungen ließen Panik erkennen. Panik vor

wem oder was? Hatte Kelep Angst? Seine Finger
zitterten, während er mit seinen Fingerspitzen über den
Bürotisch strich. Erst als sein Blick in der Ablage ein
kleines, abgegriffenes Schulheft erspähte, verschwand
sein Zittern. Er blätterte das dünne Heft durch. Von
1980 bis heute waren 28 Namen und Adressen von
jemandem aufgelistet worden. Vermutlich von Alex
Cloogster und dessen Vater. Unter Nummer 21 fand er
den Namen Greg Evans 18.10.2014. Danach folgten
vier ihm unbekannte Namen.

Niemand vermisste diese Menschen.

Wo waren sie letztendlich abgeblieben? Mit einer
schnellen Bewegung zog er seine Waffe, da sich zur
selben Zeit ein unüberhörbares leises Quietschen hinter
der schweren Plastikabtrennung bemerkbar machte.
Gefasst stand Kelep breitbeinig davor, die Waffe im
Anschlag, als ihm zwei Ratten auf dem Boden entgegen
kamen. Mit einer kraftvollen Fußbewegung scheuchte er
die widerlichen Tierchen von sich weg, in Richtung
Ausgang.

Mit einer ruckartigen Bewegung schob er den
schweren, durchsichtigen Plastikvorhang beiseite und
senkte kurz darauf seine Waffe.

Schockiert, wie in Trance, sah er nach oben. Riesige in
Folie verschweißte Pakete hingen mit Fleischerhaken
befestigt, an Laufschienen in Dreierreihen von der
Decke herab.

Die Szenerie schien schauderhaft bizarr zu sein und
Kelep erkannte im Ganzen, eine ihm vertraute und
bekannte Struktur. Er trat etwas näher an die von der
Decke baumelnden Fleischstücke heran, die eine
Ähnlichkeit mit überdimensionierten Spinnenkokons
aufwiesen.

Auf Sichthöhe schien auf der Plastikfolie, stets etwas vermerkt zu sein. Datum und Fleischart standen auf den Etiketten. Kelep begann die genaue Aufschrift, die fast unleserlich geschrieben war, zu entziffern.

Er nahm sie in die Hände und drehte sie, so dass er die Aufschriften lesen konnte.

Hirsch 2014. Wildschwein 2015 und *Reh, überfahren 2014.*

Irritiert tastet er sich nach hinten, zwischen den herabhängenden Fleischbeuteln, zur vorletzten Reihe durch. Wieder hing vor ihm wieder ein Hirsch. Nur das Paket war diesmal größer und nicht zerlegt. Er las auch diese Aufschrift.

»Verdammter Bullshit«, entwich ihm, als er auf dem verschmierten Etikett den Tex las.

-Hirsch, Zwölfender 2014-

Hatten die Papiere an der Pinnwand nichts mit dem hier hängendem Fleisch zu tun? Selbstzweifel kamen in ihm auf. Widerstrebend machte er weiter. Das nächste Paket schien in verschiedenen Folien gewickelt zu sein, bevor es aufgehängt worden war. Kelep drehte es und hatte nur noch Augen für das Schildchen, sowie dem riesigen Paket, was seinem Gefühl nach nicht den Konturen eines Hirsches oder Wildschweines entsprach. Erst als er *Rebecca Malegeh*, mit dem Vermerk **MENSCH** las, wurde ihm schlecht.

Er sah nach unten an das Paketende, das er gerade berührte. Ein abgetrenntes Bein hing verschweißt vor seiner Nase. Ruckartig ließ Kelep das Bündel los. Panik kam in ihm auf. Unaufhörlich schien es quietschend am Haken zu baumeln. Kelep's Blick versuchte bei der schlingernden Bewegung den gesamten Inhalt auszumachen. Durch die Schlingerbewegung wurde plötzliche der Kopf einer toten jungen Frau sichtbar, die ihren offenen Mund gegen die Folie presste.

Durch eine ruckartig nach hinten ausgeführte Bewegung von ihm, schienen sich alle Fleischsäcke urplötzlich zu bewegen. Krampfhaft umklammerte er den ersten Sack der auf ihn zu trudelte. Er umfasste ihn und sah auf das Schild vor seinen Augen, bevor er angeekelt seine Umklammerung löste. Keuchend drückte er sich an die Wand und stützte sich auf einer Art kurzen Tisch ab, dessen Funktion er noch nicht erkannte. War dies eine Werkbank?

Er hatte soeben Greg Evans Körper, oder was von ihm übrig war, in seinen Händen gehalten. Dann bemerkte er, dass er sich auf einer Werkbank, in einer Pfütze aus roter Flüssigkeit abgestützt hatte.

Mit blankem Entsetzen sah er seine Hände an. Da war es. Seine Hände begannen unaufhörlich zu zittern. Kelep sah nach rechts und übergab sich.

Ein Fleischwolf war am Werkbankrand befestigt. Darunter stand ein großer weißer Plastikeimer. Jemand musste den Arbeiter bei der Tätigkeit gestört haben. Aus dem Einfüllstutzen ragte noch der stümperhaft durchtrennte Unterarm eines Menschen. Alles andere schien durch den Fleischwolf gedreht worden zu sein und befand sich in dem davor abgestellten Eimer.

Kelep übergab sich nochmals.

Es wunderte ihn, wie nahe ihm dies ging. Er rappelte sich auf und nahm sich zusammen.

»Dieser Drecksack, dieser Leichenschänder, den drehe ich persönlich durch den Fleischwolf.«

Wütend und mit schnellem Schritt, eilte er nach draußen auf Alex zu, der noch immer versuchte sich von den Handschellen zu befreien. Als Kelep neben ihm auftauchte, bedeutete dies für ihn nichts Gutes. Mit einem wuchtigen Tritt verpasste Kelep ihm, einen Tritt mitten ins Gesicht.

Durch die Wucht des ausgeführten Trittes, fielen Alex dabei sein Handy und ein Taschenmesser aus der Hose.

Beides steckte sich Kelep ein, ohne zu wissen wozu er es noch gebrauchen könnte. Ihm bereitete dieser Schlag sichtlich Vergnügen und er holte nochmals mit seinem Gewehrkolben aus und schlug zu. Eine Stunde später befreit er den bewusstlosen Alex von seinen Handschellen, schnappte ihn bei seiner Jacke und schleifte ihn hinter sich her, in Richtung Keller. Kurz davor schien Alex trotz seiner starken Verletzung das Bewusstsein zu erlangen. Er versuchte sich winselnd gegen Kelep's Griff zu wehren.

»Du Mistbock, du Ausgeburt der Hölle hast gefühlslos und heimtückisch unschuldige Menschen ermordet. Und du hast Menschenfleisch, als Tierfleisch an die ahnungslosen Bürger deiner Stadt weiterverkauft.«

Kelep holte tief Luft.

»Du hat in deinem Keller Menschenfleisch! Du bist ein abartiger Menschenwurm. Du bist es nicht wert, dass ich Hand an dich lege. Du sollst verrecken, wie es dir gebührt«, schrie Kelep hinter sich, während er Alex zur Kühlkammer zog.

Kelep hatte in diesem Augenblick kein Erbarmen. Hasserfüllt sah er Alex in die Augen, während er ihn auf den alten Bürostuhl im Inneren des Kellers hievte. Alex versuchte zu schreien. Daraufhin schlug ihm Kelep ins Gesicht, bevor er ihm seinen blutverschmierten Mund, mit einem Klebeband verschloss.

Er legte alles aus Alex Jackentaschen vor sich auf dem Schreibtisch ab, während er unablässig an die Pinnwand zu den Führerscheinen der getöteten Menschen stierte. Er ertappte sich, wie er sich wütend und aufgebracht umsah. Sein Hirn schmiedete indessen schon längst einen teuflischen Plan.

Taschenmesser, Flinte, Seil, Klebebandrolle, Handy von Alex, seine Pistole und einiges mehr lagen vor ihm.

Schnell war Alex mit Klebeband an den Stuhl gefesselt. Zügig hatte Kelep beide Enden zwischen den Fleischpaketen fixiert und mit einem Seil an den Wänden befestigte. Er schob seinen Widersacher wie ein Paket verschnürt, zwei Yards hinter die Eingangstüre, bückte sich und peilte zur Tür. Alex zwischenzeitliche Befreiungsversuche blieben erfolglos.

Kelep ging kurz nach draußen und kam mit einer kleinen Rolle Nylonfaden zurück. Lächelnd, ja schon schadenfroh sah er Alex an.

»Blut für Blut mein Freund«, waren seine Worte, ehe er das Ende des Nylonfadens um einen freien Finger von Alex band, es fest zuzog und den Faden zur Türe hin von der Rolle abspulte. Alex bekam große Augen. Er ahnte weder was Kelep vorhatte, noch wie das Ganze ausgehen würde.

Kelep sah sich nach Alex um, bevor er das Handy und seine Flinte vom Schreibtisch nahm und die Pumpgun hörbar durchlud.

Er riss eine Seite, aus dem vor ihm liegenden Heft heraus und notierte etwas, das er unübersehbar auf dem Schreibtisch positionierte.

Mit Schnur und Klebeband befestigte er jetzt die Flinte an der Türinnenseite. Installierte sie mit präziser Ausrichtung auf Gesichtshöhe von Alex und lächelte. Kelep kam auf Alex zu, während er den Schusswinkel, das Auftreffen der Kugel, sowie die Befestigungen nochmals kontrollierte. Sein Ziel war der Kopf von Alex.

Er schien die stumme Frage von Alex zu deuten, der verschnürt und verzurrt mit abgeklebtem Mund auf seinem Stuhl saß und ihn schweißgebadet mit großen Pupillen ansah.

Mit einem Ruck zog er das vorher angebrachte Klebeband von Alex Cloogsters Mund.

»Deine Schlussfolgerung ist falsch mein Freund, ganz falsch. Ich bringe dich nicht um. Ich lasse dich hier verrotten, oder du oder jemand anderes bringt dich um. Man hat immer eine Wahl. Auch du hattest damals eine Wahl. Und jetzt entscheide selbst.«

Er maß die Entfernung zur Türe ab, spannte den Abzugshahn der Waffe, befestigte den abgemessenen Nylonfaden am inneren Türgriff und an der Waffe und zog die Türe langsam hinter sich zu. Mit einem leisen Klack fiel der Türriegel ins Schloss.

Der Abzugshahn war unsichtbar von außen gespannt. Wenn jemand die Tür nach außen öffnete, hätte dies fatale Folgen für Alex, der regungslos, mit gespannter Nylonschnur am Finger auf dem Stuhl saß. Schwitzend hatte der nur den Lauf der Waffe vor Augen.

Konnte er sich aus seiner misslichen Lage befreien?

Draußen atmete Kelep zufrieden die frische Luft ein, bevor er nochmals alles von außen akribisch kontrollierte. Nichts sollte dem Zufall überlassen werden. Zufrieden und lächelnd trat er ein letztes Mal vor die geschlossene Tür.

Er griff sich das Handy von Alex aus seiner Tasche und wählte die Notrufnummer 911.

Mit verstörter Stimme imitierte er dabei Alex Cloogster.

»Helfen Sie mir! Der Irre hat mich angeschossen und in den Kühlraum auf dem Grundstück eingesperrt, es ist der Keller an der hinteren Hausseite. Beeilen Sie sich bevor schlimmeres geschieht.«

Mit krächzender Stimme, die sehr, der von Alex Cloogster ähnelte, stellte er sich unwissend und fragte nach ob man sein Signal unter der Erde orten könne, bevor er auflegte. Kelep Freeborn verließ zufrieden und ohne Eile das Grundstück von Alex Cloogster, ehe er das Telefon in den angrenzenden Wald warf. Er musste sicher sein, dass sein Plan aufging, und postierte seinen Wagen eine Meile weit entfernt, abseits der Straße im Wald. Mit einem Fernglas konnte er keine fünf Minuten später die ersten Einsatzwagen erspähen. Er ließ seine Seitenscheiben herunter und hörte in der Ferne die Beamten nach Cloogster rufen. Minuten später erklang, laut wie ein Donnerhall eine Detonation durch die Stille des Waldes.

Kelep begann über Alex im Geiste zu spotten.

Erst nachdem der Sheriff mit vier Polizeiwagen auftauchte und kurze Zeit später ein Leichenwagen auf Cloogsters Landbesitz fuhr, sah er seine Arbeit als erfolgreich beendet an.

Mit einem: »Geht doch Kelep, ein tadelloser Aktenabschluss«, auf den Lippen drehte er den Zündschlüssel im Schloss und warf den Motor an. Gemächlich rollte sein Ford Mustang in Richtung Motel.

Als er auf sein Zimmer eilte, kam ihm, ohne ihn aufzuhalten, Emma entgegen. Kelep ging direkt ins Bad, um zu duschen. Sein Blick fiel dabei eher zufällig auf sein eigenes Bildnis im Spiegel. Erschrocken blieb er davor stehen.

»Verdammt«, brummelte er mit sich selbst.

Ich bin im ganzen Gesicht blutverschmiert, deswegen starrte Emma mich so an.

Schnell entledigte Kelep sich seiner Kleider, packte alles in einen Beutel und verschwand unter der Dusche.

Getrieben von der Vermutung, dass Emma plaudern könnte, zog er sich eilig neue Wäsche an, bevor er das Zimmer verließ. Packte zusammen und warf einen hundert Dollarschein mit einer handbeschriebenen Serviette auf den Tisch. Emma sah ihn noch aus der Hofeinfahrt fahren, bevor sie mit ihrem hauseigenen Generalschlüssel sein Zimmer betrat und den Zettel las.

-Danke für alles- stand auf der Serviette, die Emma ebenso wie das Geld, schmunzelnd in ihrer Reinigungsuniform verschwinden ließ.

———

Es klingelte und zeitgleich, wie schon so oft hörte Julianne einen Schlüssel im Türschloss.

Dylan, schoss es ihr durch den Kopf. Ihr Bruder wollte sie zu einem Kinobesuch abholen. Beinahe hätte sie vor lauter lesen, die Zeit vertrödelt.

Auf der Fahrt ins Kino erklärte sie ihm in allen Einzelheiten, jede Neuigkeit die sich im Manuskript ergaben. Auch der Anruf von ihrer Freundin Lee Romero, die sich aufs Grillwochenende gefreut hatte, fand Erwähnung in ihrem Gespräch.

Knapp zwei Stunden später sah Julianne, während sie das Kino verließen auf das Display ihres Handys. Mit einem Lächeln im Gesicht registrierte sie, den Eingang einer SMS von Lee Romero.

Mit enttäuschtem Blick las sie ihrem Bruder die Nachricht vor.

»Sorry, wir sitzen hier bis Montag fest. Ich rufe dich morgen an, sofern ich Zeit erübrigen kann. Drück dich. Deine Freundin Lee Romero.«

»Macht nichts Schwesterherz. Wir laden deine Nachbarn ein. Und Zac freut sich bestimmt auch auf Tante Juli.«

Julianne sah ihren Bruder an, während sie ihm dabei auf die Wange tätschelte.

»Hast recht. Wir grillen auf jeden Fall.«

Julianne schicke Lee noch eine kurze Mitteilung zwecks ihrem weiteres Vorgehen.

Lee sprühte vor Neugier und rang Juli das Versprechen ab, ihr das zweite Kapitel als Mail zu senden. In diesem Moment entging ihr, dass das zweite Manuskript nicht nur aus zwei einzelnen Seiten, sondern aus über achtzig DIN A4 Seiten bestand. Fluchend stand Julianne den nächsten Morgen eine ganze Stunde am Scanner. Erst als sie alles eingescannt und versandfertig als PDF-Datei gepackt hatte, atmete sie erleichtert auf.

Während sie am Abend nochmals ihre Mails prüfte, blinkte ein dickes rotes Dankeschön in Form eines Herzens auf ihrem Monitor. Verschmitzt grinste Julianne in sich hinein, während sie die Zeilen unter der Animation las.

Sorry Juli, dass ich nicht kommen konnte. Danke für die PDF-Datei. Ich berichte dir persönlich, wenn wir uns wieder sehen. Max hat zugesagt zu kommen. Bestelle den Sonnenschein.

Deine Freundin Lee Romero

serendipity

Julianne hatte noch über zwei Monate die Möglichkeit, ihre genommene Auszeit vom Dienst im Krankenhaus zu genießen.

Ihr eigenes Manuskript ließ sich nach Aussage ihrer Lektorin Dorothee Paris, von einigen Wortfehlern einmal abgesehen, gut lesen. Die Lektorin hielt Julianne jeden zweiten Tag per SMS auf dem Laufenden.

Selbst ihre Arbeit im Drugstore, der einem Diner angegliedert war, ging ihr ohne irgendwelchen Druck leicht von der Hand. Je nach Schicht arbeitete sie morgens im Drugstore, oder im Diner nebenan. Sie hatte Spaß daran, Ware in die Regale zu räumen und Kunden zu beraten.

Zurzeit schien bei ihr jeder Tag ohne wesentliche Höhepunkte gleich zu verlaufen. Joggen, danach die alltägliche Autorentätigkeit, zur Arbeit, hinterher etwas Relaxen.

Die Hitze im August, schien niemanden dazu zu bewegen die schattenspendenden Gebäude freiwillig zu verlassen. BlueRock Hill wirkte zeitweise wie eine Geisterstadt. Der heiße Asphalt flimmerte in dieser Gluthitze, sodass der Bürgermeister und der Stadtrat in der wöchentlichen Gemeinderatsitzung über eine Rationierung des Wassers für die Begrünungsanlagen der Stadt nachdachten.

»Scheiß Hitze, wie wäre es mal mit ein wenig Regen, Petrus?«, sprach sie ungläubig mit Blick nach oben. Julianne wusste, mit Petrus und irgendwelchen ominösen Beschwörungsritualen hatte dies wenig zu tun.

Schon Tage vor dem Treffen mit ihrer Freundin hatte Julianne alles eingekauft und verstaut. Fleisch, Spareribs und Knabberei.

Dylan hatte sich, wie schon so oft wieder zum Abendessen angesagt. Dabei wurden stets Themen des Tages erörtert und besprochen. Selbst eine Hinrichtung, die dieser Tage in Texas durchgeführt werden sollte, stand auf ihrem Gesprächsprotokoll. Dylan und sie waren in dieser Sache unterschiedlicher Meinung. Selbst als Dylan zum Board in der Diele ging und nach seiner Geldbörse griff, fachsimpelte Julianne von der Küche aus noch immer mit ihm.

Als er zurückkam, kramte Dylan, der sich zwischenzeitlich an den Tisch gesetzt hatte, in seiner Börse herum. In einer Vielzahl von kleinen Zetteln und Notizen hatte er endlich gefunden, wonach er suchte. Neugierig hatte seine Schwester sich ihm gegenüber an den Tisch gesetzt.

»Suchst du was?«

Er legte einen kleingefalteten Zettel vor sich ab und klappte die Geldbörse wieder zu.

»Juli, wieso steckst du mir diese Kopie in die Brieftasche? Gehört das zu deinen Recherchen? Kennst du diese Leute, dessen Führerscheine und Ausweise du fotografiert hast?«

Entgeistert und unwissend blickte sie ihn an, ohne das Blatt Papier von dem er sprach, jemals gesehen zu haben.

»Ich habe dir nichts zugesteckt. Du bist mein Bruder und kein Liebhaber«, versuchte sie witzig zu wirken. Dylan drehte das Papier, auf dem Adressen in Form eines Fotos abgelichtet waren um und zeigte auf einen Adressaufkleber.

»Dies ist doch dein Adressaufkleber, der mit den kleinen Elfen links und rechts neben der Anschrift, oder nicht?«

Dylan reichte ihr das Blatt. Julianne wurde kreidebleich, als sie auf der Rückseite des Blattes, ihren selbstentworfenen Adressaufkleber sah. Sie drehte das Schriftstück nochmals um.

Wie von der Tarantel gestochen legte sie das kopierte Blatt Papier auf den Tisch zurück, rannte unter Dylans verdutztem Blick ins Arbeitszimmer, um kurze Zeit später wieder zu erscheinen. Julianne warf eine Rolle Adressaufkleber, sowie das zweite Kapitel des unbekannten Manuskriptschreibers Kelep Freeborn, vor Dylan auf den Tisch. Kein Zweifel der Aufkleber stammte von ihrer Rolle.

Dylan, der nichts Böses daran feststellen konnte, kommentierte dies.

»Sag ich doch, es ist dein Aufkleber.«

Seine Schwester hingegen schien dies nicht zu hören. Gedankenversunken starrte sie auf das Blatt Papier, welches fein säuberlich die Führerscheine und Ausweise einiger Bürger zeigte. Ihr Blick fiel auf einige der Namen die ihr bekannt vorkamen, als sie hektisch in Kelep's Manuskript nach einer bekannten Stelle suchte. Ruckartig stoppte sie auf Seite achtunddreißig und verglich die gefundenen Namen miteinander.

Linda Ohlsek, Josh Browning, Rebecca Mileage, Natascha Suckut, Greg Evans und Raimund Hofman. Die Namen stimmten überein.

»Greg Evans, Greg Evans«, überlegte sie laut.

»Greg Evans«, wiederholte sie nochmals.

»Ist das nicht der High-School Professor, der nach seiner Scheidung als Obdachloser endete und letztes Jahr verschwand?«

»Stimmt, du hast Recht. Es war letzten Monat noch in den Medien.«

Sofort wurde sie seltsam leise und begann zu flüstern.
»Dylan, ich habe Angst.«

Julianne beugte sich jetzt noch weiter zu ihm vor und sah sich um, bevor sie mit ihm sprach.

»Lass uns bitte sofort Lee beim FBI anrufen, bitte«, begann sie zu flehen.

Dylan verstand die ganze Sache nicht.

»Wieso das FBI und wieso Lee Romero? Kannst du mir erklären, was hier abgeht?«

Noch während sie sich das Telefon griff und eine Nummer wählte, versuchte sie es ihm zu erklären.

»Ich habe weder dir meinen Adressaufkleber draufgeklebt, noch kann ich mir die Kopie der Führerscheine und Ausweise erklären.«

Julianne schluckte.

»Die Namen von den Führerscheinen kamen alle im Kapitel zwei von Kelep Freeborn vor. Findest du dies nicht auch etwas seltsam?«, dabei zeigte sie mit dem Finger auf einige Namen im Manuskript.

»Lee Romero«, kam es in diesem Moment aus dem Hörer. Julianne begann zu stottern.

»Lee, Lee du musst sofort vorbeikommen, es ist etwas schreckliches Geschehen. Bitte, bitte, komm sofort.«

So hysterisch kannte Lee ihre Freundin nicht. Lee versprach ihr, am nächsten Morgen mit Max bei ihr vorbeizusehen.

Dylan war um sechs Uhr zum Flughafen gefahren. Zwei Stunden später klingelte es an der Tür.

Lee und Max standen vor der Tür. Julianne öffnete und bat beide zum Kaffee herein, nicht ohne auf der Straße nach irgendwelchen Fremden Ausschau zu halten.

Als sich die Ermittler setzten, turnte Julianne mit der Kaffeekanne in der Hand cholerisch und hibbelig vor den beiden auf und ab. Lee griff beherzt nach der Hand ihrer Freundin.

»Juli, kriege dich ein, setz dich und dann erzähle.«

Nachdem sie die Tassen aller gefüllt hatte, nahm sie neben ihrer Freundin Lee Platz. Auf dem Tisch erblickte Lee das Manuskript von Kelep Freeborn und ein Blatt Papier, auf dem ein Adresskleber aufgebracht war. Zuvor hatte Max ihr aufmerksam ins Gesicht geblickt. Der nickte ihr nur stumm zu, ohne jegliche Regung zu zeigen. Julianne begann zu berichten, als sie wütend auf das Manuskript und den Brief mit ihrer Fingerspitze tippte.

»Lee, jemand hatte mir meine Adressaufkleber gestohlen. Nein…«, verbesserte sie sich und begann zu stottern.

»Aufkleber nein, mir wurde nur ein einziger Aufkleber gestohlen, vielleicht auch zwei.«

Lee sah sie verwirrt an.

»Schätzchen beruhige dich wieder. Aber Diebstahl gehört zum Raubdezernat. Möglicherweise war es dann auch nur ein Einbruch oder Raub. Und deswegen rufst du das FBI?«

Ungläubig schüttelte sie den Kopf.

Julianne stand auf, zeigte auf den Brief.

»Deshalb habe ich angerufen.«

Lee griff sich das Schriftstück, von dem sie nur die Rückseite sah und drehte es um.

»Verdammt!«, zischte sie laut und reichte die aufgenommene Seite an Max weiter. Lee hatte zwar die PDF-Datei, die Juli ihr Tage zuvor überlassen hatte, gelesen, aber jetzt fiel es ihr wie Schuppen von den Augen.

Nochmals versuchte Lee sich wortlos mit ihrem Kollegen zu verständigen, indem sie ihn wiederholt ansah. Special Agent Max Peterson nahm seine Brille ab und atmete dabei tief durch, bevor er zu reden begann.

»Ist ok Lee, wir müssen spätestens jetzt, Ms Peaches-Shappert teilweise über die Geschehnisse informieren. Sag es ihr.«

Lee Romero nickte.

Irritiert sah Julianne beide Agenten an.

»Sollte ich was wissen?«

»Juli. Ich sehe es noch als ein Zufall. Max hatte mich gebeten genauer unter die Decke zu sehen, wenn du mir folgen kannst?«

Kopfschütteln war Juliannas einzige Antwort darauf. Sie zog die Schultern nach oben und sah beide ungläubig an.

»Sorry, ich habe keinen Schimmer, was ihr beide mir sagen möchtet.«

Lee nippte an ihrem Kaffee bevor sie begann ihre Freundin aufzuklären.

»Juli, die ganze Sache ist komplizierter. Womöglich ist es nur eine Verkettung vieler Umstände. Wir haben auf deinem Manuskript, welches du mir mitgegeben hattest, nichts gefunden. Keine Spuren einer DNA und auch keine Fingerabdrücke, außer deinen. Was an und für sich noch nicht gegen den unbekannten Autor Kelep Freeborn spricht. Zumindest bis hier her. Weshalb wir auch keine Täterbeschreibung von ihm haben, wenn dies unser Täter sein soll, was ich vehement bestreite. Vielleicht hat er die Geschichte nur irgendwo aufgeschnappt, wer weiß?«

Julianne hörte ihr gespannt zu. Noch bevor sie etwas erwidern konnte, mischte sich Agent Peterson ins Gespräch mit ein.

»Uns, besser gesagt unserer Dienststelle bereitet die Sache, die Zusendung der Finger Kopfzerbrechen.

Weshalb sendet Ihnen ein Unbekannter abgetrennte Finger zu? Die, wie wir jetzt wissen, keiner zur Fahndung ausgeschriebenen Person gehören. Mag sein, dass was Harmloses dahintersteckt. Jemand hat sich in einer Säge die Finger abgetrennt und ein Fremder hat sie aufgesammelt. Vielleicht wollte Ihnen jemand Angst einjagen?«

Max sah Lee an.

»Wir sollten das Ganze jetzt etwas ausweiten und alle Datenbanken der USA abfragen, was meinst du, Lee?«

Lee nickte zustimmend.

»Fakt ist im Augenblick nur eines«, dabei drehte er das Blatt Papier um.

»Diese Menschen, deren Führerscheine hier kopiert vor uns liegen sind tot. Soviel darf ich Ihnen sagen.«

Bestürzt hielt Julianne die Hände vor ihr Gesicht. Nach Luft ringend, schluchzend und fassungslos suchte sie nach einer Erklärung.

»Welches Monster begeht so eine abscheuliche Tat? Und wieso tot?«

Lee, versuchte Julianne zu beruhigen.

»Juli, nach unserem jetzigen Ermittlungsstand, wurden bereits einige von ihnen, schon vor mehreren Monaten getötet, wenige erst in den letzten Wochen.«

»Und die Mörder? Sind sie noch frei?«

Lee suchte den Blickkontakt mit ihrem Kollegen.

»Da kannst du dich beruhigen. Jemand hat Sorge dafür getragen, dass zumindest einer dieser Täter starb, als die Polizei eintraf. Aber weshalb er letzten Endes diese abscheulichen Taten begangen hat? Ich kann mir keinen Reim darauf machen. Und seinen Leichnam können wir ja schlecht befragen.«

Unsicher sah Julianne, Max in die Augen.

Der wiederum hatte mehr eine Frage, als Antwort parat. Dabei wurde er dienstlich distanziert.

»Mir macht nur eines Sorgen, Ms Shappert. Wie kam der kopierte Zettel in die Geldbörse Ihres Bruders? Und wie kam Ihr Adressaufkleber darauf? Wenn Sie mich fragen, war jemand hier bei Ihnen im Haus, oder bei Ihrem Bruder am Flughafen.«

Julianne begann zu zittern.

»Wie hier? Sie denken jemand war im Haus?«

»Dies wäre sicherlich möglich gewesen, während Sie in der Stadt oder beim Joggen waren. Oder etwa nicht?«

Julianne nickte Max ängstlich an. Special Agent Peterson versuchte die junge Frau zu beruhigen.

»Ich kenne zwar nicht ihre Aufgabe in seinem Spiel, aber wenn der Eindringling, oder der Täter es gewollt hätte, wären Sie schon tot.«

Julianne zuckte zusammen.

»Sie sollten vermutlich sein Manuskript lesen, aber weswegen?«

Ratlos hob Max Peterson seine Arme in die Höhe.

»Der Täter möchte uns mit dem Manuskript etwas mitteilen. Nur, dazu müssten wir erst einmal das Licht in unseren Köpfen anknipsen. Wenn ich ehrlich bin, tappen wir gerade im Dunkeln herum. Meiner Meinung nach sind diese Finger, das Manuskript und die Führerscheine unterschiedliche Fälle.«

Julianne hielt die Anspannung nicht mehr aus.

»Noch einen Kaffee?«, versuchte sie auf ein anderes Thema zu lenken.

»Und ihr kommt am Wochenende zum Barbecue, oder?«

Lee stand auf und folgte ihr zur Küche.

»Klar kommen wir am Wochenende.«

Eine Minute später klingelte es an der Haustüre.

»Juli, erwartest du Besuch?«

»Nein, nicht dass ich wüsste. Möglicherweise die Nachbarin? Lessly bringt mir oft ihre ausgelesenen Modejournale rüber.«

Die Hausherrin machte sich durch den Flur auf den Weg zur Türe, als es abermals klingelte.

»Bin unterwegs«, schrie Julianne, während sie Sekunden später den Türknopf in der Hand hatte und mit einer Drehbewegung nach rechts öffnete. Erstaunt sah sie in die kristallklaren, blauen Augen des örtlichen Paketzustellers.

»Hallo Ms Peaches-Shappert, ich habe heute zwei Briefsendungen für Sie.«

»Zwei?«, fragte Julianne verwundert.

»Ja, zwei. Das war eine ganz komische Geschichte. Am Issleg Drive hat mir eine Frau hundert Dollar angeboten. Dafür sollte ich noch heute die Sendung bei Ihnen abgeben. Sie hätte keine Zeit um es selbst im Depot abzugeben.«

Der Zusteller begann zu grinsen.

»Eine Bedingung knüpfte sie dennoch daran an.«

»Eine Bedingung? Welche Bedingung?«

»Naja, nicht direkt eine Bedingung.«

Er hielt ihr die beiden Umschläge entgegen.

»Sie müssen mir versprechen, zuerst den Umschlag mit der eins zu öffnen, und dann diesen mit der zwei.«

Er zeigte auf die beiden Objekte, die mit einer riesigen Eins und das andere mit einer Zwei versehen war. Julianne versuchte scherzhaft zu wirken.

»Das bekomme ich gerade noch hin. Noch was? Muss ich etwas unterschreiben?«

»Nein, das war alles, Ms Peaches-Shappert.«

Er schüttelte ihr die Hand. Die ganze Vorgehensweise kam ihr verdammt bekannt vor. Zitternd legte sie beiden Briefsendungen vor Lee Romero auf den Tisch. Ungläubig sah die ihre Freundin an.

»Juli, die Umschläge haben keinen Absender, bekommst du so etwas öfters?«

»Ab und zu.«

»Dann mach es auf.«

»Kann nicht wichtig sein. Ich mach es später auf. Ist vielleicht von meiner Lektorin Dorothee, die verschickt öfters solch dubiose Briefpakete ohne Absender.«

Sie sah sich um, in der Annahme beobachtet zu werden. In diesem Augenblick hatte Julianne eine Vermutung, der sie lieber nicht folgen wollte.

Mit einer Drehbewegung schnappte sie sich die beiden Umschläge und legte sie achtlos auf das Board im Flur, als das Telefon von Max läutete.

»Spezial Agent Max Peterson.«

Lee sah ihren Kollegen an. Von ihm kam nur ein kurzes: »Mhm, Sir. Moment, ich nehme mir einen Stift«, war zu hören. Gekonnt griff er in seine Jacke, zog einen kleinen Notizblock und einen Stift hervor.

»Ok Sir, wohin genau?«

Nickend notierte er eine Adresse auf das Notizblatt, bevor er das Geschriebene wiederholte.

»Ok, wir fahren nach Killeen in Texas, in die Exsspick Street.«

Agent Peterson holte kurz Luft.

»Sind ortsansässige Behörden vor Ort? Ja Sir, wie war der Name? Sheriff Adam Shutter? Ok wir machen uns auf den Weg.«

Max klappte sein Handy zu und sah seine Kollegin an.

»Wir haben einen Auftrag. Die Zentrale benötigt uns in Killeen. Ein Sheriff Shutter wartet dort auf uns.«

Lee ergriff Julis Hand.

»Tut mir leid, Süße wir müssen weg. Aber wir sehen uns. Sobald ich was Näheres sagen kann, melde ich mich bei dir von unterwegs. Wir behalten aber deinen Schriftsteller im Auge, versprochen.«

Julianne musste sich jetzt ablenken. Kurzerhand, nachdem die beiden gegangen waren, beschloss sie noch eine Runde zu joggen.

Als sie zwei Stunden später verschwitzt und keuchend die Auffahrt hochlief, blieb sie für einen Moment auf dem Rasen stehen und sah sich um.

Zac spielte auf dem Nachbargrundstück. Julianne blickte die Straße entlang und sah einen älteren Obdachlosen, der an der Straßenkreuzung stand und den Müll durchwühlte. Er musste ihren Blick gespürt haben und hob seinen Kopf aus der Tonne. Er drehte sich in ihre Richtung und sah sie an. Julianne schossen unmögliche Gedanken durch den Kopf.

Der konnte nicht bemerkt haben, wie ich ihn ansehe, oder? Verdammt er sieht hier her.

300 Yards lagen zwischen ihr und dem Unbekannten. *Was stiert er mich so an?*

Julianne machte sich Sorgen, obwohl sie sein Gesicht aus dieser Distanz nicht erkennen konnte. Sie konnte ihren Blick nicht von ihm wenden. Sie bekam Panik, als er wütend die Faust ballte, den Arm in ihre Richtung hob und etwas brüllte.

Ihr Adrenalinspiegel ging nach oben. Ruckartig drehte sie sich um und lief über die Veranda zum Hauseingang. Drinnen angekommen schlug sie die Türe hinter sich zu und verschloss sie.

Hechelnd und nach Atem ringend stand sie da.

Juli, der Alte ist doch nur ein Obdachloser und kein Mörder. Du bist ein Angsthase. Wovor hast du Angst? Keiner tut dir was.

Mit dem Armrücken fuhr sie sich über die Stirn, um ihren Schweiß zu beseitigen, bevor sie sich selbst, zur Bestätigung zunickte.

Sie sah sich um. Es herrschte Totenstille im Haus, als sie das Radio anstellte. Beruhigende Klänge ergossen sich in diesem Moment auf ihr Gemüt und Julianne begann Sekunden danach, zu einer Melodie die gerade gespielt wurde, zu pfeifen.

Zwischen achtzehn und neunzehn Uhr abends, sie musste auf der bequemen Couch eingeschlafen sein, weckte sie ihr Handy, das auf dem Tisch lag mit schrillem Klingelton. Dylan hatte sein Erscheinen erst für zweiundzwanzig Uhr abgesagt, was bedingt durch seinen Job, für ihn und seine Schwester nicht unüblich war. Langsam rappelte sie sich auf und fasste den Entschluss ein Bad zu nehmen.

Der Brief

Von unten drangen noch vereinzelt die leisen Klänge des Radios an Juliannas Ohr, während sie die dicken Kerzen auf dem Wannenrand im Badezimmer verteilte, sie anzündete und sich ein wohlig warmes Schaumbad einließ.

Entgegen jeglicher Gepflogenheit hatte sie eine eigenartige Marotte. Sie nahm Bücher mit ins vor Feuchtigkeit strotzende Badezimmer. Ihr war egal, ob die eine oder andere Seite Blatt Papier, durch die Feuchtigkeit in Mitleidenschaft gezogen wurde. Ihre Bücher gaben ihr das Gefühl der Geborgenheit.

Erst als sie zu den beiden Briefsendungen sah, die sie mit nach oben ins Badezimmer genommen hatte, wurde sie angespannter. Sie tauchte kurz bis zum Hals ins warme wohlige Wasser ab. Als sie wieder auftauchte war fiel ihr Blick wiederholt auf das kleine Bündel am Badewannenrand.

Sollte ich es wagen?

Mit einem Handtuch, das am Wannenrand lag, trocknete sie ihre Hände ab. Die Neugier hatte gesiegt. Sie griff nach dem oben aufliegenden Umschlag, auf dem eine rote Eins aufgemalt war. Schnell riss sie den Brief auf, ohne den Inhalt zu beschädigen und beförderte mit zitternden Händen zwei Seiten Papier zu Tage.

Julianne wirkte enttäuscht.

Hatte sie doch tatsächlich mehr erwartet?

Sehr geehrte Julianne,

da ich Sie als eine schriftstellerische Persönlichkeit sehe und an Ihre Kompetenz glaube, ging ich diesmal einen anderen Weg, um Ihnen mein Kapitel drei zu überbringen.

Meine Verwunderung schlägt in Unverständnis, nein in Wut um. Als langjährige Autorin einer Krimiserie müssten Sie wissen, dass ein Kriminalroman fiktiv und keine wahrheitsgetreue Geschichte ist.

Julianne erschrak, aber las weiter.

Ich gebe zu, nicht strittige Prozesse und Abläufe auszuschmücken. Es geht mir da wie Ihnen. Ob ich jetzt Ihre schmucke rote Uniform, die sie im Diner tragen, mit Ihrem Namensschild an ihrer Brust betrachte, oder mir den Inhalt ihrer Bluse vorstelle, dies sollte dem Leser und des Lesers eigener Fantasie vorbehalten sein. Julianne, sind Sie da nicht meiner Meinung?

Irritiert durch ein Geräusch sah sich Julianne im Badezimmer um.

Langsam lehnte sie sich in die Wanne zurück, nicht ohne peinlichst darauf zu achten, dass die beiden Blätter Papier nicht nass wurden. Bevor sie weiterlas, ging sie den letzten Abschnitt nochmals durch.

Woher zum Teufel weiß der Briefschreiber wo ich arbeitete? Schlimmer noch, was ich anhabe, weiß er auch. Habe ich ihn schon einmal gesehen?

Nervöse rutschte sie im Wasser hin und her.

Verdammt, der Kerl kennt selbst die Farbe meiner Kleidung. Beobachtet er mich?

Irritiert blickte sie zur geschlossenen Türe, bevor sie weiterlass.

Aber wie ich erfahren durfte, suchen Sie Beistand und Hilfe. Hilfe wofür, frage ich mich. Ist Lee Romero ihr geistiger Stützpfeiler oder Mittel zum Zweck? Oder weswegen kommt sie so oft bei Ihnen vorbei? Freundschaftlich, oder dienstlich? Ihre Tätigkeit und ihre Fälle scheinen keine Zufallsfälle zu sein. Sollte ich die Agents von Ihnen fernhalten?

Ist meine Art Ihnen zu schreiben nicht genug Beweis für meine Offenheit?

Keiner kann mit Bestimmtheit behaupten weswegen jemand in einer Psychiatrie landet, oder beim Joggen stirbt.

Nicht mal die dunkelblaue Farbe Ihrer teuren Jogginghose kann Sie vor unerwarteten Stacheln auf ihrer täglichen Waldtour beschützen.

Was eintrifft ist vom Schicksal vorgezeichnet. Haben wir die Möglichkeit es zu beeinflussen oder abzuwenden?

Versuchen Sie mein Manuskript zu verstehen. Die Gedanken, die Meinung des Schreibers oder des Opfers zu erfühlen. Seien Sie gedanklich eine gefühlte Handbreit von allem entfernt.

Genießen Sie mit mir die letzten, schwachen Zuckungen des Opfers. Sehen Sie die Angst in seinen Augen bei seinem letzten Atemzug. Bangen Sie mit mir und dem Leser nach der Ungewissheit des Lebens. Lassen Sie die Schuldigen leiden und von ihren Qualen berichten. Seien Sie näher wie jeder andere dabei, bevor scheinbar Unschuldige als Schuldige gerichtet werden oder Buße tun.

Oder können Sie sich vorstellen wie es ist eingesperrt zu sein? Nein, nicht im Gefängnis, sondern in einer Psychiatrie? Ich kann Ihnen sagen, wie grausam die Menschen in fremden Ländern gefoltert und gedemütigt werden. Sie werden wie Tiere behandelt und von der Gesellschaft missachtet, weggeschlossen und vergessen. Werden Sie von uns gerecht behandelt und wieder in die Gesellschaft integriert? Und wie oft sind da hilflose, unschuldige Kreaturen dabei, die einfach unbequem wurden?

Liebe Julianne, der Tod nach einem langen Leben ist unsere Erlösung und für wenige ist der langsame Tod eine gerechte Strafe. Lesen Sie das Kapitel drei im anderen Umschlag sorgfältig durch.

Ihr Bewunderer

Kelep Freeborn

Julianne atmete bei den letzten Zeilen tief durch.

Nur das Auftreffen der winzig kleinen Wassertropfen auf die Oberfläche des Badewassers, durchbrach in diesem Moment die Stille des Raumes.

Irgendwie gewann in Julianne die Realität wieder die Oberhand. Sie hatte eine Satzstellung, ein Wort bemerkt, das so nicht stimmen konnte. Einige der Worte hatten sie beim Lesen etwas in Aufregung versetzt. Mit feuchten Fingern suchte sie nach der Stelle im Text. Hektisch überflog sie, zum zweiten Mal die Zeilen.

Der Typ ist irre, ging es ihr durch den Kopf, bevor sie die Wörter fand. **Psychiatrie**, **gerechte Strafe** und **Erlösung**, stachen ihr ins Auge. Nichts schien einen Sinn zu ergeben. Zum einen war der Thriller authentisch und gut geschrieben, zum anderen wurden solche Worte in einem persönlichen Brief oft nur von engen Freunden benutzt.

Sollte der Romanautor aus einer psychiatrischen Anstalt kommen? Für Julianne unmöglich.

Welcher Wahnsinnige konnte so gute Geschichten schreiben? Oder war es nur ein gekonnter Schachzug, ein Ablenkungsmanöver des Autors, um Verwirrung zu stiften?

Sie sah zu dem nahestehenden Badezimmerhocker der unweit von ihr stand. Über ihrem Bademantel lag noch das Kuvert mit der aufgemalten Zwei. Die Buchautorin entschied sich, dass jetzt etwas abgekühlte Wasser zu verlassen und das Manuskript Kapitel drei, wie Kelep Freeborn es umschrieb, mit nach unten zu nehmen und durchzulesen. Noch beim Aussteigen aus der Wanne kam ihr ein kleiner nicht unwichtiger Aspekt der Manuskripte in den Sinn.

Weshalb sendet Kelep Freeborn jedes Kapitel für sich? Und weshalb darf ich ihm keine Tipps für eine etwaige Verbesserung mit auf den Weg geben.

Wie auch? Sie hatte keine Anschrift von dem ihr unbekannten Schreiberling.

Abgetrocknet lief sie in ihr Ankleidezimmer. Schnell war sie in eine der unzähligen Jeans geschlüpft, die in ihrem Schrank hingen. Sie griff sich vom Kleiderbügel eine leichte Bluse und verschwand nach unten.

Das Radio dudelte gerade den Songs eines bekannten Interpreten leise vor sich hin, als jemand an die Hintertüre des Hauses klopfte. Julianne sah, wie Lessly mit dem Gesicht gegen die Glasscheibe gepresst hereingrinste und ihr zuwinkte.

»Ist offen«, schrie sie, bevor Lessly die Türklinke nach unten drückte.

»Süße, was hältst du davon, wenn wir uns heute einen Frauenabend gönnen?«

Gerade noch wollte sich Julianne das Manuskript zu Gemüte führen.

Zweifelnd hielt sie nach Lesslys Vorschlag inne. Noch bevor sie antworten konnte, schweifte Lessly weiter aus.

»Die Jungs sind weg und ich sitz hier alleine rum. Da dachte ich, wir bestellen eine Pizza und schauen uns einen Film bei dir an. Oder komme ich ungelegen?«

»Nö, nur…«, dabei sah sie ihre Nachbarin Lessly mit fragendem und zweifelndem Blick an.

»Ich wollte noch was durchlesen«, dabei wedelte sie mit dem dicken Briefumschlag vor Lesslys Nase herum, der unten eine seltsame kleine Ausbeulung zu haben schien.

»Ok«, konterte Lessly.

»Ich hole kurz meine Zeitschriften von drüben. Wir essen einen Happen und du widmest dich deiner Lektüre und ich meinem Kreuzworträtsel. Und wenn wir nicht einschlafen, sehen wir uns noch einen Film an.«

»Ok Lessly, du hast gewonnen. Du holst kurz die Zeitschriften während ich den Tisch decke.«

Nach einer halben Stunde saßen beide nebeneinander auf der Couch. Lessly mit einem Bleistift und Radiergummi bewaffnet und Julianne mit dem Briefumschlag von Kelep Freeborn in der Hand. Als sie die Perforation des Umschlages löste, sah sie, dass die Blätter nicht wie letztes Mal gelocht und mit einem Schnellhefter fixiert waren, sondern nur lose, aber nummeriert im Umschlag lagen. Langsam zog sie das Manuskript heraus und legte den Umschlag beiseite.

Gespannt las sie auf dem Deckblatt die ersten Worte, bevor sie weiterblätterte.

Kapitel drei.

Lessly grinste sie in diesem Moment von gegenüber an. Ohne Kommentar nickte Julianne ihr zu, während sie die ersten Seiten zu lesen begann.

Dunkelheit

Langsam und vorsichtig, ließ der Fremde die Leiter an der Seitenwand auf den Boden hinuntersinken. Er warf einen Vorschlaghammer, Bodenanker und schwere Ketten von oben auf den Holzboden herab.

Hier auf dem Boden, bildeten alte, in Terpentin getauchte Eisenbahnschwellen, die karge Verbindung zum feuchten Untergrund.

Mit einem Kasten in der linken Hand, stieg er wortlos in das finstere, übelriechende Loch hinab.

Prüfend sah er sich nochmals jede einzelne Fuge der verkleideten Wände an. Nickend gab er sich die Bestätigung für seine makellose Arbeit. Pfeiler, die an jeder Seite in den Boden gerammt waren, gaben dem spartanischen drei auf fünf Yards großen und neun Yards hohen Raum nicht wirklich den Charme einer Wohnbehausung. Es glich eher einem, in die Erde gegrabenem Erdloch. Kleine Klappen an der Stirnseite, boten hinter der Verkleidung Platz für einen schmalen, unsichtbaren Kanal nach oben. Sorgsam taxierend sah sich der Fremde auf dem Boden um.

Mit wuchtig geführten Schlägen fuhr sein Vorschlaghammer unaufhaltsam auf die Bodenanker nieder. Das laute Geräusch von aufeinandertreffendem Metall klang solange durch den Wald, bis nur noch vier stählerne Ringrosetten zwischen den Eisenbahndohlen in Richtung Himmel zeigten. Erst als lange Ketten daran verankert waren, schien Ruhe einzukehren.

Eine trügerische Ruhe, wie sich bald herausstellen sollte.

Nicht ohne Grund hatte er diesen Kasten geplant. Kabel waren unter der Holzverkleidung verlegt worden und zwei alte Autobatterien versorgten das Ganze von außen mit Strom. Hinter kleinen, unscheinbaren Löchern verbargen sich unsichtbar, Lautsprecher und kleine pfenniggroße Videokameras. Ein altes Abflussrohr versorgte das in die Erde gegrabene Loch mit Frischluft.

Für welchen Zweck, baute der stumme Geselle diesen Kasten, inmitten eines Waldes? Wollte er für sich sein?

Prüfend blickte sich der Fremde nochmals um, bevor er über die Leiter das kalte Loch in Richtung Sonne verließ. Oben angekommen ließ er seinen Blick in die Runde schweifen, ehe er die Leiter nach oben zog. Kein Mensch war zu sehen. Nur Pilzsammler durchstreiften ab und zu dieses Gebiet. Der Arbeiter konnte sich sicher sein, unentdeckt zu bleiben. Zum Schluss klappte er unter ungeheurer Kraftanstrengung die schweren Deckel der Behausung zu. Vier Stahlplatten mit starken Scharnieren schlugen nacheinander auf dem Rahmen auf. Eine kleine Spalte blieb sichtbar, ehe er das Ganze mit Laub bedeckte. Geschafft.

Zweifellos es war keine Falle, eher ein Gefängnis. Einem Grab kam die Beschreibung schon wesentlich näher. Nur noch einige Kabel ragten aus dem Waldboden, als der Mann sich umsah und den Ort seiner Tätigkeit, mit dem mitgebrachten Werkzeug und einer Leiter auf seiner Schulter wieder verließ.

Verdammt, warum ist es kalt? Meine Knochen tun alle weh! He was ist hier los, wo bin ich? Eben war ich noch in Killeen. Ist es dunkel? Warum sehe ich nichts? Ich habe doch meine Augen auf.

Donald Esquivel versuchte zuerst zaghaft zu rufen und dann zu schreien.

»Hallo!«

Nichts geschah. Es war totenstill. Panisch versuchte er sich zu orientieren.

»Hallo, hört mich jemand? Wo bin ich? Hilfe, Hilfe!!!«

Er versuchte den Kopf zu heben, sofort wurde ihm bewusst, dass ihn etwas daran hinderte. Er versuchte es mit den Armen.

Ok, zumindest dies geht.

Donald bewegte nochmals seine Arme und lauschte. *Ketten, es sind Ketten, Bullshit!*

Er bewegte seine Arme und versuchte sich an den Hals zu fassen. Irgendetwas lag um seinen Hals.

Was ist das? Gott verdammt, was ist das? Jemand hat mich hier wie ein Vieh am Boden angekettet.

Hechelnd auf dem Rücken liegend rang er nach Luft. Panik ergriff ihn und er versuchte seinen ganzen Körper nach vorn zu schieben. Schnell wurde ihm klar, dass das Einzige was er bewegen konnte, seine Arme waren. Voller Panik tastete er sich, soweit es die Ketten zuließ mit seinen Händen überall ab. Bei jeder Bewegung seiner Gliedmaßen, rasselten dicken Kettenglieder über den Boden.

Jemand hat mich an den Boden genagelt.

Donald bekam Panik.

Wer tut so was?

Nach Minuten der Stille begann er zu wimmern und schrie lauthals drauf los.

»Hallo, hört mich jemand, hört mich da draußen jemand? Ich will hier raus! Wer immer mich hier eingesperrt hat, lass mich hier raus!«

Die Ruhe um ihn herum, schien unsagbar schwer auf ihm zu lasten.

Donald Esquivel wusste weder, wie er hierher kam, noch weshalb er nackt auf dem Boden lag. Er fuhr sich mit der Hand übers Gesicht.

Was war das? Irgendwas ist mir gerade übers Gesicht gelaufen. Es war eine Spinne. Mein Gott, ich hasse Spinnen. Wer tut mir so etwas nur an?

»Ich will hier raus!«, schrie er, so laut er konnte.

Seine Kehle brannte, er hatte Durst.

Mein Gott, ich habe Angst. Denke nach Donald, denke nach und konzentriere dich. Wer könnte hinter dieser Tat stecken. War es ein eifersüchtiger Ehemann? Rächt sich jetzt einer, weil ich seine Frau gevögelt habe? Aber warum auf diese Art? Er hätte mir eine reinhauen können und dann wäre es gut gewesen.

Gebannt versuchte sich Donald zu konzentrieren und lauschte in die Stille.

Da, da war doch ein leises Geräusch?

»Hallo, ich bin hier! Hallo, kann mich jemand hören?«

Immer wieder schrie er, bevor er lauschte.

Nichts, ich kann nichts hören. Bin ich in einem Keller? Es riecht zumindest modrig wie in einem Keller. Scheiße, ich werde in einem Keller gefangen gehalten. Aber warum ich, so etwas gibt es doch nur in Filmen. Warum sollte das jemand mir antun? Warum mit mir? Ich werde alles noch mal ertasten. Ich muss hier raus.

Soweit es seine Ketten zuließen, erkundete Donald jetzt mit seinen Händen, Stück für Stück in völliger Dunkelheit den Boden um sich herum.

Mist, zu den Füßen komme ich nicht, weil mein Kopf fixiert ist. Ich kann mich nicht mal aufsetzen, über die Brust ist ein Gurt gezogen.

Mit den Fingern folgte er dem Riemen zum Boden.

Irgendwer hat seinen Gurt an beiden Seiten mit Nägeln oder Schrauben an den Boden befestigt. Wer war sein Peiniger. Kannte er ihn?

Mit zwei Fingern ertastet Esquivel im Dunkeln das Ende der Bodenhülse.

»Warum tust du das? Lass mich sofort hier raus, du Mistkerl! Falls ich deine Frau gevögelt habe, dann lass dir gesagt sein, sie hat vor Freude gequiekt, wie ein Schwein. Lass mich hier raus. Du Psychopath.«

Es folgte eine erdrückende Stille, die sich unerträglich in die Länge zog.

»Ich habe Durst«, begann er zu wimmern.

Ich muss raus, sonst drehe ich noch durch. Jetzt habe ich noch Kraft. Mal sehen, vielleicht finde ich etwas, um mich zu befreien.

Er tastete erneut alles um sich herum ab. Inch für Inch.

»He, da ist was. Was könnte es sein? Es fühlte sich wie…, es ist eine Taschenlampe. Endlich was Positives. Hoffentlich geht das blöde Ding. Da, da ist der Einschaltknopf. Bitte, bitte lieber Gott, lass die Lampe funktionieren.«

Ängstlich drückte er den kleinen Schalter der Lampe.

Als der kleine Lichtkegel seiner Taschenlampe unweit an die Decke fiel, war das Erste was er erblickte, einen mit blutroter Farbe aufgepinselter Satz.

Donald Esquivel bereust du deine Tat?

Hektisch schlug er mit den Armen um sich und versuchte an der Decke das Geschriebene zu erreichen. Es war aussichtslos. Der Abstand zwischen ihm und dem Text war zu groß.

»Du verdammter Pisser, wer bist du, was soll die ganze Scheiße hier? Was soll ich bereuen? Du hast mich doch gekidnappt und in dieses Loch geworfen. Du verlangst, dass ich eine Tat bereue, welche Tat?«

Donald begann, trotz seiner scheinbar aussichtslosen Lage laut zu lachen.

»Bereust du, dass du mich in dieses Loch geworfen hast?«

Donald drehte den Kopf zur Seite und lauschte.

Niemand antwortet ihm.

Mit den Fäusten trommelte er auf dem Boden.

»Bullshit, antworte mir!«, schrie er in die Dunkelheit hinein. Er suchte den Boden mit den Fingerkuppen ab. Kleine Unebenheiten zwischen den Dohlen ließen sich erfühlen. Die Kette an seinen Armgelenken schien lang genug zu sein, um den Gurt ertasten zu können, der über seinem Bauch angebracht war. Er tastete nach dessen Innenseite. Donald fühlte außen Leder, und innen den weichen gefütterten Stoff, den er sofort am Material erkannte und wurde seltsam ruhig.

Früher hatte er sich unweit der Wohnung seines älteren Bruders, mit einem Jungen, der in der Nachbarschaft lebte herumgetrieben. Jeder vermied, so gut er konnte, den Kontakt mit dem offensichtlich unheimlichen Jungen Larry Willkis.

Den Jungen überkamen oftmals sehr heftige Epilepsieanfälle. Selbst zuhause wurde er nachts, mit dicken Bändern festgeschnallt, um sich vor sich selbst zu schützen. Solche wie diese, verdammten jetzt Donald selbst zur Bewegungsunfähigkeit.

Das Seltsame an Larry Willkis war, er litt zusätzlich unter einer paranoiden Schizophrenie. Nicht, dass dies auf Donald abstoßend gewirkt hätte, wenn Larry von einer Sekunde auf die Nächste eine andere Persönlichkeit war. Damit kam Donald klar. Er brachte Larry oft durch seine Schuld in unangenehme Situationen, die er dann für sich ausnutzte.

Larry wurde oft für die Taten von Donald zur Rechenschaft gezogen. Erst nachdem sich die Wege der beiden trennten zog Ruhe in Larrys Leben ein.

Donald grinste in sich hinein. Sekundenlang schloss er seine Augen. Das Zeitgefühl verschwand, der Durst begann ihn zu plagen. Er begann zu frösteln. Mit der Zunge fuhr er sich über die trockenen Lippen. Er fühlte sich matt und erschlagen, als seine schweren Lider ihn zur Reaktion zwangen.

Nicht einschlafen, Donald, nicht einschlafen. Der Typ will, dass du schläfst. Halte dich wach, such nach einem Ausgang, nach einer Lösung. Komm, du bist bisher aus allem herausgekommen, auch hier gibt es eine Antwort. Ist es ein Rätsel? Oder eine Aufgabe?

Donald mobilisierte alle Kräfte die ihm noch zur Verfügung standen und riss an den Ketten herum. Seine Bemühungen waren zwecklos. Schnell hatte er sich umorientiert und suchte auf dem Boden nach der Taschenlampe, die ihm vorhin aus den Fingern geglitten war.

»Bullshit, so eine abgefahrene Scheiße«, schrie er panisch.

»Was willst du von mir? Ich bereue nichts von dem, was in meinem Leben geschah. Ich bereue weder, dass ich dem alten Jeff die Kasse geklaut habe, noch dass ich Betty Rossmann geschwängert habe. Und es tut mir nicht mal leid, dass ich meiner Alten eine verpasst habe. Nein, ich bereue Garnichts!«

Lächerlich wirkte da Donalds großkotzige Art zu sprechen. Er hatte wohl noch nicht ganz den Ernst seiner Lage erfasst.

»Ich habe was vergessen zu erwähnen, du Scheißtyp. Oder wer auch immer da draußen ist.«

Donald machte kichernd eine Atempause. Lächelnd hob er aus seiner liegenden Position die Arme in die Höhe.

»Verstehst du mich? Wenn du mich da oben hörst, ich bereue nicht mal, dass ich die ganzen verheirateten Weiber hinter den Rücken ihrer alten Geldsäcke befriedigt habe. Und damit du es weißt! Das mit dem geklauten LKW tut mir ebenfalls nicht im geringsten leid.«

Kichernd und lallend wirkte Donald dehydriert und desorientiert, als er die Hände zum Peacezeichen anhob und wieso auch immer folgendes schrie: »Elvis lebt!«

Langsam sanken seine Arme ermattet auf den kalten Boden seiner Behausung. Entkräftet schloss er erneut seine Augen nur für einen Moment wie er vermutete, aber es wurden Stunden daraus.

Unbemerkt, war durch eine der kleinen Öffnungen ein geruchsloses Gas ins Innere des Verschlages zur Beruhigung und zur Ermüdung eingeleitet worden. Bei Donald war dies eher überflüssig als nötig. Ihn hatte schon vor Minuten der Schlaf übermannt.

Aber offenbar wollte derjenige der ihn festhielt, weshalb auch immer, bei seiner Vorgehensweise auf Nummer sicher gehen.

Julianne sah Lessly an, die noch nach einer Lösung ihrer vielen Rätselaufgaben suchte. Wenn sie nicht weiter wusste, stupste sie Julianne an.

»Kennst du einen Körper mit sechs Ecken und zwölf Buchstaben?«

Julianne blinzelte sie an während sie nachdachte.

»Schneeflocke«, konterte sie und legte unbeeindruckt ihren Fokus auf das aufgeschlagene Manuskript.

Julianne schien darüber beunruhigt zu sein, dass sich jemand unberechtigterweise, Zutritt in ihre eigenen vier Wände verschafft hatte.

War das vorliegende Manuskript ein Wegweiser oder eine Aneinanderreihung von Zufällen? Wollte der Schreiber, sofern er auch der Absender des Pakets war, mit den ihr zugesandten, abgetrennten Fingern oder den kopierten Führerscheinen, sie irritieren? Oder waren es drei verschiedenen Paar Stiefel, wie es Max zuvor anmerkte. Dies wäre eine lohnenswerte Möglichkeit, das Geschehen aus einem anderen Blickwinkel zu beleuchten. Zu verworren schien die Sache im Moment zu sein. Vielleicht suchte jemand auch nur ihr schriftstellerisches Verständnis?

Wieder wurde ihr Interesse am Manuskript abgelenkt. Sie hatte etwas gelesen das sie heute bereits gehört hatte. Hastig schlug sie einige Seiten zurück. Sie schloss ihre Augen und versuchte sich zu konzentrieren, Lessly stupste sie an.

»Julianne, kann ich mir etwas aus dem Kühlschrank holen? Ich habe Hunger. Soll ich dir auch ein Sandwich zubereiten?«

Wie eine hypnotisierende Puppe schlug Julianne in diesem Moment die Augen auf und sah Lessly eindringlich an. Sie wirkte unheimlich mit diesem angsteinflößenden Blick. Lessly begann sich zu fürchten und stand auf.

»Heilige Scheiße!«, begann Julianne plötzlich zu brüllen.

»Alles ok bei dir?«, wollte Lessly aus der Küche wissen. Panisch sprang Julianne, in diesem Moment auf und lief im Zimmer auf und ab.

»Ich wusste es. Killeen in Texas. Max hatte den Ort erwähnt, zu dem beide Agents von der Zentrale heute angefordert wurden. Und hier in diesem Kapitel nannte das Opfer den gleichen Ort. Zufall?«

Lessly, die inzwischen aus der Küche zurückgekommen war, stand nun mit einem vollen Teller in Händen vor ihrer Freundin.

»Sandwich?«, fragte Lessly.

Erst als Julianne sich sichtlich wieder beruhigt hatte griff sie sich wortlos ein Stück.

Julianne schob sich gerade den letzten Zipfel ihres Sandwiches in den Mund, als das Telefon auf dem Sideboard klingelte und sich, nachdem Julianne abgehoben hatte, ihr Bruder Dylan nach ihrem Wohlbefinden erkundigte. Schnell erklärte sie ihm, dass Lessly zu Gast war und sie sich angeregt unterhielten. Was zwar nicht ganz der Wahrheit entsprach, aber zumindest Dylan beruhigte. Nach kurzer Zeit war das Gespräch beendet und Julianne ging zurück aufs Sofa.

»Verdammt und zugenäht, wo ist die Stelle? Ich hätte die Seite markieren sollen«, schnauzte sie mit sich, was Lessly nicht weiter störte. Viel zu sehr war sie mit sich selbst beschäftigt.

»Gefunden.«

Entspannt lehnte sie sich jetzt nach hinten und versuchte dem Schreiber und seinen Worte weiter zu folgen.

Donald Esquivel kam wieder zu Bewusstsein. Blinzelnd versuchte er die Augen öffnen. Vier kleine Strahler die in die oberen Decke eingelassen waren, nahmen ihm jegliche Sicht. Sofort kniff er die Augenlider wieder zusammen, um wenigstens etwas erkennen zu können.

»Bullshit, mach das Licht aus ich kann nichts sehen.«

Niemand kam seiner schroffen Bitte nach. Mit zusammengekniffenen Augen bemerkte er wie vor ihm etwa hin und her baumelte, als sich auch hinter ihm, etwas zu bewegen schien. Er konnte sich nicht umsehen, aber er bemerkte eine Veränderung.

Der Lederriemen, der um seine Brust lag war verschwunden und die Ketten um die Arme waren aus der Verankerung gelöst worden. Ruckartig schnellte sein Körper nach oben.

Niemand da. Sehe ich Gespenster? Wo ist der Lederriemen? Wo die Schlösser und der Bodenanker für die Arme?

Donald tastete, soweit es die Ketten an seinen Beinen erlaubten, den Boden nach Utensilien ab.

»Die Taschenlampe, wo ist die verdammte Taschenlampe?«

Wie besessen suchte er wiederholt den Boden nach der Lampe ab. Sein Blick ging nach oben. Sofort wurde er von den kleinen Leuchten geblendet.

»Arschloch komm runter, wenn du was zu sagen hast. Du hast mir meine Lampe und meinen Gurt geklaut. Ich weiß du bist hier runtergekommen.«

In seiner Handfläche hielt er indessen wie einen kleinen Schatz, zwei welke Blätter, die er auf dem Boden ertastet hatte. Anscheinend waren sie von oben herabgefallen, während er bewusstlos war.

Donald Esquivel schätzte seine Möglichkeiten ab.

Um die Gegenseite des Raumes zu erreichen waren die angebrachten Ketten an seinen Füßen zu kurz. Er sah nach oben zu den kleinen Lichtern.

Ohne Leiter nach oben zu klettern war keine gute Idee. Missmutig versuchte er sich jetzt an den dicken Kettengliedern seiner Fußfessel, als ihn ein Geräusch von oben erschreckte. Es hörte sich an, wie wenn jemand eine Ankerkette über Schiffsplanken ziehen würde. Ein Geräusch, das dem einer nicht geölten Fahrradkette glich. Langsam und laut glitt ein kleiner Plastikschlauch von oben herab. Abrupt stoppte das Geräusch, unterdessen der Schlauch keine zwanzig Inch von ihm, baumelnd vor seiner Nase angekommen war.

Donald, irritierte der vor seinem Gesicht baumelnde Schlauch, als er wiederholt das Rasseln einer Kette an der gegenüberliegenden Seite seiner Behausung hörte.

Er kniff, um mehr sehen zu können, die Augen noch weiter zusammen ohne zu begreifen was vor sich ging.

Er sah gerade noch wie sich eine Klappe öffnete und wieder schloss. Instinktiv versuchte er Schritte nach vorn zu gehen ohne die Länge seiner Fußfesseln zu beachten. Noch bevor er das Gleichgewicht verlor und auf dem Boden aufschlug, registrierte er wie der kleine Schlauch wieder nach oben gezogen wurde.

Sekunden danach schlug sein Kopf hart wie von einem Boxhandschuh getroffen, auf dem Holzboden auf.

Sofort spritzte eine kleine Fontäne Blut aus seiner Nase und aus den Mundwinkeln liefen kleine Rinnsale von Speichel und Blut über den Boden. Eine kleine, klaffende Wunde an der Schläfe verhieß nichts Gutes, als er röchelnd versuchte bei Bewusstsein zu bleiben. Er hatte keine Chance dagegen anzukämpfen.

Keine Reue

Donald Esquivel atmete schwer als er zu sich kam. Mit dem Gesicht auf dem Boden versuchte er seine Kräfte zu sammeln, als die Lichter über ihm erloschen.

Minuten später, schien sich wieder was zu tun.

Mit lautem Quietschen setzte sich über ihm erneut etwas in Bewegung.

Donald hatte nicht die Kraft sich zu erheben, als kurz darauf neben ihm etwas mit metallischem Klang auf dem Boden aufschlug. Donald öffnete die Augen und konnte in der Finsternis nichts erkennen.

Erst als nacheinander kleine Leuchten ihr Licht in seine karge Behausung warfen, konnte er neben seinem Kopf einen kleinen olivgrünen Kasten auf dem Boden ausmachen.

Verbeult von dem Fall, lag er vor ihm auf der Seite.

Donald blinzelte kurz, ehe ihm ein rot-weißes Kreuz darauf auffiel.

Dabei dachte er an seinen Großvater. Der alte Herr hatte ihm stets eingetrichtert, keine Situation sei aussichtslos, es sei denn man gibt sich auf. Und ans Aufgeben dachte Donald garantiert nicht. Noch immer hoffte er aus diesem Gefängnis entkommen zu können, die Frage war nur wie?

Er sah nochmals auf den Metallkasten mit dem roten Kreuz. Er versuchte mit Händen und Füßen sich in eine kniende Position, nahe des in den Boden eingelassenen Bodenankers zu begeben.

Oftmals verließen ihn dabei seine Kräfte und er fiel einfach zur Seite.

Die Wunde an seinem Kopf schien durch den Aufschlag am Boden stärker zu bluten. Das Blut lief an seinem Nasenflügel vorbei und fand sich in der Falte des Mundwinkels wieder.

Donald schmeckte mit der Zunge sein eigenes Blut.

Verwirrt starrte er auf den Kasten, als sein Magen zu knurren begann.

Sind da irgendwelche Lebensmittel darin?

Zitternd öffnete er den Kasten mit blutverschmierten Fingern.

Klebepflaster, Mullbinden und Verbandszeug kullerten über den unebenen Boden seiner Unterkunft. Unter Salben und Desinfektionsmittel befand sich auch eine Schere. Das Material schien nicht das Aktuellste zu sein, aber zumindest zweckmäßig.

Donald drehte den Erste-Hilfe-Kasten um und erschrak. Ein weißer, vergilbter Aufkleber war darauf angebracht. Donald Esquivel, US Army, 987754 Eagle Jeantoxx.

»Verdammter Hurensohn«, schrie er von seinem Gefängnis aus nach oben.

»Woher hast du den Verbandskasten? Das war meiner, aus der Zeit in der United States Army. Den hatte ich fast vergessen. Ich hatte ihn vor langer Zeit im Keller liegen lassen. Keine Ahnung, wie du da ran gekommen bist, aber danke.«

Hektisch versuchte er, das auf den Boden gefallene Verbandsmaterial einzusammeln. Wie ein kleines Kind legte er alles was er fand, fein säuberlich zurück in die Blechdose, als sein Blick auf die angerostete Schere fiel. Hatte der Fremde vergessen den Inhalt zu prüfen oder war er sich sicher, dass Donald seine Behausung nicht verlassen konnte?

Mit dreckigen Händen befreite Donald ein Pflaster aus der Verpackung. Sollte er den nächsten Schritt wagen? Donald wurde mutig und griff nach der Schere, wobei er ein Röllchen Klebepflaster abwickelte und abschnitt. Sorgfältig verschloss er den Kasten wieder.

Plötzlich fing er an zu lachen.

»He, du da oben! Du brauchst mich noch, nicht wahr? Sonst hättest du kaum Krankenschwester gespielt und mir meinen Verbandskasten gegeben. Woher du ihn gezaubert hast ist mir schleierhaft. Meine Annahme stimmt doch, oder? Was bin ich dir wert?«

Donald wartete, währenddessen er kichernd zur Stirnseite des Raumes sah.

»Hallo jemand da? Bist du noch da oben, rede mit mir. Du bekommst mich nicht klein du verfickter Schwanzlutscher.«

Als Donald eine gefühlte halbe Stunde keine Antwort bekam, begann er zu weinen. Leise, nach Luft ringend liefen dicke Tränen über sein dreckiges, verschmiertes Gesicht. Gerade als er einen lauten Seufzer ausstieß, sank vor seinen Augen, an einer Fahrradkette ein handgeschriebenes Schild herab. Wie ein hypnotisiertes Kaninchen folgte er dem Weg des Schildes, bevor es keine zwei Food vor ihm zum Halten kam.

Langsam baumelte es weit oberhalb seines Kopfes hin und her. Erst als hinter ihm mit einem leisen Brummen zwei Lichter angingen, konnte er den Text erkennen. Donald rieb sich die Augen. Hatte er richtig gelesen, was auf dem Schild in großen Buchstaben mit weißer Farbe aufgemalt war?

Was geschah am 5.7.2011 in Eagle Jeantoxx?

»Du Ausgeburt der Hölle, woher soll ich wissen, was im Juli 2011 geschah? Schon vergessen, wir haben jetzt 2016.«

Langsam und mit lauten Rasseln entfernte sich das Schild und verschwand nach oben in einer Spalte. Er hörte Schritte. Jemand musste dort oben sein. Donald ergriff Panik.

Wild gestikulierend rief er nach oben: »Hilfe, hört mich jemand dort oben? Ich bin hier unten. Jemand hält mich fest, rettet mich bitte! Hilfe, Hilfe!«

Erst als Donald Esquivel begriff, dass sich dort oben nur sein Gegenspieler befand, und er dessen Schritte vernommen hatte, wurde sein Rufen leiser. Es ging jetzt mehr in ein hilfloses Blubbern über, ehe es allmählich ganz verstummte.

Kniend und zusammengekrümmt begann er apathisch mit seinem ganzen Körper vor und zurück zu schaukeln, als er plötzlich nach oben schnellte. Mit dem Blick zur Decke versuchte er mit seinen Armen, mehr rudernd und schlagend, einen weit entfernten Gegenstand zu ergreifen. Zwecklos. Er hatte oben den kleinen Schlauch ausgemacht, der von der Decken-öffnung herabhing. War dies Absicht, oder eher ein Versehen seines Peinigers?

Donald war es in diesem Moment egal, er kam nicht an den Schlauch heran. Seine Fußfesseln schränkten sein Gehen und Hüpfen zu sehr ein.

Er hatte es versucht. Keiner sollte später behaupten können, er hätte es nicht versucht. Wieso eigentlich? Mit Rettung war kaum zu rechnen.

Wie lange bin ich schon hier? Einen Tag? Eine Woche?

Donald hatte sein Zeitgefühl verloren. Selbst der kleine Lichtschlitz in der Decke war jetzt verschlossen.

Mit einem Rattern setzte sich urplötzlich, ohne jegliche Vorwarnung, der Plastikschlauch wieder nach unten in Bewegung.

Donald wunderte sich.

Als sich der Schlauch in greifbarer Nähe befand, tat er nichts um ihn erhaschen zu können. Erst als das Rasseln

143

der Kette verstummte und der kleine Schlauch vor ihm auf und ab pendelte, griff er schlagartig nach dessen Ende.

Mit schnellem Griff steckte er das Endstück in den Mund und zog daran wie ein Ertrinkender. Er versuchte mit tiefen Zügen an eine kühlende Köstlichkeit zu gelangen. Ohne Erfolg. Fieberhaft versuchte er es wieder. Drückte am Schlauch herum, sah nach oben und bemerkte erst jetzt, wie aus der Deckenöffnung das andere Ende des Schlauches lose herabhing. Ein Behältnis? Fehlanzeige.

Wütend und enttäuscht schlug er wie besessen um sich, ehe er wieder auf seine blutig gescheuerten Knie zurücksank. Heulend trommelte er mit seinen Fäusten auf den Boden.

»Du Bastard möchtest wissen was in Eagle Jeantoxx am 5.7.2011 geschehen ist? Ich sag es dir!«, schrie Donald mit Blick nach oben.

»Ich habe deine Alte gevögelt, was sonst! Sie hatte noch niemals so einen harten steifen Schwanz in sich gespürt, wie den von mir.«

Donald begann zu kichern.

»Und du Idiot bringst es vermutlich ja nicht. Jeden Freitag habe ich ihr die Seele aus dem Leib gefickt, zufrieden?«

Donald drehte seinen Körper und suchte im Dunkel nach seinem Peiniger.

»He, du Dreckskerl hörst du mich? Und das schönste daran war, sie hat noch dafür bezahlt.«

Lachend und durch den Wasserentzug dehydriert lallte Donald jetzt nur noch herum.

»Gib mir Wasser und ich erzähle dir die Einzelheiten. Ist ein Vorschlag, oder nicht?«

Donald lauschte. Hatte sich sein Despot etwa bemerkbar gemacht?

Hörte er in der Ferne das Surren eines Motors? Er versuchte den Ort auszumachen, aus dem das Geräusch kam und sah dabei instinktiv nach oben.

Die Leuchten gingen nacheinander aus. Nur eine, die an der Stirnseite des Raumes, die Leuchte die für ihn unerreichbar schien, brannte weiter. Nichts geschah.

Habe ich mich verhört?

Das Geräusch war immer noch als leises Surren in der Ferne zu vernehmen, als es sich akustisch mit einem ungewöhnlichen Blubbergeräusch, zu vermischen schien. Gebannt sah Donald auf die gegenüberliegende Seite des Raumes.

Aus zwei der zahllosen Vertiefungen in der Wand ran plötzlich Wasser heraus. Ein kleiner Strahl der lebensspendenden Flüssigkeit ergoss sich über die verkleidete Wand und ran zu Boden.

Jetzt schien Donald auszurasten.

Er rappelte sich auf, zerrte ohne Erfolg an seinen Ketten und musste mit ansehen, wie das köstliche Nass zwischen den Dohlen im Nirgendwo des Erdreiches versank. Mit den Fingerspitzen hatte er winzige Tropfen davon erhascht, die er jetzt gierig von seinen dreckverschmierten Fingern saugte. Das Plätschern des versiegenden Wassers machte ihn wahnsinnig.

Wütend schlug er um sich, ergriff den Erste-Hilfe-Kasten und schleuderte ihn wütend in die Richtung, aus der das Wasser kam. Polternd zersprang der Kasten und verstreute seine gesamten Kostbarkeiten unweit der gegenüberliegenden Wand.

Momente danach verstummte das Geräusch und die letzten Wassertropfen fielen platschend aus der Öffnung der Wand zu Boden.

Eine gefühlte Ewigkeit verging, bevor Donald zu sich kam. Von irgendwoher hörte er ein Knacken. Eine tiefe und dumpfe Stimme erklang.

Donald Esquivel, du erzählst mir was am 5.7.2011 in Eagle Jeantoxx mit der Familie Owans geschah und ich versorge dich mit Wasser und Essen, oder du verrottest in diesem Erdloch.

Donald sah sich irritiert um.

Hat da eben jemand mit mir gesprochen, habe ich halluziniert?

»Hallo, du da, wer spricht mit mir. Ist da jemand?«

Donald gab es auf.

Was der Fremde auch mit ihm vorhatte, er konnte aus seinem Gefängnis nicht entkommen. Welche Optionen blieben ihm da? Verdursten und verhungern?

Donald ging die Familie Owans durch den Kopf. Er kannte die Familie, besaß sie doch das ehemalige hochherrschaftliche Anwesen neben dem Grundstück seines epileptischen und schizophrenen Jugendfreunds Larry Willkis.

Vater Owans hatte eine Fabrik für Metallteile und seine beiden Kinder, Adam und Theresa gingen am ortsansässigen College zur Schule. Jeder kannte die reiche, freundliche Familie im Ort. Zu Larry, dem Nachbarsjungen, waren sie für Donalds Gefühl fast schon zu freundlich.

Donald spielte buchstäblich mit dem Feuer, als er sich aufraffte und auf seinen Beinen stand.

»Arschloch, du möchtest wissen was geschah? Ich kann es dir verraten. Aber dafür möchte ich die verdammten Schlüssel für die Fußketten, sowie Essen und Trinken, verstanden?«

Was hatte er zu verlieren? Er wollte überleben.

Gebannt stierte er nach oben. Nichts geschah. Naja, zumindest war es ein Versuch wert.

Wie von selbst begann er Minuten später zu erzählen.

»Was soll ich sagen? Mein minderbemittelter Kumpel Larry Willkis hat seine Nachbarsfamilie umgebracht«, dabei wedelte er unschuldig mit seinen eigenen Händen vor sich herum.

»Ich habe ihn nie verpfiffen. Ich schwöre es«, dabei legte er seine Hand aufs Herz.

»Ehrenwort. Verdammter Bastard hörst du mich? Oder glaubst du mir nicht?«

Vermutlich kamen Donalds Erklärungsversuche nicht gerade glaubhaft bei seinem Widersacher an. Nichts geschah in der folgenden Stunde. Schwitzend saß Donald in seinem Erdloch gefangen, ohne den Hauch auf Rettung.

Von oben nahmen kleine, rote Wärmestrahler ihre Arbeit auf und bald war es in Donalds Grubenverlies heiß wie in einem Backofen.

»Verdammter Bullshit.«

Donald schien am Ende zu sein. Er hatte schon mit sich abgeschlossen, als er Vogelgezwitscher hörte.

Rettung? Hat mich jemand gefunden. Oder spielten mir meine Sinne einen Streich?

Langsam hievte er seinen Kopf in die Senkrechte und sah nach oben. Lichtfetzen drangen in sein Verlies. Sie schienen wie kleine Lichtblitze den Boden zu erhellen. Zwei, drei, nein vier Ritzen gaben in der Ferne den Blick auf den Himmel frei. Donald war viel zu erschöpft um zu schreien, nur noch leise Worte drangen nach oben.

»Hallo, hört mich jemand?«

Viel zu leise, um auf sich aufmerksam zu machen. Plötzlich sah er etwas, was ihm die letzten Stunden nicht aufgefallen war. Unerreichbar für ihn, baumelten etwas von der Decke herab.

War ich lange weggetreten? Wie lange? Wie spät haben wir?

Kichernd, nicht glaubend was er sah, war sein Blick starr nach oben gerichtet. Die Strahlen waren erloschen und kleine Leuchten, mit einem angenehmeren Licht nahmen ihre Arbeit auf.

Eine Lichtspiegelung? es muss eine Lichtspiegelung sein. Ich sehe einen Schlüssel und eine Wasserflasche.

Ratternd ging hinter ihm ein Stahlfach auf. Er drehte sich um.

»Und wo ist mein Essen?«, tönte er überheblich.

Schwitzend, mit hochrotem Kopf und dicken Schweißperlen auf der Stirn, kamen ihm zweifelnde Gedanken in den Sinn.

Weshalb bekomme ich alles? Wo ist der Haken? Keiner gibt etwas freiwillig ohne eine Gegenleistung? Die Henkersmahlzeit? Möchte derjenige, der mich hier festhält Lösegeld?

Eher unwahrscheinlich, Donald besaß nicht viel. Bei ihm reichte es mit seinen krummen Geschäften von der einen auf die andere Woche. Donald konnte grübeln wie er wollte, aber eine vernünftige, einleuchtende Erklärung für diesen Sinneswandel seines Entführers hatte er nicht. Er spulte seine Gedanken zurück.

Er konnte sich noch daran erinnern, wie er vom Billard mit Judith zu seinem Motel Zimmer ging, dann hatte er einen Filmriss.

Moment.

Das Letzte, an das er sich erinnern konnte, war…. Er schloss das Zimmer auf, sah noch in Judiths strahlend braune Augen und dann ein Schmerz. Nein, an mehr konnte er sich nicht erinnern.

Enttäuscht verzog er die Lippen. Er konnte sich nicht mal daran erinnern, wie, oder ob er Judith flachgelegt hatte. Sie sollte seine kleine Trophäe sein. Die junge Frau seines Bankers, Frank Heffernan. Der alte Sack hatte sich mit fremden Federn geschmückt und zeigte seine junge, attraktive Ehefrau überall herum. Er war achtundsechzig und sie vierunddreißig Jahre alt.

Für Donald war der Altersunterschied ein unhaltbarer Zustand. Zumal Frank ihn ständig drängte, seine fälligen Raten für das Haus seiner verstorbenen Mutter zu zahlen. Franks ständigen Drohungen Donalds Haus zu veräußern ging ihm auf die Nerven. So entschloss er sich, Frank auf seine Art wehzutun. Längst wusste die ganze Stadt, dass Frank keinen mehr hochbekam und Judith oft nach einer Bestätigung ihrerseits suchte.

Wöchentlich trafen sich beide in einer billigen Absteige und trieben es nach Herzenslust miteinander. Jedes Mal steckte Judith ihm Scheine zu, die sie von Frank bekommen hatte. Und Donald gab es in den nächsten Tag an Frank zurück, um seine Raten begleichen zu können. Somit war nicht nur der Kreislauf des Geldes gesichert. Nein, alle waren zufrieden.

Donald kramte weiter in seiner Erinnerung. Wenn er Judith als Letztes gesehen hatte, dann musste doch Judith jemanden hinter ihm erblickt haben?

Steckt Franks Frau Judith mit diesem Unbekannten unter einer Decke?

Donald schüttelte den Kopf.

Nein sie kann es nicht sein, dazu ist sie zu zierlich gebaut und genügend Hirnschmalz hat sie für solch eine Aktion auch nicht. Frank ihr Mann? Konnte es Frank sein? Hat er vielleicht seine Frau zu irgendetwas überredet?

Donald sah nach oben.

Es musste Frank sein. Oder hatte Frank jemanden angeheuert, um sich nicht die Hände zu beschmutzen?

Donald schaukelte mit dem Kopf nach links und rechts. Dies schien die einzige, plausible Erklärung zu sein.

Weshalb hat er mich dann nicht gleich umgebracht? Wäre ich an Franks Stelle gewesen, ich hätte meinen Nebenbuhler aus dem Weg geräumt.

Wieder schüttelte Donald verständnislos mit dem Kopf.

Der, oder diejenigen die mich hier gefangen halten, wollen nicht meinen Tod, noch nicht, sonst hätte man mir kaum den Verbandskasten zukommen lassen. Welche Ziele haben meine Schinder dort oben? Vielleicht ist es ja doch nur eine Person?

In diesem Moment ging ratternd der Metallverschlag hinter ihm wieder zu. Instinktiv versuchte er sich zu drehen, um nach der Klappe zu greifen die sich gerade schloss.

»Bullshit!«, fluchte er, als er hörte wie das Essen hinter der verschlossenen Klappe wieder mit monotonem Geräusch nach oben gezogen wurde. Mit der Faust schlug er dagegen.

»Du verdammter Schweinehund, lass mein Essen herunter.«

Mit einem lauten Klack rastete der kleine versteckte Lastenaufzug hörbar oben wieder ein, ehe es still wurde.

Donald sah sehnsüchtig nach oben.

Die Wasserflasche, wie auch ein Schlüssel, hingen an einer Schnur, die durch ein Loch ins Freie führen musste. Auch wenn er sich dann frei bewegen könnte, in dem kleinen Verschlag war hier nichts, das er wie eine Stange oder Leiter benutzen konnte.

»Verdammte Scheiße«, fluchte er, und langsam wurde ihm seine aussichtslose Lage bewusst.

———

Lessly und Julianne schreckten aus ihrer Tätigkeit auf. Draußen, auf der Veranda des Nachbargrundstückes, strich der leichte Abendwind um ein aufgehängtes Windspiel. Unaufhörlich schwang der hölzerne Klöppel hin und her. Unheimlich klang das leise Ding Dong in verschiedenen Klangvariationen um in schneller Abfolge lauter, und dann leiser zu erklingen, bis es wieder verstummte. Lessly reckte sich zuerst auf dem Sofa.

»Julianne, ich kriege Gänsehaut. Aber mache dir keine Sorgen es kommt von unserem Grundstück. Wir haben so ein schreckliches quietschendes Ding auf der Veranda. Aber ich musste es ja aufhängen.«

»Du musstest es aufhängen? Versteh ich nicht.«

»Naja«, gab Lessly leise und reumütig zu.

»Zac hat es aus der Schule mitgebracht. Was sollte ich da tun? Nein sagen? Nein Zac, das Ding geht deiner Mama auf die Nerven. Geht ja kaum, oder?«

Julianne begann zu grinsen und nickte dabei verständnisvoll.

»Tja Kinder, was soll ich da sagen Zac ist doch ein lieber Kerl, oder?«

———

Donald sah sehnsüchtig zur Wasserflasche. Was hätte er darum gegeben einen kühlen Schluck daraus zu kosten, bevor er aus seinen Gedanken gerissen wurde. Plötzlich vernahm er aus irgendeinem kleinen Loch wieder diese blechern klingende Stimme. Er konnte keinen Lautsprecher erkennen, aber die Stimme war da. Er wollte nicht darauf zu gehen, das Rasseln seiner Fußfessel wäre zu laut gewesen und er hätte unter Umständen den Text nicht deutlich gehört. Er entschloss sich dazu, besser zu verharren, als etwas zu verpassen. Sekundenlang war nur ein krächzen zu hören, aber dann?

Da war sie wieder. Die Stimme.

Donald freute sich und begann zu lächeln.

»Sieh her, ich gehe einen Schritt auf dich zu, Donald Esquivel. Kannst du es auch?«, beschwor ihn die Stimme von Gegenüber, als der Schlüssel für seine Fußfesseln vor ihm herunterschwebte.

Hektisch griff er danach und befreite sich in Windeseile von den lästigen Ketten. Mit voller Wucht donnerte er die Ketten in eine Ecke seines Domizils. Krabbelnd suchte er sich auf dem Boden die verstreuten Mullbinden zusammen und rieb damit über seine geschundenen Fußgelenke. Jede Ecke des Raumes suchte er jetzt nach einer Fluchtmöglichkeit ab. Selbst in den Fugen der verschlossenen Metallklappe suchte er nach einer Öffnung. Seine Finger versuchten das Innenleben seiner Behausung zu lüften. Es war zwecklos.

Immer wieder sah er zur Wasserflasche hoch. Das verdammte Ding hing zu hoch und zu weit entfernt. Er musste sie erreichen. Ohne Wasser würde er die nächsten Tage nicht überleben.

Zähneknirschend musste er sich wohl mit seinem Schicksal abfinden.

Die Stimme, wo ist die Stimme?

Den Kopf erhoben rief er immer wieder nach oben: »Hallo Stimme, wo bist du? Stimme, bist du noch da? Hörst du mich?«

Plötzlich ertönte aus kleinen Lautsprechern wieder die Stimme seines Kidnappers.

Donald Esquivel, ich habe dir die bedingte, körperliche Freiheit geschenkt. Und du? Wirst du mir dein Geheimnis anvertrauen und berichten was

bei Familie Owans geschah? Wenn ja, dann erhältst du von mir wie versprochen Essen und Wasser und die Freiheit. Ich lasse dich aus diesem Verschlag raus. Du darfst dann gehen. Entscheide du.

Donald sah ein kleines rotes Licht in der Ecke blinken und ging darauf zu.

Es ist jetzt zu dunkel in dem Rattenloch, ich kann nichts erkennen.

Als hätte jemand seine unausgesprochenen Gedanken gehört, ging in diesem Moment eine kleine Lampe an.

Er erkannte oben nicht viel. Zwei glänzende, rechteckige Stümpfe ragten jetzt aus einer Öffnung der Decke, als langsam, mit lautem Geräusch eine Aluminiumleiter sichtbar wurde.

»Bullshit, du verfluchtes Arschloch! Lass die Leiter herunter! Hörst du mich? Erst die Leiter, dann rede ich.«

Donald versuchte Druck zu machen, doch das entgegengesetzte Ergebnis seiner Erwartung trat ein. Wie sie gekommen war, verschwand die Leiter wieder vor seinen Augen in ihrer dunklen Nische. Donald konnte es nicht glauben. War er doch seiner Freiheit ein Stück näher gerückt und dann dies.

Chance verpasst, Donald. Verrotte in deinem Verlies!

Die Stimme verstummte und die Lichter erloschen.

»Wow, wow, wow. Halt stopp, ich habe es nicht so gemeint!«, schrie er von Panik erfasst nach oben.

»Höre mir zu, ich erzähle dir die Wahrheit, die ganze Geschichte. Hörst du mich? Bist du noch da? Hallo, lass mich hier nicht allein zurück. Ich will hier nicht sein! Fuck-fuck-fuck. Ich will nicht sterben, komm zurück! Ich erzähle dir die Geschichte. Die ganze verdammte Geschichte.«

Donald Esquivel hatte alles versucht. Geweint, gefleht und hoch gepokert. Die Stimme hatte sich wohl verabschiedet.

Es ist vorbei.

Julianne atmete bei den letzten Zeilen tief aus.

»Wow, der Schreiberling hat Talent die Spannung richtig oben zu halten. Er schreibt gut, sehr gut. Ich hole mir kurz was zu trinken. Lessly möchtest du auch was?«

Lessly schien mit ihrem Rätsel zu beschäftigt zu sein, um zu antworten, als Julianne sich erhob. Mit einer Tafel Schokolade und einem Getränk in der Hand, kam Julianne aus der Küche zurück. Gerade als sie sich setzte klingelte es an der Tür.

Zac und Frederick waren vom Footballspiel zurück. Lessly ging ihnen entgegen und herzte sie. Sie erzählten noch wie das Spiel gelaufen war und verabschiedeten sich von Julianne um nach Hause zu gehen.

Julianne konnte nicht anders, sie musste das Kapitel zu Ende lesen. Magisch schien sie das aufgeschlagene Kapitel des unbekannten Briefschreibers anzuziehen. Alles andere konnte warten.

Donald hatte die Augen geschlossen und wartete auf sein Ende. Er wusste nichts mehr. Kichernd und wütend schlug er plötzlich wieder unkontrolliert um sich.

»Die Familie Owans hatte es aus meiner Sicht nicht besser verdient. Hörst du mich?«

Es war als würde der Tod auf seine Chance lauern, um nach der Seele von Donald Esquivel zu greifen. Kleinlaut sprach Donald weiter.

»Ok, du hast gewonnen ich erzähle es dir. An dem besagten Abend wollte ich bei den Owans einsteigen. Ehrlich ich wollte mich nur umsehen. Mein Kumpel Larry, Larry Willkis, der aus dem Nachbarhaus ist sonderbar. Nicht dass ich ihn verabscheue, weil er

Epilepsie hat. Ist ja auch nur eine Krankheit. Nein es störte mich nicht. Im Gegenteil. Durch seine Epilepsie und seine schizophrene Art, wie soll ich es sagen, hatte ich auch Vorteile. Wir fingen mit kleineren Dingen wie Diebstahl an und wir handelten mit kleinen Mengen Rauschgift. Wir verkauften gestohlene Uhren, die wir auf dem Trödelmarkt geklaut hatten. Oder wir knackten Autos. Aber für die ganz großen Sachen war Larry nicht geschaffen.«

Donald machte eine kleine Sprechpause um Luft zu holen.

»Naja, sein Alter hat ihn danach immer wieder aus dem Schlamassel rausgepaukt. Und ich blieb ungeschoren«, dabei strich sich Donald immer wieder mit der Handfläche über sein verdrecktes Shirt.

»Als Larry mal einen klaren Gedanken hatte, erzählte er mir, wie nebenan bei den Owans der Reichtum wuchs und wuchs. Goldene Leuchter, teure Bilder und jede Menge Bares sollten dort drüben rumliegen. Man könnte sich daran bedienen. Alarmanlage Fehlanzeige. Nur ein kleiner Hund war im Haus der ständig jeden ankläffte, der das Anwesen betrat. Nur Larry, den kläffte der Pinscher komischerweise nie an. Weshalb? Ich weiß es nicht. Irgendwann beschloss ich allein, ohne Larrys Wissen, drüben einzusteigen. Ehrlich, ich wollte ihn einfach aus dieser Sache raushalten. Ein Einbruch in der Nachbarschaft und dann noch minderbemittelt? Die Bullen wären sofort auf ihn gekommen.«

Donald hielt in seiner kleinen Geschichte inne, als wie von Geisterhand, von oben, die Wasserflasche zu ihm herabschwebte.

Hat mich der Fremde dort oben doch noch nicht verlassen und hört er mir zu. Was soll ich tun? Die Geschichte zu Ende erzählen oder etwas erfinden? Und wie viel kennt er davon?

Lügen schien ihm nicht den Ausweg in die Freiheit zu garantieren. Weshalb sollte er es zur Abwechslung nicht mal mit der Wahrheit versuchen? Hatte er etwas zu verlieren? Mit einem Satz schnappte er nach der Wasserflasche, die vor seinem Gesicht baumelte und trank sie ohne abzusetzen leer.

Ratternd wurde sie danach wieder nach oben befördert und verschwand aus seinem Blickfeld.

Wieso bewegt sich die verdammte Flasche in dem Moment nach oben, wenn ich mit trinken fertig bin? Werde ich beobachtet? Wenn jemand was von ihm gewollt hätte, dann hätte er dies auf jeder Straße in der Stadt erledigen können.

Donald setzte sich zurück auf seinen Platz.

»He, du da oben möchtest du weiter zuhören?«, machte er sich selbst Mut, in der Hoffnung die Aktion mit der Flasche war kein Zufall.

»Ok, ich bin mit nagelneuen Handschuhen, mit einer geklauten Kanone, einer Machete und einem Baseball-schläger durch die Kellertüre rein. Und da stand der kleine Hund vor mir und starrte mich an. Noch bevor der Kläffer sein Maul aufmachen konnte, zog ich mit dem Schläger durch. Mann, das Blut spritzte auf den Boden. Als der Kläffer vor mir lag, öffnete ich den Wäscheschacht und warf ihn rein. Einfache Sache fürs Erste. Langsam bin ich dann durch das ganze Erdgeschoss geschlichen. Alte Bilder hingen an der Wand, aber wie hätte ich die abtransportieren sollen? Ich gab nicht auf.«

Er zeigte mit seinem Zeigefinger in die Ferne.

»Ich habe Bargeld gefunden. Uhren aus einer Vitrine boten sich mir an. Ich musste nur zugreifen. Ich zog die alte Machete aus der Tasche, um mehr Platz für mein Diebesgut zu haben und schob das sperrige Ding in meinen Hosengürtel. Sie war sowieso nur zum

Einschüchtern da. Trotzdem hatte ich das alte Ding, am Vortag, bei Jeff in der Schlosserei schärfen lassen. Naja, ich will ehrlich sein, ich hatte nichts Besseres gefunden.«

Donald machte eine kurze Sprechpause, derweil die Wasserflasche wiederholt von oben herunterschwebte. Ungläubig nahm Donald sie in die Hand und schüttelte sie. Sie war erneut gefüllt.

Grinsend sah er nach oben und hob die Flasche, als wollte er seinem Gegenüber zuprosten.

»Danke, mein unbekannter Freund.«

Scheinbar schien der Fremde ihm zu vertrauen. Aber wie konnte er dies für sich nutzen? Er begann zu zweifeln. Was sollte er tun? Donald entschied sich für die ehrliche Variante und erzählte weiter.

»Mein Freund, wie bereits erwähnt. Larry, hatte mir gegenüber, einiges verschwiegen. Hier unten gab es nur Kleinigkeiten, die ich bereits eingesackt hatte. Zu diesem Zeitpunkt hätte ich einfach das Zeug nehmen und abhauen sollen.«

Donald schlug mit den Fäusten an die Wand.

»Ich wurde gierig. Was sich noch als ein großer Fehler erweisen sollte. Ab da begann mein Albtraum.«

Donald stand auf, wischte sich mit dem Handrücken den Schweiß von der Stirn und lief stolpernd von einer Ecke in die Nächste. Wut hatte sich in ihm angestaut, eine unbändige Wut über sich selbst.

Donald begann zu schreien.

»Wäre der alte Owans im Bett geblieben, wäre nichts geschehen.«

Er ging in die Hocke und begann zu flennen.

»Ich hörte, wie jemand oben herumlief.«

Wiederholt schlug er mit der Hand auf den Boden.

»Meine erste Vermutung war, jemand musste aufs Klo. Aber damit lag ich vollkommen daneben. Ich stand gerade am Wohnzimmerschrank, hatte die Kanone beiseitegelegt um besser einpacken zu können, als in der Küche das Licht anging. Mir fiel das Herz in die Hose. Hatte jemand was bemerkt, oder draußen die Blutspur des Köters entdeckt? Ich hätte nachdenken sollen. Aber nein, ich riss in der Hektik eine Obstschale um, die scheppernd zu Boden ging. Ich versuchte sie noch aufzufangen, zwecklos. Währenddessen ich die Äpfel aufgesammelte, stand zehn Sekunden später der alte Owans in der Tür. Ich erschrak mich fast zu Tode. Mit einer Taschenlampe und einem Besenstiel in der Hand, rief er mir etwas zu. Ich zuckte zusammen. Leeroy Owans hatte mich bei Larry oft genug gesehen. Was er immer wieder rief, war mein Name und... Donald, du? Was zur Hölle tust du in meinem Haus?«

Donald Esquivel zuckte in dem Moment deprimiert mit seinen Schultern.

»Der Alte hatte mich erkannt. Kein Wunder, ich war nicht mal maskiert. Wozu auch? Ich wollte doch nur kurz rein und wieder raus. Jetzt schien alles anders zu sein. Der Alte würde mich nicht laufen lassen. Nein, der hätte die Bullen gerufen, todsicher. Instinktiv griff ich nach der Machete im Hosenbund. Ich schlug zu. Ich traf ihn am Oberarm. Das Blut spritzte über mich und auf die Scheiben der Glasvitrine hinter mir. Seine Ader pumpte unaufhaltsam Unmengen an Blut aus seiner rechten Schulter. Der Alte fiel nicht um und stand mit weit aufgerissenen Augen vor mir. Er wollte schreien. Aber ich kam dem zuvor und schlug nochmals auf Höhe des Halses zu.«

Kopfschüttelnd schilderte er den Vorfall weiter.

»Ich muss gestehen, an der Wirbelsäule hakte das alte Ding. Ich zog, noch während der Alte stand, die Machete aus der Schnittstelle am Hals. Sein Kopf knickte leicht zur Seite und ich holte wiederholt aus. Zischend schwirrte das Teil durch die Luft und diesmal trennte die alte Machete. das restliche Stück Fleisch des Halses von seinem Rumpf. Überall spritzte Blut durch die Gegend. Kleine Spritzer trafen mich im Gesicht. Als ich es mir abwischte, sah ich wie der alte Mann tot vor mir am Boden lag. Nicht genug, ich trat mit meinen Stiefeln zusätzlich auf seinen leblosen Körper ein. So lange, bis kein Körperteil mehr irgendwelche Zuckungen von sich gab. Ich hasse es wenn jemand zuckt, verstehst du? Ich schien wie im Rausch zu sein. Mit meinen Fingern spürte ich das Blut, das aus seinem Hals quoll und rieb es zwischen meinen Fingern. Es fühlte sich noch warm an. Ich schien in einem Blutrausch zu sein und ich wollte jetzt seine Frau leiden und sterben sehen. Vorsichtig sah ich ins Dunkel des Treppenhauses.«

Donald schien diese detailgetreue Schilderung loswerden zu wollen und wischte dabei immer wieder die Tränen aus dem Gesicht.

»Kein Mucks war zu hören. Die Frau, Lisa Owans hatte wohl einen festeren Schlaf als er. Zweiter Irrtum. Das Weib war scheinbar beim ersten hörbaren Gepolter aufgewacht und hatte die Bullen angerufen. Sie hatte mich gehört, aber ich sie nicht. Ich wollte es hinter mich bringen und keine Zeugen hinterlassen und spurtete die Treppe hinauf. Übervorsichtig öffnete ich das Schlafzimmer. Niemand lag im Bett. Hatte ich mich geirrt und der Alte war allein zuhause? Ich durchsuchte alle Zimmer, niemand war zu finden. Ich ging nach unten, um meine Tüte mit dem Diebesgut zu holen. An der letzten Treppenstufe angekommen traf es mich wie ein Donnerhall. Das Miststück hatte meinen mitgebrachten Baseballschläger gefunden und mir damit eine vor den Latz gedonnert. Als ich mich rappelte stand vor mir die Alte, wie eine Eiche in Rüschennachthemd, um erneut auszuholen. Torkelnd und benommen von ihrem ersten Schlag, versuchte ich ihr auszuweichen und warf mich ihr instinktiv entgegen.«

Donald fing an zu lachen.

»Und das Gute daran. Zu meinem Glück muss ich gestehen, klebte unter meinen Schuhen haufenweise das Blut des zerstückelten alten Herrn, der im Wohnzimmer lag. Ich bin ausgerutscht und ihr einfach entgegen gesegelt. Wir, ich auf ihr, schlugen hart auf dem Boden auf und sie schien bewusstlos zu sein.«

Emotionslos führte Donald mit zitternden Händen seine Tat weiter aus.

»Ich landete weich. Aber, igitt dies war unangenehm. Ich nahm ihr den Schläger aus der Hand, stellte mich über sie und schlug ihr damit immer wieder auf den Kopf. Plötzlich Stille. Ich sah mich um. Das Blut lief in feinen roten Streifen die Wände herunter, wie bei einem Kunstwerk. Auf einmal begann Lisa Owans leise zu stöhnen. Ich konnte ihr Gewinsel nicht ertragen. Sie schien in den letzten Atemzügen zu liegen. Ich ging ins Wohnzimmer, schnappte mir meine Kanone, kam zurück und ballerte ihr das halbe Magazin in ihren Schädel. Oh Mann, die Fleischstücke von ihrem Gesicht zersprangen klatschend bei jedem Treffer, wie der schwabbelige Pudding, den Mutter freitags immer für uns Kinder zubereitet hatte.«

Hämisches Lachen erklang aus der finsteren Grube, als eine Klappe sich öffnete und zwei Muffins zum Vorschein kamen.

»Danke, Muffins sind meine Lieblingsspeise.«

Als er die beiden fettigen Stückchen in seinem gierigen Mund verschwinden ließ, wanderte sein Blick nach oben zu der Stelle, wo vorhin die Leiter zum Vorschein kam, aber nichts geschah. Es wäre zu schön gewesen. Er ging auf seinen Platz in die Ecke und erzählte seine Geschichte weiter.

»Wie schon erwähnt, die beiden Alten waren tot. Ich nahm mir die Zeit weiter nach mehr Bargeld zu suchen. Ich wurde schnell in einem offenen Tresor fündig. Über 100.000 Dollar lagen darin, die Aktienbündel nicht mitgerechnet. Ich hatte gerade das ganze Zeug in die Tüte geworfen und schon ging es vor dem Haus los. Die Alte, oder irgendeiner aus der Nachbarschaft hatte die Bullen gerufen. Als ich von weiten die Sirenen hörte kam ich in Hektik. Ruckzuck habe meine meine Knarre eingesackt, die Machete und den blutverschmierten Schläger unter den Arm genommen und bin in Richtung Ausgang gelaufen. Ich wollte nichts liegen lassen, verstehst du? Und dann bin ich abgehauen.«

Donald wunderte sich über seine Offenheit.

»Ich bin zum Keller raus und über den Zaun, zurück zum Anwesen der Willkis. Dabei habe ich, ungestüm wie ich war, mir die Hose zerrissen. Plötzlich stand Larry vor mir. Ich hielt ihn kurz an der Jacke fest und drückte ihm instinktiv den Schläger und die Machete in die Hände. Na ja, er sollte das Zeug verschwinden lassen. Was macht dieser Blödmann? Er legt es fein säuberlich auf Papas Werkbank. Am nächsten Tag kamen die Bullen zu ihm und peng«, dabei klatschte Donald laut in die Hände.

»Die Bullen hatten das Mordwerkzeug gefunden und Larry wegen einem Doppelmord am Haken. Hätte ich Larry entlasten und mich stellen sollen?«

Donald zeigte mit seinem Finger an die Stirn.

»Larry hat es jetzt gut. Er sitzt zwar für 144 Jahre im Todestrakt, aber in Texas darf man psychisch Kranke nicht auf den Stuhl setzen. Er hat dort Essen und Trinken, solange er lebt.«

Donald Esquivel sah lange Sekunden nach oben.

»Hallo da oben, hörst du mir überhaupt noch zu? He, bist du da? Du hast versprochen mich freizulassen. Was ist jetzt mit deinem Versprechen? Hältst du dein Wort?«

Nichts geschah. Donald wendete sich deprimiert ab.

Plötzlich senkte sich unter lautem Gerassel, die Aluleiter in der Ecke zu Boden, während nacheinander alle Lampen erloschen. Donald hatte nicht bemerkt, wie sich einströmendes Gas auf dem Boden verteilte, und ihm wieder das Bewusstsein nahm.

Als er am darauffolgenden Tag wieder zu sich kam sah er sofort nach oben, kroch er der Leiter entgegen, ohne zu bemerken, dass alles um ihn herum gänzlich verschwunden war. Vorsichtig zog er sich im Dunkel, von Stufe zu Stufe nach oben. Nur, wo war der Ausstieg?

»Du verdammter Idiot hast versprochen mich aus der Kiste zu lassen. Fuck you!«

»Hier ist das FBI. Ist da jemand?«, kam es plötzlich von irgendwo her.

Minuten später, die für Donald Esquivel zur Ewigkeit wurden, klappten Beamte des FBI die Luken auf.

Sonnenstrahlen blendeten Donald so sehr, dass er schützend beide Hände vors Gesicht hielt.

Von oben schrie jemand mit der Waffe im Anschlag: »FBI, Spezial Agent Romero. Donald Esquivel, Sie sind verhaftet wegen dem Doppelmord an dem Ehepaar Leeroy und Lisa Owans aus Eagle Jeantoxx. Sie haben das Recht zu schweigen....

Donald Esquivel, kam nach siebzehn, zähen Verhandlungstagen, ins Staatsgefängnis nach Huntsville in Texas. Dort wartet er im Todestrakt auf den elektrischen Stuhl. Anfänglich stritt er die Tat ab. Aber zu erdrückend war die Beweislage, seiner eigene Schilderung der Tatnacht.

Man hat immer eine Chance, schloss Richter Willis mit seinen letzten Sätzen den Richterspruch. Es gibt ein Ja oder Nein, ein Schwarz oder Weiß. Wir müssen uns nur für das Richtige entscheiden.

Donald würde nach seinen Tagen im Verlies, nie wieder das Grün einer Wiese sehen. Sein Freund Larry Willkis hingegen wurde freigelassen und rehabilitiert.

———

Julianne musste schlucken. Ekel überkam sie, bei dieser Schilderung. Wie hatte Kelep treffend angemerkt. Eine Geschichte kann erfunden sein und die Fantasie des Lesers anregen. Mit einer beruhigten Miene las sie die letzte Zeile, ehe sie das Kapitel zur Seite legte.

Allein

In den folgenden Tagen hatte Julianne allerhand zu tun, das Krankenhausteam rief an und bat sie auszuhelfen, bis eine Kollegin wieder auf der Höhe sei. Julianne freute sich auf ihre Arbeit.

Noch zwei Tage, es sollte am kommenden Montag losgehen.

Auch Dylan war unterwegs und vor Tagen nach Waterville geflogen, um auf dem Robert LaFleur Airport einen Weiterbildungskurs zu absolvieren.

Julianne fuhr sich durch ihr langes Haar, nippte an einer Tasse Tee und sah nach draußen. Mit einem Kissen in der Hand schritt sie lächelnd auf die Veranda.

Während sie ihren Gedanken nachhing, blieb ein bordeauxroter Mercury hupend vor ihrer Auffahrt stehen. Julianne kannte das Auto, es gehörte Dylans Arbeitskollege Joseph Ambras. Hurtig lief er ihr von der Straße aus entgegen.

»Hallo Julianne.«

»Hey Joseph, was treibt dich hierher? Wie du weißt ist Dylan in Waterville. Wie geht es Betty und der Kleinen? Und wieso kommst du überhaupt hier her? Habt ihr kein Telefon?«

Joseph griff sich beim Hochlaufen, hechelnd mit einer Hand an die Brust, ehe er Julianne einen Schlüssel entgegenstreckte.

»Der Autoschlüssel lag auf Dylans Schreibtisch in der Ablage. Vermutlich hat er ihn vergessen, bevor er abflog. Ich denke der Schlüssel ist bei dir in guten Händen.«

Gedankenlos, ohne ein weiteres Wort außer: »Danke Joseph«, hielt sie den Autoschlüssel fest in ihrer Hand umschlossen ehe Joseph sich kurz darauf verabschiedete und sie zurück ins Haus ging.

Auf ihrem Weg zurück, begab sie sich ins Arbeitszimmer und legte den Schlüssel neben ihr Laptop.

Julianne stellte, da es für ihren Geschmack zu leise im Hause war, einen Sender an der Radioanlage ein, der ihrer Gemütsverfassung entsprach. Sie hüpfte von einer Seite zur anderen und sang mit.

Sie wollte noch duschen, bevor sie zu ihrer Nebenbeschäftigung ins Diner nach Powdersprings fuhr und betrat Sekunden später murmelnd das Bad im ersten Stock, bis sie letztendlich bei leicht geöffneter Tür, singend gänzlich darin verschwand.

Ein kurzer Blick auf die Uhr sagte ihr, dass sie sich beeilen musste. Schnell hatte sie sich von ihrer Kleidung befreit und betrat die Dusche.

Vibrierend meldete sich währenddessen ihr Handy in der Küche. Als Minuten später das Radio verstummte, blieb auch dies von ihr unbemerkt.

Nachdem der Duschvorgang abgeschlossen war, schob Julianne, die Türe der Duschkabine wieder hinter sich zu, als das Radio wieder anfing unvermittelt Songs zu spielen. In diesem Augenblick schien sie es bemerkt zu haben.

Sie sah sich um, ging aus dem Zimmer und blickte in den unteren Wohnzimmerbereich. Unbehelligt stand das Radio da.

Der Moderator der Radiostation gab soeben die aktuellen Verkehrsmeldungen durch.

Julianne musste sich geirrt haben. Sie lief ins Schlafzimmer, öffnete den Kleiderschrank und nahm sich etwas Leichtes für die Arbeit heraus. Schnell schlüpfte sie in ihre Kleider.

Julianne rannte barfuß nach unten und suchte ihre Autoschlüssel, die Tasche und ihre bequemen Schuhe, bevor sie in die Küche lief und sich noch einen Apfel vom Küchenboard schnappte. Das Handy ließ sie in ihrer Tasche verschwinden und schaltete das Radio aus. Sie war in Richtung Tür unterwegs, als sie in ihrem Lauf innehielt.

Sie blickte vom Flur aus ins Wohnzimmer.

Etwas schien anders zu sein. Ihr Unterbewusstsein hatte etwas wahrgenommen.

Noch einmal sah sie sich um.

Nichts Außergewöhnliches bis auf….

Der Fernseher lief, aber ohne Ton. Sie wusste, sie hatte heute das Gerät nicht angeschaltet. Julianne neigte den Kopf zur Seite und ging langsam auf das Gerät zu. Sie suchte nach der Fernbedienung.

»Wo bist du, zeig dich ich habe es eilig«, schimpfte sie. Unter einer Zeitung wurde sie fündig.

Schnell griff sie danach, drückte den roten Knopf und sah wie der Bildschirm sich verdunkelte.

Gab es vorhin einen Stromausfall?

Zumindest würde es den Moment erklären, als das Radio wieder zu spielen begann.

Julianne hatte keine Zeit darüber nachzudenken, ihre Chefin wartete im Diner, und Julianne kam nie zu spät.

Sie startete ihren Wagen und fuhr los, so schnell es die Geschwindigkeitsschilder zuließen. Rechtzeitig parkte sie hinter dem Haus und betrat den Diner durch den etwas versteckt gelegenen Hintereingang.

Als sie ihre rote Arbeitsjacke überzog, das Handy vom Küchentisch nahm, bemerkte sie den entgangenen Anruf und eine SMS. Beides kam von Lee.

Sorry Juli, es wird die kommenden beiden Wochenenden nichts aus dem Treffen. Wir müssen einiges überprüfen. Ich melde mich, wenn ich kann. PS: Wir haben eine Spur zu Kelep Freeborn. Später mehr. Umarme dich, deine Freundin Lee.

Missmutig und frustriert schob Julianne das Handy zurück in die Tasche.

»Verdammt, ich hätte rangehen sollen.«

In diesem Augenblick, alsdann sie die Tür zum Restaurant öffnete, stand auch schon ihre Chefin Mrs Henderson die gute Seele der Einrichtung, vor ihr.

Der Abend schien schnell zu vergehen. Gäste kamen und gingen. Und die Gäste, die stets herumnörgelten, gaben sich heute, verhältnismäßig zurückhaltend.

Nachdem draußen Wind aufkam, ging Julianne auf den Parkplatz, um die von unachtsamen Gästen weggeworfene Plastikbecher und Teller einzusammeln.

Im Radio hatten sie für die kommenden zwei Tage leichten Regen angesagt.

Julianne sah nach oben.

Es kam ihr vor, als würden die dunklen Wolken heute schneller als sonst am Himmel vorbeiziehen. Der Wind wurde plötzlich heftiger.

Die aufgestellten Sonnenschirme begannen sich in ihren Ständern hin und her zu bewegen. Dicke Regentropfen fielen vom Himmel. Zuerst vereinzelt, aber nach Sekunden schienen sich alle Tropfen, wie ein Heer, auf die trockene Erde zu ergießen. Julianne konnte sich gerade noch rechtzeitig ins Innere des Diners flüchten.

Julianne hatte Arbeitsschluss und konnte jetzt nichts anderes mehr tun, als das Ende des Schauers zu warten.

Bei diesem Regenguss war an eine Heimfahrt nicht zu denken. Julianne zog ihre Arbeitsjacke aus, kämmte ihr Haar und sah kopfschüttelnd nach draußen. Angeödet setzte sie sich an den Tresen, schenkte sich einen Kaffee ein und wartete ab. Mrs Henderson wischte gerade die letzten Tische in der Ecke ab, als sie dabei ihrer Angestellten zuwinkte.

»Julianne, komm mal bitte zu mir. Ich habe etwas für dich.«

Julianne wunderte sich.

»Sofort Mrs Henderson, ich bin schon auf dem Weg.«

Mit einem Satz sprang sie vom Barhocker und ging zu ihr.

Ihre Chefin zeigte mit dem Finger auf einen Tisch. Fein säuberlich lag dort zusammengerollt und mit einer roten Schleife versehen, ein kleines Bündel, das einem Pergamentblatt ähnelte. In der kleinen Blumenvase die kaum in Gebrauch war, steckte eine Orchidee, die gerade ihre Blätter entfaltet hatte. Darunter auf einer Serviette, war mit kleinen, rot kandierten Erdnüssen, die es vorne an der Theke gab, das Wort **Julianne** geformt.

Julianne erschrak.

»Süße, kanntest du den Gast der hier gesessen ist? Ist doch für dich, oder?«

Julianne blickte sich fassungslos um.

»Äh, sorry Mrs Henderson, ich hatte heute Dienst an der Theke. Ich kann nicht um die Ecke sehen. Eve hatte im Schankraum Dienst, fragen wir sie.«

»Kindchen, Eve ist vor einer Stunde gegangen und ich weiß nur, dass hier ein gutaussehender Gast mit einem schwarzen Mantel saß, mehr nicht. Egal, wenn du deine Verehrer nicht kennst, ist es ja nicht wichtig.«

Schulterzuckend wandte sich ihre Chefin ab und ging wieder hinter den Tresen.

Julianne griff sich das Stück Papier und ging ohne es zu öffnen zurück auf ihren Platz.

Wer ließ ihr eine Botschaft zukommen?

Nein, jetzt nicht, ging es ihr durch den Kopf, als sie die kleine Kostbarkeit öffnen wollte. Zögerlich legte sie es in ihre Tasche als ihr Handy zu brummen begann.

SMS von unbekannt.

Neugierig öffnete sie die Mitteilung. Hektisch sah sie sich um. Was von Mrs Henderson nicht unbemerkt blieb.

»Kindchen, geht es dir gut?«

»Alles klar, alles klar«, wiegelte Julianne ihre Nachfrage ab. Nochmals sah sie auf ihr Handy.

Bitte erst in 48 Stunden öffnen, stand da geschrieben.

War der, oder diejenige noch im Raum? War dies Zufall?

Ihr Pulsschlag beschleunigte sich. Sie bekam eine Gänsehaut, danach folgte ein barsches: »Fuck you.«

Sie rutschte auf ihrem Stuhl hin und her. Sie musste weg, hier weg und raus. Mit einem: »Schönen Abend noch Mrs Henderson«, verabschiedete sie sich und rannte zu ihrem Wagen.

Diese Zufälle waren krass und wirkten auf sie verstörend.

Erst daheim beruhigte sie sich, nicht ohne vorher, alle Türen zweimal abzuschließen.

Mit einer Tasse Tee setzte sie sich auf ihr Sofa.

Wovor hatte sie Angst?

Bin ich heute zu schreckhaft? Sollte ich Dylan anrufen?

Sie stand auf und lief unruhig hin und her. Welcher Umstand hatte ihren Instinkt geweckt. War es der Name, den irgendein Spinner mit Erdnüssen auf den Tisch gelegt hat, oder die wilde Fantasie ihrer Kriminalromane, die sie verunsicherten?

Nochmals kontrollierte sie alle Türen und Fenster, bevor sie ins Bett ging. Sonst schlief sie nie mit Licht, aber dieses Mal ließ sie sogar im Flur das Licht an.

Am nächsten Vormittag, gerade als sie sich nochmals im Bett umdrehte klingelte ihr Handy. Tastend suchte sie das kleine Teil und griff danach. »Shappert«, hauchte sie verschlafen. Es war ihr Bruder, der sich nach ihrem Wohlbefinden erkundigte.

»Nein Dylan, hier gibt es nichts Neues. Moment, es gibt was. Ich arbeite während deiner Abwesenheit im Krankenhaus, ich übernehme die Nachtschicht.«

Julianne lauschte Dylans weiteren Erklärungen.

»Noch eine zusätzliche Woche? Klar, mach wie du denkst. Es kommt mir entgegen. Da kann ich meinem Chef anbieten die Schicht für eine Woche länger zu übernehmen.«

Julianne freute sich über die Seminarverlängerung ihres Bruders.

»Ich melde mich, wenn was wäre. Ok, du rufst wann an? Dienstag? Bitte tagsüber wenn es geht. Aber eine nächtliche Abwechslung wäre vielleicht auch hilfreich.«

Julianne begann dabei zu lachen und verabschiedete sich von Dylan, bevor sie zur Uhr auf dem kleinen Beistelltisch sah.

»Halb elf?«

Wie ein geölter Blitz sprang sie aus den Federn. Um Neun wollte sie beim Joggen sein und um dreizehn Uhr würde Dorothee anrufen, um mehr von ihrem neuen Krimi zu erfahren. Sie wollte Dylan die Sache mit seinem Autoschlüssel und dem kleinen Pergamentpapier am Telefon noch erklären, aber wie so oft, hatte sie es in der Hektik vor lauter Schusslichkeit vergessen.

Schnell war die Morgentoilette erledigt und zwischen Schuhe anziehen und iPod in den Hosenbund stecken, blieb gerade noch Zeit für einen Orangensaft und eine kleine Brotschnitte im Stehen. Julianne suchte den Hausschlüssel in ihrer Tasche, als ihre Euphorie in Nachdenklichkeit umschlug.

Ihr Blick fand nicht nur den Schlüssel, sondern auch die kleine Pergamentrolle fiel ihr in die Hände. Ihre Gedanken überschlugen sich.

Joggen gehen oder das kleine Pergament lesen?

Julianne entschied sich, das Ding vorerst unberührt in der Tasche liegen zu lassen. Hatte doch der unbekannte SMS-Schreiber sie gebeten mit dem Öffnen 48 Stunden zu warten.

Es war eine Bitte, aber kein Befehl, oder?

Julianne sah in die Tasche und entschied dem Ganzen Folge zu leisten. Sie schnappte sich den Schlüssel und verließ das Haus in Richtung Wald.

Während sie durch den angrenzenden Wald joggte, fasste sie sich an ihre Hosentasche.

Oh Juli, du hast doch deinen Kopf fürs Denken, wo ist dein verdammtes Handy?

Währenddessen sie weiterlief, ärgerte sie sich über ihre eigene Ungeschicklichkeit. Erst am früheren Nachmittag war sie wieder zurück.

Jetzt noch schnell duschen, einkaufen und einen starken Kaffee im Bistro der Stadt einnehmen.

Gerade trocknete sie sich ihren Nacken und das Gesicht mit einem Handtuch ab, als sie im Augenwinkel zwei kleine Lichter blinken sah. Das eine Lichtlein blinkte an ihrem vergessenen Handy, das andere an der Basisstation ihres Haustelefons. Der Anrufbeantworter hatte sich zugeschaltet, und wie sie vermutete, waren beide Gespräche von Dorothee, die sich ungehalten über ihre Unerreichbarkeit ausließ. Julianne erledigte noch schnell alles im Haus, duschte kurz und ging in ihr Lieblingscafé.

Der Nachmittag war angenehm. Julianne plauderte mit Freunden, die sie zufällig traf und fachsimpelte mit Kollegen, die auch dieses Café zu ihrem Lieblingsplatz erkoren hatten. Zwei Stunden später hatte sie sich schon wieder zur Heimfahrt entschieden.

Zurück im Haus ging sie alles nochmal durch.

Den Schreibblock, den Laptop und auch Dylans Schlüssel, wollte sie für alle Fälle in der Nachtschicht dabei haben.

Dann fiel es ihr wieder ein. Das Pergament. Die gewünschte 48 Stundenfrist, des Absenders ist morgen verstrichen und sie könnte es ohne ein schlechtes Gewissen öffnen.

Am Morgen danach, sie hatte sich gerade ein Marmeladenbötchen zurechtgelegt, surrte ihr Handy auf dem Küchentisch.

Es war eine SMS ihrer Freundin Lee Romero.

Süße, ich komme etwas früher zurück. Kann ich heute Abend bei dir vorbeischauen? Habe Neuigkeiten.

Julianne stutzte, weshalb eine SMS und kein Anruf? Schnell schrieb sie zurück.

Sorry muss arbeiten, habe Nachtschicht in der Klinik.

Keine zehn Sekunden später kam die Antwort.

In der Psychiatrie? Wenn ich es einrichten kann, komme ich vorbei, Lee.

Julianne war verwundert über die Hartnäckigkeit ihrer Freundin. Dann lag wohl was Dringendes an, wenn sie sich die Mühe macht, sie auf der Arbeitsstelle zu besuchen. Julianne konnte nur noch ein: *Freue mich, bis bald* eintippen, bevor sie nach oben ins Schlafzimmer lief.

Hören ist nicht alles

Kurz vor 22 Uhr kam Julianne überpünktlich bei ihrem Arbeitsplatz in der Psychiatrie an. Sie war lange weg gewesen, weg von der Realität des einstigen Arbeitsalltags.

Julianne ging zur Anmeldung um ihren neuen Dienstausweis abzuholen. Scheinbar wurde sie schon sehnsüchtig erwartet.

Alex Broodtmoor, die zuständige Leiterin des unteren Stockes und des Eingangsbereiches, wies soeben mit lautem Ton neue Schwesternschülerin ein, als Julianne an das Fenster der Anmeldung klopfte. Sofort drückte Alex auf den Türöffner und lief erfreut Julianne entgegen. Überschwänglich nahm sie ihre Kollegin in den Arm.

»Kleines, wie lange haben wir uns jetzt nicht gesehen? Ein halbes Jahr oder länger? Weshalb hast du uns nicht besucht? Und sag nicht, es liegt nicht auf deinem Weg.«

Beide Frauen kannten sich seit Jahren. Alex Broodtmoor begann ein halbes Jahr früher als sie mit ihrer Tätigkeit in diesem Hause und hatte damals die geschlossene Abteilung unter sich. Julianne bekam die offene Abteilung der Psychiatrie zugewiesen, als ein Jahr später, eine ihrer Töchter drei Wochen von einem Psychopaten festgehalten wurde.

Kurz darauf hielt Alex den psychischen Stress nicht mehr durch und tauschte mit Julianne die Abteilung. Prof. Dr. Gabriel, ihr eigentlicher Mäzen, der dies verstand, willigte einst in den internen Tausch ein. Seitdem war Alex, für die eher leichten Fälle, die neuen Krankenschwestern und Therapeuten zuständig. Ein Job, der ihr alles abverlangte.

Alex freute sich sehr und nahm Julianne bei der Hand.

»Komm ich zeige dir alles Neue. Naja, du kennst ja schon einiges. Wir haben Neuzugänge und du bekommst auf deiner ehemaligen Station Verstärkung.«

Draußen nahm plötzlich der Regen an Heftigkeit zu. In einem der oberen Stockwerke fiel scheppernd ein Fenster zu. Als ein heller Lichtblitz am Himmel sichtbar wurde und mit einem mächtigen Donnerschlag sein Ende fand, erschraken beide. Für Sekunden begannen die Lichter zu flackern. Heulend fegte der Wind ums Gebäude und ein kalter Windhauch zog durch alle Ritzen des alten Asylum.

»Ich kenne das von früher. Ist das meine Begrüßung?«

»Der alte Kasten scheint dich vermisst zu haben. Aber lass uns hochgehen, ich muss dir Rylee vorstellen.«

Noch während sie die Treppenstufen nach oben stiegen, hielt Julianne inne.

»Moment Alex, du meinst nicht diese Rylee…?«

Alex nickte.

»Du meinst wirklich Rylee Schmied, die ein Buch herausgebracht hat mit dem Titel -Wir sind alle Psychopaten, aber wer ist der wahre Killer?- Du meinst wirklich Rylee Schmied aus Dallas?«

»Glaub mir, die ist mit allen Wassern gewaschen. Angst ist ein Fremdwort für sie und die Pfleger machen einen großen Bogen um sie.«

»Ich habe sie nie persönlich kennengelernt, aber ihr Buch war hervorragend. Was soll an ihr so sonderbar sein?«

»Sie ist seit einem halben Jahr bei uns und sie hat Neuropsychologie, die Psychobiologie der menschlichen Tötungsbereitschaft in Europa studiert und sie ist für nächstes Jahr in Boston eingeschrieben.«

Julianne hörte ihr interessiert zu, als sie ihr weiter den Stufen nach oben folgte, um in die nächsten Stockwerke zu gelangen.

»Wieso nehmen wir überhaupt die Treppe? Wir können doch über das Krankenhaus rein und den Aufzug nehmen?«

Alex winkte ab und fasste sich an ihre Taille.

»Ein paar Speckröllchen gehen noch weg. Und für die Beinmuskeln ist es auch gut.«

Julianne war mit dieser Antwort zufrieden, hatte sie doch befürchtet, der Aufzug wäre wie so oft ausgefallen.

Oben angekommen, stand bereits die diensthabende Schwester Rylee Schmied, mit verschränkten Armen, stumm wie ein Security vor der Eingangstür.

Gerade als Alex ihre langjährige Kollegin, Schwester Schmied vorstellen wollte, kam diese in Bewegung. Mit Übereifer und festem Griff umarmte sie Julianne.

»Endlich eine Kollegin mit Wissen und Verstand. Willkommen daheim!«

Fragend sah Julianne abwechselnd Rylee und Alex an.

»Äh…«, begann Julianne zu stottern.

»Wissen und Verstand. Wir haben alle Wissen und Verstand, oder nicht?«

»Schon«, begann Schwester Schmied ihren Satz.

»Aber keiner von ihnen schreibt so tolle Bücher wie Sie, Ms Peaches-Shappert. Und glauben Sie mir, ich habe jeden Krimi zweimal gelesen. Ihre Erzählweise ist fantastisch und so authentisch.«

Dabei lächelte sie Julianne herzlich an.

» Liebe Kollegin. Nennen Sie mich doch einfach Juli.«

»Wenn Sie mich Rylee nennen, gerne.«

Die Ausdrucksweise von Rylee Schmied kam hart rüber, war aber anscheinend herzlich gemeint.

»Ok Rylee, dann haben wir es soweit«, dabei sah Julianne Alex an, die ihr ihren neuen Ausweis vor die Nase hielt.

»Du kennst dich mit unseren Neuerungen ja noch nicht aus. Mach dich erst einmal damit vertraut. Das Ding, dein Dienstausweis, wird wie einen Schlüssel benutzt. Den Rest wird dir Rylee zeigen. Und das Übliche kann ich mir sparen, du bist hier ja schon lange genug beschäftigt. Ich gehe runter. Macht es gut, ihr Zwei.«

Sekunden später verließ Alex die beiden Schwestern.

Julianne zog ihren neuen Ausweis durch den Sicherheitsschlitz.

Die Türe öffnete sich mit einem elektronischen Ton und beide Damen traten ein. Am Schwesternzimmer angekommen wies Julianne mit einem Fingerzeig auf den Schreibtisch.

»Kann ich?«

»Es ist doch sowieso dein Tisch.«

Rylee wies auf das winzige Namensschild, das an einer der Schubladen angebracht war.

Julianne nicke zustimmend, als sie ihre Tasche auf den Schreibtisch hievte.

»Ist deine Tasche so schwer?«

»Habe Allerlei dabei, inklusive mein Laptop. Vielleicht komme ich ja zum Schreiben.«

Rylee strahlte sie an.

»Neuer Krimi in Arbeit? Da kann ich mit meinen medizinischen Krimiabhandlungen kaum mithalten«, dabei verzog sie spielerisch verdrossen, aber lächelnd die Lippen. Julianne nahm sie in den Arm und flüsterte ihr ins Ohr.

»Rylee, ich habe auch alle Bücher von dir gelesen. Ich finde sie gigantisch.«

Wie sie sich aus der Umarmung gelöst hatten, schien es wie wenn beide um die Wette strahlen würden. Jeder hatte für sein Gegenüber Verständnis und dies schien der Anfang einer wundervollen Freundschaft zu werden. Rylee sah auf die Uhr.

»So ein Mist. Meine Runde hätte vor zehn Minuten angefangen!«

»Ist doch nicht schlimm, kann ja mal passieren.«

Rylee schnappte sich den Visitenblock vom Regal.

»Wenn ich meine Karte, nicht nach fünfzehn Minuten durchgezogen habe, dann geht der Alarm los. Du kannst dann deine Position nicht verlassen, das Zeitfenster hat sich geschlossen und ebenfalls alle Türen. Ist zu unserer eigenen Sicherheit.«

Irritiert sah Julianne ihr nach, als Rylee nach diesem Kommentar aus dem Zimmer verschwand.

Rylee war bereits einige Zeit unterwegs, als sich Julianne die Akten der Patienten ansah.

Auf ihrem Stock hatten sie 22 Patienten. Wovon vier als rot, höchst labil, sensibel und gefährlich eingestuft wurden. Etwaige Besucher, durften nach den Sicherheitsbestimmungen, nicht alleine zu ihnen. Eine stählerne Schiebetür, die eigentlich nur als Sichtschutz diente, war vor einer bis zum Boden reichenden Panzerverglasung angebracht. Man konnte so, wenn es nötig erschien, den Patienten rund um die Uhr beobachten, ohne ein Risiko einzugehen.

Julianne kramte in den Unterlagen nach ihr bekannten Namen. Zufrieden lächelte sie. Liam Degster und Chloe Robins. Beide waren hier. Julianne sah auf die Uhr. Rylee schien keinen Alarm ausgelöst zu haben.

Wie aus heiterem Himmel tauchte Rylee vor ihr auf.

»Erschrocken?«, wollte sie von Julianne wissen, die sich ihre Hände vor die Brust hielt.

»Wieso?«

Rylee setzte sich ihr gegenüber auf den ledernen Stuhl an ihren eigenen Schreibtisch.

»Ich kann es verstehen, ist oftmals todlangweilig hier.« Sie griff nach der Schublade links von sich und zog einen kleinen Block hervor, auf dem sie noch ihre Eintragungen vornahm.

»Soll ich uns von unten einen Kaffee und Sandwiches holen? Ich habe einen großen Hunger. Ham oder Egg?«

Julianne winkte ab, während sie in ihren alten Laptop aus der Tasche hervorholte.

»Nur einen Kaffee, bitte.«

Rylee stand auf und verschwand nach unten.

Julianne sah nochmals in ihre Tasche. Sofort bemerkte sie Dylans Autoschlüssel, den sie sich als Gedächtnisstütze mitgenommen hatte. Sie legte ihn neben ihrem Laptop ab und sah auf die Uhr.

Ein weiterer Blick in die Tasche verriet nichts Gutes.

Ihr Gemütszustand schien sich sofort zu verändern, als sie bemerkte wie eine kleine Schleife aus der Seitentasche hervorragte.

Das Pergament aus dem Diner.

Zögernd tastete sie danach und legte es vor sich auf ihren Schreibtisch. Sofort schien sich ihr Pulsschlag zu erhöhen. In dem Moment rief Dylan an.

»Hallo Brüderchen, wie geht es voran in Waterville? Hast du bei euch die Frauenwelt schon aufgemischt? Und wie ist das Essen? Ich habe gehört die Steaks bei euch sind hervorragend zart.«

Am anderen Ende der Leitung erklang nur Gelächter.

»Ich muss mich auf die Arbeit konzentrieren und kann nicht nur ans Vergnügen und Essen denken. Aber sonst ist hier alles ok. Und bei dir?«

Julianne sah auf den Autoschlüssel, drehte ihn in den Fingern und begann zu fragen.

»Brüderchen, verleihst du deinen Mercedes? Ich habe hier deinen Schlüssel. Joseph hat ihn mir gebracht. Er lag auf deinem Schreibtisch in der Büroablage.«

Einen Moment lang geschah nichts.

»Dylan, bist du noch dran?«

»Bin noch dran«, kam es aus dem Hörer.

»Du musst dich irren, Schwesterherz. Ich halte meinen Schlüssel in Händen. Moment warte mal.«

Dylan machte ein Foto und schickte es über WhatsApp seiner Schwester.

»Schwesterchen, noch da?«

Julianne wollte die kleine, scheinbar durch Joseph verursachte Verwechslung nicht preisgeben und versuchte ihn abzuwimmeln.

»Habe es gesehen, handelt sich wohl um einen Irrtum. Du Dylan, ich muss noch zu einem Patienten. Wir hören die Tage voneinander, ok?«

Dylan willigte ein.

Während des ganzen Telefonates mit ihrem Bruder hielt sie seinen vermeintlichen Autoschlüssel in der Hand, der wie ihr jetzt erst auffiel, nicht einmal das Logo des Autoherstellers trug. Den eigentlichen Zweitschlüssel hatte Dylan vor Jahren einem guten Freund anvertraut. Der wohnte zwanzig Meilen weiter. War es dieser Schlüssel, oder ein anderer? Zögerlich drehte sie ihn hin und her, ehe sie ihn missmutig zurück auf den Tisch legte.

Verarscht mich jemand? Aber wer und weshalb?

Noch bevor sie darüber nachdenken konnte, kam Rylee mit einem Tablett in Händen die Türe herein.

»Zimmerservice«, rief sie scherzend. Julianne versuchte

zu lächeln. Rylee bemerkte, dass es ein gezwungenes Lächeln war, und hakte nach.

»Probleme?«

Julianne tat es gelassen mit einem Wink ab.

»Nichts was ich nicht lösen kann.«

Rylee sah sie ernst an.

»Keine Frage, du kannst jederzeit mit mir plaudern, wenn du möchtest. Ich bin da und höre zu, menschlich und wissenschaftlich.«

Julianne stand auf, nahm einen Schluck Kaffee aus der Tasse und griff sich ein Schreibbrett.

»Ich mach mal eine kleine Runde, bin in einer halben Stunde wieder da. Ich muss ja die Patienten kennenlernen und, wie ich in der Kartei sehen konnte, sind alte Bekannte ja auch noch dabei.«

Rylee lächelte und biss in ihr Sandwich aus der Kantine.

Julianne versuchte sich einen Überblick, über die alten und neuen Patienten zu verschaffen. Dabei überflog sie grob deren Krankheitsgeschichte auf dem angebrachten Klemmbrett, an der jeweiligen Außentür der Zellen. Als sie mit ihrer kurzen Visite am hinteren Teil des Ganges angekommen war, hörte sie ein leises Flüstern. Sie sah auf und lauschte nochmals. Hatte sie sich etwa verhört?

»Willkommen daheim Julianne«, kam es jetzt zweimal hintereinander aus der letzten Zelle.

Julianne folgte der leisen Stimme und bewegte sich unerschrocken darauf zu. Sie kannte die Stimme. Auf der Zellentüre vor ihr war ein Name rot unterstrichen.

Chloe Robins, stand wie auch schon Jahre zuvor, auf der linken und Liam Degster auf der rechten Türe.

Für Julianne waren es altbekannte Namen. Sie hatte beide Patienten die letzten Jahre mitbetreut.

Liam war ein verurteilter Serienmörder, der in seiner Paranoia einen Hang zur Musik verspürte.

Chloe Robins hingegen, war eine nicht zu unterschätzende schizophrene Heiratsschwindlerin und Mörderin, die ihre Männer immer in der Nähe eines Sees verscharrte. Wegen der Aussicht, wie ihr zweites Ich ihr vorgaukelte. Sie wollte das Dutzend noch vollmachen bevor sie sterben würde. Dabei hatte sie stets beteuert, nie über die sechste Leiche hinausgekommen zu sein. Sie wurde nach dem Mord an ihrem letzten Ehemann Rico erwischt, als sie die Leichenteile ihres Gatten auf einem Kinderspielplatz in der Nähe eines Baggersees vergrub.

Seltsames Kratzen war hinter Limas Tür zu hören und der gleiche monotone Flüsterton wie eben war zu vernehmen.

»Willkommen daheim, Julianne.«

Julianne entriegelte die Außentür und schob sie auf. Ihr gegenüber stand durch Panzerglas getrennt, ein adretter Herr in Flanellhose und modischem Hemd.

»Hallo Liam, lange nicht gesehen.«

Liam lächelte hinter der Scheibe, die den ganzen vorderen Bereich seiner Zelle einnahm. Er spielte mit seiner Zunge am Glas herum, ehe er sich ihr zuwendete, um ihr ein höfliches: »Schätzchen, ich wusste du kommst«, entgegen zu hecheln. Julianne lächelte ihn an.

»Liam, ich bin wieder da, ich hatte es doch versprochen wieder zu kommen. Und Versprechen muss man einhalten, oder nicht?«

Liam lächelte kurz zurück.

»Wie ist es da mit meinem Versprechen, einen weiteren Menschen zu töten, bevor ich diese vorzügliche Bleibe kennenlernen durfte?«

Jetzt begann er zu grinsen, hob die Arme an um sich, ohne auf Juliannas Antwort zu warten, unkontrolliert die einzelnen Finger abzulecken. Julianne ging nicht weiter auf seine Frage ein. Sie griff nach dem Hebel der Schiebetür, ehe sie noch ein freundlich klingendes: »Ich wünsche dir eine schöne Nacht, Liam«, von sich gab, bevor sie dabei die Türe zuzog und ins Schloss fallen ließ.

Sie schüttelte den Kopf. Liam schien der Gleiche wie immer zu sein. Er ließ keine Möglichkeit aus sein Gegenüber zu schockieren oder zu diskriminieren. Als sie die Zeitkarte durch die letzte Türe gezogen hatte, ging Julianne zurück ins Schwesternzimmer. Rylee Schmied hatte mittlerweile alle vier Sandwiches gegessen. Mit zufriedenem Blick sah sie ihre Kollegin an, als sie zur Tür hereinkam.

»Na, haben dich deine Freunde begrüßt?«

»Freunde? Ich habe unter den Patienten keine Freunde, wieso fragst du?«

Rylee sah sie überrascht an.

»Liam hat jeden Tag von seiner abwesenden Freundin geredet, und zwar von dir.«

Julianne zeigte sich nicht sonderlich beeindruckt, hatte sie doch Jahre zuvor, lange und ausgiebig mit Liam in der Therapie gearbeitet. Mit ihm und Chloe.

»Na, was soll's, Liam hat keine Freunde.«

»Und wenn der draußen wäre, würde er seine Freunde in Stücke hacken und auf den Grill legen. Freunde sind für was anderes da, aber nicht zum Verspeisen.«

Rylee wurde aufbrausend, so dass Julianne sie beruhigen musste. Spitzfindig, wie sie war, fiel ihr da nur eine Antwort ein.

»Siehe es so, der Eine in ihm ist der nette Bursche, der wie ein wünschenswerter Schwiegersohn zu schein scheint. Der Andere, der ist eher nicht so freundlich und keiner möchte ihn zum Feind haben, nicht mal ich. Und ich kann dir nicht sagen, draußen möchte ich keinem von beiden Charakteren begegnen.«

Schulterzuckend klappte Julianne ihren Laptop auf, als das Stationstelefon läutete. Rylee hob ab.

»Unten? Wann? Ok, ich bin unterwegs, bis gleich.«

Rylee legte den Hörer zurück auf die Gabel.

»Juli, die unten brauchen kurz Verstärkung. Ich mach mal ab, meine Runde drehen und werde unten vorbeisehen, wenn es für dich ok ist?«

Julianne nickte.

»Kein Problem. Ich kann mich dann um mein Manuskript kümmern.«

Wenig später war Rylee aus dem Gemeinschaftsraum verschwunden. Julianne vernahm noch, wie die Tür ins elektronische Schloss fiel und es ruhig auf dem Stock wurde. Unruhig saß sie da. Die Stille schien ihr langsam den Atem zu nehmen. War es die Stille, die ein Unbehagen in ihr auslöste? Unstet wanderte ihr Blick abwechselnd auf ihr Laptop und die Stationsuhr.

Unaufhörlich zog der kleine, rote Sekundenzeiger seine Kreise. Julianne begann auf das vor ihr liegende Pergamentpapier zu starren. Sie suchte einen Zusammenhang zwischen dem Papier und dem Autoschlüssel. Keines der zwei Objekte gab ihr Geheimnis preis. Bedacht und kühl begann sie die Sache zu überdenken.

Quatsch, diese beiden Dinge haben keine Verbindung. Weshalb auch? Ein Stück Papier ist ein Papier und ein verdammter Autoschlüssel, ein Autoschlüssel. Beides ist grundverschieden und nicht vergleichbar, basta!

Nüchtern gesehen war es so, aber diese Betrachtungsweise war verfrüht, wie sich herausstellen sollte. Trotzdem brachte sie nicht den Mut auf, die

Schleife zu lösen und das Pergament in Augenschein zu nehmen.

Sie zog ihre Hand zurück, die nach dem Schriftstück gegriffen hatte. War es nur Unsicherheit?

Der Laptop hatte jetzt seinen Betrieb aufgenommen. Monoton surrte die Festplatte vor sich hin und die einzelnen Dateiordner auf dem Desktop gaben den augenblicklichen Stand des Gerätes wieder. Julianne wunderte sich noch über die Schnelligkeit ihres alten Gerätes, als ihr das Symbol WLan ins Auge stach.

Wir haben hier eine Verbindung? Wurde während meiner Abwesenheit für die Besucher einen Gastzugang eingerichtet?

Schmunzelnd drückte sie den Button für Verbinden. Tatsächlich sie war im Netz. Schnell tippte sie den Namen ihrer Website ein und begab sich auf das Benutzerportal. Gästebuch checken, eingehende Mails auf ihrer Buchseite prüfen und kurz zwei Anfragen bezüglich einer Bestellung beantworten, fertig. Mit einer schnellen, unglaublichen Leichtigkeit huschten ihre Finger über die Tastatur. Als sie ihr privates, virtuelles Postfach öffnete, huschten einige Mails von oben nach unten über ihren Bildschirm.

Geschlagene fünf Tage hatte sie ihre private Post vernachlässigt. Schnell war zwischen wichtig und unwichtig entschieden, als sie nochmals auf Senden/Empfangen drückte. Eine Mail kam eben herein, die mit einem roten **-Wichtig-** deklariert war. Julianne vermutete dahinter wieder einen der üblichen Kettenbriefe, während sie den Zeiger ihrer Maus auf Löschen schob. Julianne stoppte ihre Absicht und las den Absender laut vor sich hin.

»Ke… Kelep Freeborn.«

Ihre Hände begannen zu zittern, obwohl es dafür keinen Grund gab. Es war das erste Mal, dass der unbekannte Schriftsteller mit ihr in dieser Form in Kontakt trat. Hatte er sich doch stets auf die Post verlassen und sich noch nie auf dem elektronischen Weg bei ihr gemeldet. Und wie war er zum Teufel noch mal, an ihre private Mailadresse gekommen? Nur einigen, engen, handverlesenen Freunden, hatte sie diese Mailadresse gegeben. Zögerlich schob sie den Mauszeiger über den Anhang der Nachricht. Sollte sie es wagen und mit einem Doppelklick das Geheimnis um die rätselhafte Nachricht lüften? Oder verbarg sich dahinter ein Hackerangriff, um ihre Daten auszuspähen?

Übermutig schlug sie zweimal mit dem Zeigefinger auf ihr Touchpad. Nichts geschah.

»Wusste ich es, ein Hacker«, mutmaßte sie, als sie mit einem - Bitte warten Datei wird geladen - zur Geduld auffordert wurde.

Endlich, die Datei begann sich zu öffnen. Julianne begann zu lachen. Ein kleiner Zwerg mit roter Pudelmütze tanzte über den Bildschirm, bevor er nach vorne an den Bildschirm kam, gegen das Glas von innen klopfte und einen Zettel schrieb, den er hochhielt.

Julianne fuhr zusammen. Sie las das hochgehaltene Blatt des Männchens. -Gelesen, schon gelesen?-

Es wurde still, ehe sie durch ein weiteres Klopfgeräusch fast zu Tode erschreckt wurde und kreischend auf ihrem Stuhl zusammenzuckte.

Rylee stand hinter ihr in der Tür. Relax stand sie im Türrahmen und biss von einem Apfel ab.

»Juli, du bist aber schreckhaft. Hast du einen Geist gesehen?«

Uninteressiert schien Julianne die Situation zu über-spielen.

»Nö. Weshalb fragst du? Ist doch logisch, dass ich erschrecke, wenn es bei uns mucksmäuschenstill ist und du hinter mir gegen den Türrahmen donnerst.«

Rylee streckte ihrer Kollegin einen Apfel entgegen, den sie aus der Tasche gezogen hatte.

»Möchtest du? Ich muss gleich nochmals runter, die haben verdammt viele Neuzugänge und sind heute auch nur zu zweit. Kann ich dich allein lassen, ohne dass du eine Dummheit begehst?«

Julianne schnappte sich den Apfel aus Rylees Hand und nickte. Wortlos verschwand Rylee nach unten.

Jetzt erst bemerkte Julianne, was Kelep Freeborn mit dem Zettel **-gelesen-** meinte.

Unberührt lag das Pergamentröllchen neben dem Autoschlüssel auf dem Tisch. Mehr als 48 Stunden waren vergangen. Abwägend liebäugelte sie mit dem Stück Papier.

Öffnen oder noch warten?

Sie klappte ihren Laptop zu, nachdem sie den Off-Knopf gedrückt hatte. Sie war einen kleinen Moment lang unsicher, bevor sie sich einen Ruck gab und das Schriftröllchen an der Schleife anhob und vor sich niederlegte. Der Augenblick schien gekommen zu sein. Zaghaft nahm sie beide Enden des Bandes zwischen ihre Finger und zog daran. Halb offen, halb geschlossen lag es vor ihr. Vorsichtig begann sie das Pergament aufzurollen. Es schien weder Fieses, noch eine Drohung zu enthalten. Kleine, mit einer Feder aufgemalte Zeichen am äußeren Rand gaben ihm ein gewisses mittelalterliches Flair. Dieses Mal war die Botschaft nicht an einem PC verfasst worden, sondern der Schreiber hatte sich etwas Bizarres einfallen lassen. Das Ganze glich eher einem Rätsel. Julianne begann zu lesen.

Hallo Julianne,

wie wir beide wissen ist Ihr Augenmerk immer auf das Neue gerichtet, ohne das Vorhandene aus dem Blick zu verlieren.

Ich weiß, liebe Julianne, Sie fiebern Kapitel vier gemeinsam mit Lee Romero entgegen. Da gilt es noch eine kleine psychologische Hürde zu bewältigen, die keine zu sein scheint, aber doch für Sie viel bedeuten könnte.

-Möchte ich weiterlesen oder nicht?-

Beantworten Sie sich die folgenden Fragen selbst.

Stimmt die These Blut gegen Blut?

Und trifft folgendes zu, welches schon damals in der Bibel geschrieben stand. Auge um Auge?

Oder trifft eher der folgende Satz zu.

Wir Menschen sind das einzige Geschöpf, das behauptet einen Gott zu haben, aber das sich gleichzeitig so benimmt, als gäbe es keinen.

Deshalb meine Frage an Sie. Kann ein Autor der Protagonist sein, den er kreiert? Der nur schreibt, ohne die Geschichte zumindest in der Fantasie durchlebt zu haben? So ist jetzt Ihre Entscheidung gefragt. Suchen Sie sich den Schlüssel zum Sehen und entscheiden Sie selbst.

Ihr Kelep Freeborn

Julianne begriff den Zusammenhang kaum und las die Zeilen nochmals.

Sie hob das Pergamentpapier gegen das Licht. Ein kleines Wasserzeichen kam zum Vorschein. Es sah aus wie ein ineinandergeschlungenes E und D, es konnte ebenso gut das Firmenlogo der Papiermanufaktur sein.

Julianne verwarf den irrwitzigen Gedanken eines Rätsels schnell und las den Brief von neuem.

Sie schien jetzt endgültig durcheinander zu sein.

War das hier eine Rätselstunde? Wieso Schlüssel? Weshalb die Frage, ob ich weiterlesen möchte?

Sie griff jetzt instinktiv nach dem Fahrzeugschlüsse der vor ihr lag.

»Verdammte Sch…«, bremste sie sich ein und begutachtet das kleine Ding in ihrer Hand. Es sah aus wie Dylans Autoschlüssel.

Was sollte mir da auffallen? Schwarzes Elektronikteil vorne für die Wegfahrsperre, das restliche Innenleben bestand aus einer Platine und Batterie.

Zumindest hatte es Dylan ihr so einmal erklärt, als er die Batterien wechselte. Julianne wendete und drehte das Teil ohne nennenswertes Ergebnis, während Rylee von der unteren Station zurückkam und sich winkend bemerkbar machte. Schnell wurde das Schriftstück vor ihren neugierigen Augen in Sicherheit gebracht und verschwand in Juliannas Tasche. Nur der Zündschlüssel in ihren Händen beschäftigte sie noch immer.

»Ist das ein Zaubertrick oder ein etwa ein Versteck für Diamanten?«, scherzte Rylee.

»Keine Ahnung, aber etwas sollte das Ding mir sagen, außer dass es kein Autoschlüssel ist.«

»Kein Autoschlüssel, wirklich nicht?«

Rylee konnte es nicht glauben.

»Na, ich weiß nicht was es wirklich ist. Geht das Ding auf, oder gehört es zu einem geheimen Schließfach?«

Julianne war verzweifelt.

»Ich habe alles Mögliche probiert ohne Erfolg. Willst du mal? Aber nicht kaputt machen, ok?«

Julianne reichte ihrer Kollegin den Schlüssel. Rylee bewegte das Teil in alle Richtungen. Nichts tat sich. Kein drücken, schieben und gut zureden half.

»Ein Korkenzieher für Mercedesfahrer?«, scherzte sie und zog nochmals, diesmal kräftiger, an beiden Enden. Mit einem Plob, zu leicht für Rylees Geschmack, löste sich das Plastikgehäuse vom Rumpf des Schlüssels und gab die Buchse eines USB-Sticks frei.

»Wow, Rylee, du bist ein Schatz.«

Julianne fiel ihr um den Hals, nachdem Rylee ihr den versteckten USB-Stick in die Hand drückte.

»Na junge Frau nicht so hitzig, sonst sind wir noch Stadtgespräch.«

Für sie war das Rätsel irgendwie zu einfach.

»Ich mach meine letzte Runde, kommst du mit?«

Julianne hob den USB-Stick in die Höhe und grinste sie an

»Hab verstanden, viel Spaß noch. Wir sehen uns noch.«

Danach verschwand Rylee wieder nach draußen.

Julianne verstand noch nicht die Botschaft von Kelep Freeborn, aber so viel war klar. Der Schlüssel kam von ihm. Welches Geheimnis verbarg sich dahinter? Aufgeregt suchte Julianne den USB-Port an ihrem Laptop. Es dauerte Sekunden, bevor das Gerät den Fremdling erkannt und seine Bereitschaft signalisierte.

Schnell waren die nötigen Befehle zum Öffnen des Sticks gegeben, als eine Datei mit dem Namen **Donald Esquivel** vor ihren Augen blinkte. Mit einer monotonen Gleichmäßigkeit schien der blinkende Name sie magisch in seinen Bann zu ziehen.

Sie hatte Kapitel drei gelesen, in dem Donald Esquivel vorkam, aber was sollte es mit der Datei auf sich haben?

Die Kapitel, waren jede für sich betrachtet, erfundene Geschichten, oder steckte mehr als Fantasie hinter dem ganzen Manuskript?

Wollte sie das jetzt wirklich wissen? Sie spürte wie langsam Zweifel und ein Gefühl von körperlichem Unbehagen in ihr aufkeimte. Julianne wurde rot im Gesicht, zitterte und hatte nur eines von dem sie wusste, dass es real war. Sie hatte den Zustand erreicht den sie eigentlich so nicht kannte.

Sie hatte Angst.

Es schien geradeso als würden ihr zwei Stimmen ins Ohr schreien. Die eine ermunterte sie mit einem: Tue es! Was kann passieren? Drücke Datei öffnen! Und die andere Stimme schrie gedanklich in ihrem Kopf; Lass es sein! Es ist genug, Julianne. Mach dich nicht unglücklich! Du brauchst nicht zu drücken, bleibe wie du bist.

Unruhig fuhr sie mit der Fingerkuppe auf dem Touchpad hin und her.

Die Stimme, die ihr zum Öffnen der Datei in ihrem Kopf geraten hatte, siegte.

Mit einem Doppelklick öffnete sie die Datei Donald Esquivel. Eine Videosequenz wurde abgespielt in dem zuerst ein eingeblendeter Text gezeigt wurde.

Ist Donald Esquivel ein reumütiger Mörder?

Julianne kannte das Manuskript und wunderte sich.

Gab es die Person, aus dem Krimi wirklich?

Julianne schlug die Hände vors Gesicht. Ausschalten, ausschalten, ausschalten befahl ihr der Verstand. Minutenlang saß sie vor den zusammengesetzten

Sequenzen, in der zum Schluss der Mörder seine Schuld zugab. Als jemand etwas in dem Videoclip rief, was sie aber nicht verstand und die Klappe an Esquivels Behausung von oben geöffnet wurde, brach der Film ab. Zwei blinkende rote Buttons sprangen Julianne förmlich ins Gesicht. Löschen oder weiter mit dabei sein stand da in großen Lettern auf dem Bildschirm geschrieben.

Julianne konnte sich nicht entscheiden. Erst als sie Stimmen aus Richtung Treppenhaus vernahm, wurde sie tätig. Sie wollte nicht entdeckt werden, und drückte instinktiv auf Datei löschen. Es ging nicht. Aber nur der Bildschirm verdunkelte sich als in der Tür zum Schwesternzimmer neben Rylee, auch Spezial Agent Lee Romero vom FBI erschien. Überschwänglich begrüßten Lee ihre Freundin Julianne.

»Hallo Juli, wir müssen reden, ich habe Neuigkeiten.« Rylee bemerkte, dass dies alles privater Natur war und zog sich diskret zurück. Julianne klappte ihr Laptop zu, zog den USB-Stick ab und reichte ihn Lee.

»Sieh es bitte bei dir zuhause an. Danach können wir reden. Aber nicht auf meiner Arbeitsstelle, ok? Dies ist mein erster Arbeitstag seit langem. Sieh dir die Datei an und wir treffen uns dann morgen Mittag bei mir.«

Lee stand verdutzt da und versuchte Juliannas burschikose Art zu verstehen, wusste aber nicht was sich auf dem Stick befand. Zögerlich nickte sie.

»Ok, Julianne ich komme bei dir vorbei.«

Lee verließ wortlos die Heilanstalt.

Der Rest von Juliannas Nachtschicht verlief ohne Probleme. Als die Nachtschicht beendet war bemerkte sie, dass sie es nicht mehr gewohnt war um diese Zeit auf den Beinen zu stehen. Sie wollte nur noch eines. Schlafen.

Der Fingerzeig

Zögernd ging Lee Romero ging durch die offenen stehende Eingangstür.

»Hallo, jemand da? Juli bist du im Haus?«

Julianne schreckte aus ihrem Schlaf vom Sofa auf und brachte sich in die Senkrechte. Hatte sie geträumt? Wieder ertönten die Worte in ihrem Kopf, diesmal wurden sie lauter gerufen.

»FBI, ist jemand zu Hause?«

Dann wurde es leise.

Plötzlich stand Lee Romero mit gezogener Dienstwaffe im Raum. Instinktiv hob Julianne die Hände in die Höhe, während Lee sich mit entsicherter Waffe im Zimmer umsah. Erst jetzt, nachdem Lee die Lage als nicht gefährlich einstufte und vor ihrer Freundin stand, senkte sie die Pistole und sah Julianne an.

»Juli, ist alles klar bei dir?«

Verdattert stammelte Julianne: »Ja warum, ist was passiert?«

Sie senkte dabei ihre Arme und Lee Romero steckte ihre Waffe in das Holster zurück.

Ohne ihr zu antworten ging Lee aus dem Haus. Kurz darauf kam sie mit einem kleinen, verpackten Speisetablett zurück.

»Hab Kuchen und Brötchen vom Bäcker mitgebracht. Ich hoffe, ich habe für dich das Richtige ausgewählt.«

Julianne schien irritiert zu sein und nahm die Backware stillschweigend entgegen. Noch immer beunruhigt, scheinbar dachte sie eben geträumt zu haben, ging Julianne gedankenversunken mit Lee im Schlepptau in die Küche. Drückte auf den Knopf des Kaffeeautomaten, der sogleich brummend seine Arbeit aufnahm und drehte sich zu ihr um. Jetzt erst konnte sie formulieren, was ihr die ganze Zeit durch den Kopf ging.

Wütend schlug sie mit der Hand auf den Tisch.

»Lee Romero, was zur Hölle gibt dir das Recht, mit gezogener Waffe in mein Haus einzudringen. Bist du von allen guten Geistern verlassen oder befinde ich mich in Todesgefahr?«

Sekunden danach, so als ob es diesen Ausbruch ihrer Emotionen nie gegeben hätte, legte Julianne den Kuchens auf den Tisch und ging weiter ihrer Tätigkeit nach.

Lee konnte diesem Gedankensprung ihrer Freundin nicht folgen und versuchte es zu erklären.

»Juli, ich mache mir Sorgen um dich, vielleicht mehr als mir lieb ist. Zumindest jetzt, da mir mehr Fakten zur Verfügung stehen. Und wenn deine Eingangstür offen steht, was sollte ich da deiner Meinung nach tun?«

Ohne sie zu unterbrechen, sah Julianne sie an.

»Und noch etwas, in Zukunft möchte ich von dir wissen, wie du an Informationen gelangst. Und woher du das verdammte Kapitel vier hast!«, dabei zeigte sie auf die Ablage im Flur.

»Ich habe kein Kapitel vier! Woher auch? Der Schreiber hat sich nicht gemeldet. Im Flur liegen die alten Manuskripte, die du kennst«, tat sie abfällig und setzte sich.

Lee schien gereizt zu sein. Sie ging in den Flur, um auf der Ablage nach dem von Julianne unentdeckten Bündel Blätter zu greifen und las die Überschrift die ihr schon beim durchsuchen des Raumes ins Auge gefallen war.

Sie hatte sich nicht geirrt.

Kapitel vier stand in geschwungener Schrift auf dem Deckblatt. Mit schnellem Schritt eilte sie zurück und donnerte das Ganze vor Julianne auf den Tisch.

Missmutig über die schweigsame Reaktion ihrer Freundin warf sie zwei USB-Sticks dazu, die sie aus der Hosentasche gezogen hatte. Der eine war vom FBI, der andere war der, den sie von Julianne hatte.

Hatte Julianne gelogen?

»Und was ist dies hier, lüge ich oder du? Und weshalb stand deine Eingangstüre offen. Lügst du mich etwa an? Juli, verarsche mich nicht. Wie kommt das Manuskript hier rein?«

Hektisch sah Julianne sich um. Sie griff sich in die Haare, strich sich über den Hals und suchte eingeschüchtert nach Antworten. Antworten auf was?

Lee Romero versuchte die angespannte Situation etwas aufzulockern. So wie es jetzt lief würde sie wohl nie etwas von ihrer Freundin erfahren.

»Ok Juli, bevor die Situation eskaliert gehst du jetzt erst einmal duschen, danach reden wir weiter.«

Mit einem: »Gute Idee, Lee«, pflichtete Julianne ihrer Freundin bei und konnte sich so aus der Affäre ziehen, ohne sofort eine Erklärung für ihre Sprachlosigkeit abgeben zu müssen.

Kurz darauf ging Julianne nach oben. Man hörte das Duschwasser plätschern und Lee verschwand für einen Moment nach draußen.

Wieder zurück richtete Lee Romero den Küchentisch.

Dreißig Minuten später stand auch Julianne mit einem »Hallo, ich bin wieder da«, in der Küchentür.

Sie nahm am Tisch Platz und griff sich ein Brötchen. Als ihr Blick über den Tisch wanderte, erblickte sie das von Lee erwähnte Manuskript und die beiden von Lee hingeworfenen USB-Sticks auf dem Tisch.

Unruhig und nichts ahnend was auf sie zukommen würde, begann sie wieder ein eher bedeutungsloses Gespräch um abzulenken.

»Wisst ihr schon, wann ihr Zeit für das Barbecue finden werdet? Dylan ist ja noch zur Schulung weg, er hat um circa eine Woche verlängert.«

»Wie lange ist er genau weg?«

Julianne sah nach oben und begann im Geiste zu rechnen.

»Noch zwölf Tage. Die ganze Straße redet von unserem Fest. Ich glaube, die möchten alle zu uns kommen.«

»Schlag doch die Mitteilung im Bürgerbüro ans schwarze Brett. Ich denke einige wissen es noch nicht.«

Julianne wurde nervöser, als ihr Blick dabei zum wiederholten Mal über das Manuskript streifte.

Lee goss sich währenddessen einen neuen Kaffee ein.

Sie wusste nicht wie, aber sie versuchte Julianne das knifflige Thema schonend beizubringen.

Wie aus heiterem Himmel, aber dennoch charmant verpackt, griff sie es auf. Mit ihrem Finger zeigte sie geradewegs auf die abgelegten Utensilien in der Mitte des Tisches.

»Juli, hast du es gewusst? Die Sache mit deinem Buch ist jetzt offiziell eine FBI-Angelegenheit.«

Geschockt durch die Aussage ihrer Freundin, hatte sich Julianne beinahe an dem Brötchen verschluckt und sah sie an.

»FBI-Angelegenheit. Lee, was bedeutet das?«

»Ich erkläre es dir. Den Stick, den du mir gegeben überlassen hast, was sollte da eigentlich drauf sein?«

Julianne wusste nicht, worauf Lee hinaus wollte.

»Eine Videodatei, wieso?«

Lee holte tief Luft.

»Es war nichts drauf. Nicht mal den Hauch einer Datei fanden unsere Techniker und die sind gründlich.«

Jetzt nahm Lee den andern Stick in die Hand.

»Dieser Stick wurde uns anonym von einer fremder Quelle zugespielt. Und da ist drauf wie ein Täter, den wir in einer Kiste fanden, den Mord an einer ganzen Familie gesteht. Und der Hammer daran war…. Ich kann es noch gar nicht glauben. An seiner Stelle sitzt ein unschuldiger Mensch jahrelang im Gefängnis, dem man keinen Glauben schenkte, weil er eine Behinderung hat. Unser Rechtssystem scheint löchrig zu sein.«

Julianne zupfte sie an ihrer Bluse, als sie kleinlaut zu sprechen begann.

»Das Gleiche war auf meinem Stick«, stammelte Julianne leise.

»Ich sollte mich entscheiden ob ich ein weiteres Manuskript haben wollte oder nicht, indem ich auf einen, von zwei Buttons drücken konnte.«

Lee lauschte aufmerksam den Worten ihrer Freundin.

»Lee, sieh mich nicht so an. Und damit du es genau weißt, ich habe auch die Tür nicht aufgelassen. Als ich heimkam, habe ich jede Tür und jedes Fenster wie immer zweimal gecheckt. Wie das Manuskript hier hergekommen ist? Kein Plan. Ich weiß nicht mal mehr wie, oder wann genau ich eingeschlafen bin. Warte mal….«

Julianne schreckte urplötzlich auf.

»Ich habe einen Beweis.«

Sie flitze in die Diele, um das Manuskript Nummer drei vom Board zu nehmen. Sie kramte kurz in der Tasche, um es gemeinsam mit dem Pergamentpapier der wartenden Freundin zu übergeben.

»In Manuskript drei geschieht, was auch auf deinem Stick zu sehen ist.«

Fieberhaft tippte Julianne mit dem Finger darauf. Laienhaft versuchte sie ihre aufkommende Beklemmung zu unterdrücken.

»Woher aber Manuskript vier herkommt, keine Ahnung. Und ja, ich hatte den Button gedrückt. Ich wollte das neue Manuskript lesen. Aber….«

Julianne begann jetzt verlegen zu stottern.

»Die Manuskripte sind so beängstigend echt, Lee.«

»Ok, sie sind ein Stück weit real. Und noch etwas haben wir herausgefunden, nachdem wir einen Fingerabdruck von den abgetrennten Fingern nahmen. Das neue landesübergreifende AFIS konnte den Fingerabdruck erkennen und zuordnen.«

Julianne sah jetzt ihrerseits Lee erwartungsvoll an.

»Und wem gehören sie, einem Holzfäller?«

»Einer gewissen Marla Blum aus Florida. Kennst du den Namen?«

Julianne überlegte kurz.

»In dem ersten Kapitel, das Kelep Freeborn mir schickte, war von einer Marla Elttely die Rede. Blum? Nicht das ich wüsste.«

»Blum war ihr Mädchenname. Die Dame hatte sich vor vierzehn Monaten unter recht mysteriösen Umständen das Leben genommen. Um es gleich klarzustellen, sie wurde nicht ermordet. Ihre Leiche stand uns zur Obduktion nicht mehr zu Verfügung. Ihr Ex-Mann ließ sie nach ihrem Tod einäschern. Ich suchte Parallelen von unserem Fall, dem Fall Marla Blum und einigen anderen offenen Fällen und wurde bei meiner Recherche fündig. Nur diese eine Spur, führte zu der Person auf dem Stick, Donald Esquivel. Aber dies war es auch schon. Esquivel sitzt jetzt in der Todeszelle. Und mit dem haben wir ein Problem. Seit seiner Verurteilung redet der mit niemandem mehr, somit eine Sackgasse. Eine weitere, uns noch unbekannte Person, kann man mit dem Auftauchen eines Ford-Mustangs in Verbindung bringen. Juli, ich weiß nicht, ob dein

Krimiautor ein Mörder ist oder irgendeines der Opfer gekannt hat. Nur, weshalb konnte er so ausführlich darüber schreiben? Kann dies Zufall sein?«

Julianne unterbrach sie indem sie mit dem Zeigefinger vor sich nach oben wies.

»Ich hatte auch vor drei Jahren, in einem meiner Bücher einen Prolog geschrieben, der wie durch Zufall genau so, dreißig Jahre zuvor geschah und ich schwöre dir bei meinen Eltern, ich wusste nichts davon. Woher auch? Nein, nein ich denke, es gibt diese Zufälle.«

Dies schien Lee Romero glaubwürdig genug zu sein, zumal es von ihrer eigenen Freundin kam. Sie sah auf die Uhr.

»Max wird in einer Stunde auftauchen und mich abholen. Wir wollen noch ins Büro um Fingerabdrücke bei den militärischen Akten abzugleichen. Du weißt, das Pentagon hat sich da penibel gezeigt und hält alles unter Verschluss. Max hat ganz oben Freunde in guter Position. Mal sehen was herauskommt.«

»Lee, kann ich dich mal was fragen?«

»Klar Juli, wir sind doch Freundinnen. Leg los, wenn ich eine Antwort darauf habe, beantworte ich deine Fragen gerne.«

Julianne zeigte auf das vierte Manuskript.

»Wenn meine Tür aufstand, das Manuskript fein säuberlich daliegt, der Schriftsteller uns Hinweise gibt, dann hätte er mich doch töten können, oder?«

Agent Romero nahm die Hand ihrer Freundin und begann sie zärtlich zu streicheln.

»Glaube mir, sobald es mir ratsam erscheint, stelle ich dich unter Polizeischutz. Aber glaube mir, wenn der Täter oder der Schreiberling es gewollt hätten, dann wärst du bereits mausetot meine Liebe. Du, Dylan und deine Nachbarn, einfach alle. Aber ich hatte es dir bereits gesagt. Ich habe keinen einzigen gesicherten Hinweis dafür, das Kelep Freeborn, oder wie sein Name lauten mag, einen Mord begangen hat. Sei beruhigt Kleines. Ich denke, er möchte uns was sagen, nur wir verstehen es noch nicht. Oder verstehst du es?«

Julianne schüttelte den Kopf und zwang sich ein Grinsen ab.

»Na ja, seine Manuskripte sind gut geschrieben. Man könnte ein Buch daraus machen. Aber dazu bedarf es mehr als nur einige Seiten Papier. Möchtest du das Manuskript vier mitnehmen und lesen?«, dabei zeigte sie auf das Bündel Blätter.

Lee wiegelte ab.

»Ach ja, was ich sagen wollte. Das mit deinem Barbecue ist eine tolle Idee, lad die Nachbarn deiner Straße ein. Ist zumindest eine tolle Möglichkeit um jeden von ihnen kennenzulernen. Und wenn du Glück hast, erscheint dein Buchschreiber Mr Kelep Freeborn höchstpersönlich.«

Julianne, die zuerst dem Gedanken abweisend gegenüberstand, reizte es den ihr unbekannten Briefschreiber Kelep Freeborn zu treffen.

Sie hatte nicht bemerkt, wie es vor dem Haus hupte. Lee zog sie am Ärmel und somit aus ihren Gedanken.

»Juli? Max ist da. Ich muss gehen.«

Julianne blickte ihrer Freundin Lee noch an, währenddessen Lee diese aus ihrem Blickfeld nach draußen verschwand.

Beweislast

Seltsame Stille umgab Luca Dornitsham, als er benommen, mit einem Sack über dem Kopf zu sich kam. Eigenartige Szenarien liefen in seinem Kopf ab, bevor er aufgeschreckt und mit einem tiefen Atemzug, seinem Körper die Realität einhauchte. Schemenhaft hatten seine Sinne die Umrisse seiner Welt durch den dünnen Stoff des Sackes erfasst. Er schien in Gedanken der Realität entrückt zu sein.

Es war ein verdammt trügerischer und nicht zuletzt der unwirkliche Traum, den sein Verstand glaubte, geträumt zu haben. Ein Albtraum? Oder war es die Angst vor sich und der Wirklichkeit?

Als stände er unter Strom, zuckte sein angeschnallter Körper plötzlich unkontrolliert, auf dem schweren Eichenstuhl. Die Wirkung der Medikamente begann nachzulassen. Zitternd und fröstelnd stammelte er wirre Worte, die niemand verstand.

Eine weiche, bestimmende Stimme erklang.

»Meine Damen und Herren, gleich ist es so weit. In circa einer halben Stunde wird unser Gast wieder Herr seiner Sinne sein. Holen Sie sich noch eine Erfrischung aus der Küche und nehmen Sie danach bitte Ihre Plätze ein, danke.«

Der Immobilienmogul Luca Dornitsham bekam von alldem nichts mit. Als jemand ihm den Sack vom Kopf riss, drangen nur einzelne Gesprächsfetzen an sein Ohr. Sein Körper war immer noch damit beschäftigt das Narkosemittel zu verarbeiten.

Habe ich geschlafen? Wie lange habe ich geschlafen? Was ist geschehen? Melissa, wo ist Melissa?

Jetzt warf Luca mit halb geschlossenen Lidern seinen Kopf unkontrolliert zur Seite.

Noch schien alles für ihn im sanften Nebel des Vergessens zu liegen. Zaghaft begannen seine Synapsen den Verstand wieder aufzunehmen.

Fieberhaft begann er die Gedanken in seinem Kopf zu ordnen, ohne dabei das totale Bewusstsein zu erlangen.

Wo war Melissa und Andreas Phillips abgeblieben?

Er, einer seiner Lakaien hatte das kleine Boot gesteuert, als sie zum Tauchen aufs Meer fuhren. Mehr Informationen gab im Moment sein Gehirn nicht preis. Gierig kämpfte sich sein Verstand durch die noch verbliebenen Erinnerungen. Wie in Trance saß er unbeteiligt, mit geschlossenen Augen auf seinem Stuhl. Sein nackter Oberkörper war mit dicken Stricken überdeckt. Jedes Bein für sich, war zur Unbeweglichkeit verdammt. Kleine, um die Fußknöchel geschwungene Lederriemen gaben ihm keine Möglichkeit irgendeiner Bewegung.

Jemand hatte ihn abseits des großen, E-förmigen Tisches gesetzt. So wie wenn seine eigene Person, uninteressant, ausgesetzt oder geächtet sei.

Nach geraumer Zeit kam Bewegung in das Ganze. Ein fremder, groß gewachsener Kerl mit langem Haar und kurzem Vollbart, verteilte Platzkärtchen, auf denen eine Zahl stand. In der Mitte zum Scheitelpunkt des Tisches stellte er eine rote, leere Platzkarte auf. Er schritt um den geschwungenen Tisch, kontrollierte Papiere und legte Gerätschaften vor einigen Plätzen ab, die er aus einer Schublade nahm oder von der Wand abhing. Mit sich zufrieden ging er zurück in den angrenzenden Raum, aus dem er mit seinem wallenden, schwarzen Ledermantel aufgetaucht war.

Irgendwo hörte man das Lachen einer Frau. Kam es aus dem Nebenraum?

Eine Frau in einem grünen Sommerkleid, kam kurz darauf mit einem kleinen Korb herein und stellte vor jeden der Sitzplätze einige Getränke ab, ehe sie wieder verschwand.

Jetzt wurde es laut.

Drüben im Raum, in den der wuchtige Kerl verschwunden war, klapperten Schubladen und im Keller schien ein Notstromaggregat unaufhörlich seine Arbeit zu verrichten. Lächelnd und mit zehn Hülsen, sowie einer Akkubohrmaschine in der Hand, betrat der Schwarzhaarige den Raum. Taxierend sah er sich um. Er schien etwas einzuschätzen, aber was? Mit großen Schritten ging er auf den Tisch zu. An der Stelle, gegenüber dem beschrifteten roten Täfelchen hielt er inne.

Er sah sich mit prüfendem Blick um und warf die Habseligkeiten vor sich auf den Tisch. Flink griff er in seine Manteltasche und zog eine Packung dreißiger Rohrschellen und ein Päckchen Holzschrauben hervor die er neben sich auf den Tisch warf.

Er sah nach unten. Vor diesem freien Platz waren vier Verankerungsbolzen in den Boden eingelassen worden.

Hier wurde wohl früher etwas angebunden oder befestigt. Zufrieden hob und senkte er seinen Kopf. Sein Verstand schien auf vollen Touren zu laufen als er über den Tisch hinweg nach hinten sah. Still und regungslos hing an einem starken Hanfseil, ein lebloser wirkender Körper von der Decke herab. Es war Melissa Dornitsham, Lucas Ehefrau.

Ihre Augen waren mit einem schwarzen Tuch abgedeckt und der Mund verklebt. In ihrem rosa Bikini sah sie aus wie eine mickrige Statistin in einem zweitklassigen Film. Sie berührte gerade noch mit ihren Zehenspitzen, eine von mehreren Holzdielen, die über zwei parallel verlaufenden Zisternen lagen. Sie schien das Opfer ihrer selbst zu sein.

Langsam kam sie zu sich. Ihr Körper baumelte bei jedem ihrer kurzen Atemzüge hin und her. Der Hüne sah zu Luca. Noch war Luca Dornitsham benommen und wusste von dem was geschehen würde nichts.

Stehenden Fußes griff sich der Fremde einige der Hülsen, Schrauben und Rohrschellen, die jeweils vier vorgezeichnete Markierungen besaßen, währenddessen ein älterer Herr, fast unbemerkt an ihn herantrat.

»Kann ich helfen?«

Der groß gewachsene Herr, vermutlich der Gastgeber antwortete lächelnd.

»Ja gerne. Halten Sie bitte die Bügel. Und wir schrauben sie über den Hülsen fest, ok?«

Der ältere Herr nickte, wusste aber kaum worum es ging. Erst als sein Gegenüber sich die fünf Hülsen über die Finger seiner rechten Hand stülpte und dann die Hand auf den Tisch legte, konnte der Grauhaarige seinen Gedanken folgen. Er griff nach der Bohrmaschine. Nahm ein paar Schrauben vom Tisch, stülpte die Rohrschellen über die Hülsen und befestigte diese unter dem Jaulen des Bohrgerätes auf den hölzernen Untergrund.

Irgendwie schadenfroh zwinkerte der Hüne ihm zu, ehe er seine Finger wieder aus den am Tisch verschraubten Hülsen zog. Schnell stülpte er die restlichen Hülsen über die Finger der anderen Hand um sie vor sich, ebenso gespreizt auf dem Tisch zu legen. Wieder ertönte das grelle Maschinengeräusch, als sich eine der Schrauben tief in das Holz des Tisches biss. Kelep streckte jetzt erst dem grauhaarigen Herrn seine Hand entgegen.

»Sie sind Miles Rogers, richtig? Ich danke Ihnen für Ihre Hilfe. Nur noch eins Mr Rogers.«

Rogers stutzte.

»Noch was?«

Der Hüne im Ledermantel nickte.

»Könnten Sie mit mir unseren einigen Gast hierher herüberschieben?«

Er zeigte auf Luca Dornitsham, der immer noch bewusstlos an seinen Stuhl gefesselt war.

»Der Stuhl hat Rollen. Dürfte nicht schwer sein.«

Rogers nickte.

»Ist mir eine Freude.«

Sie kippten den hölzernen Stuhl nach hinten und rollten ihn gemeinsam zum Tisch. Sie setzten ihn an der Stelle ab, an der sich die geschwungenen Bögen eines unsichtbaren E trafen. Genau da, wo jedem die roten Markierungen mahnend ins Auge fielen. An dieser Stelle befanden sich jetzt auch die angeschraubten Hülsen. Aus einem unerfindlichen Grund ergriff Rogers die Hand des Hünen und schüttelte sie kräftig.

»Danke Kelep, danke für alles.«

Kelep sah ihn verdutzt an.

»Miles, danke wofür? Bis jetzt ist nichts geschehen und an mir liegt es kaum, wie die Sache ausgeht. Ich bin Statist und biete die Räumlichkeiten. Naja«, machte er seine Witze.

»Die Snacks sind auch von mir.«

Miles Rogers blinzelte ihm zu.

»Trotzdem danke.«

Jetzt war Kelep irritiert, während Mr Rogers zu den Anderen nach draußen verschwand.

Er griff in seine Innentasche des Mantels und holte eine aufgezogene Spritze hervor die eine seltsam gelbliche Substanz enthielt. Kelep legte sie vor sich neben einem unbeschriebenen Platzkärtchen ab.

Hurtig lief er zu seinem eigenen Sitzplatz zurück und setzte sich. Hier schien sein Platz zu sein.

Ein kleiner Stapel von Akten lag daneben. Obenauf ein Schnellhefter, auf dem Zeilen mit schwarzem Füller geschrieben waren. Manuskript Kelep Freeborn. Er schlug das Deckblatt auf. Im Inneren befanden sich kleine gelbe Notizzettel.

Kelep hörte sich um.

Leise knackte das Holz im Kamin im Nebenraum. Ein wohliges Gefühl schien in ihm zu keimen, er schloss für Sekunden die Augen, ehe ein schwaches Stöhnen von Luca zu hören war, der das Bewusstsein erlangte.

Kelep stand auf und verließ den Raum.

———

Julianne stand von ihrem Sofa auf und ging mit dem neuen Manuskript zur Küche. Mit Verwunderung kramte Julianne in ihren Gedanken, als sie alles vor sich auf den Küchentisch ablegte, ohne den Blick von den Dokumenten zu nehmen. Noch suchte sie zwischen den Zeilen nach einem Sinn.

Kelep Freeborn schickt mir die Manuskripte. Soweit so gut. Aber weshalb nennt ihn Miles im Roman Kelep?

Jetzt erst produzierte sie in ihrem Kopf die Gedanken, über die Namensgleichheit die auch im letzten Kapitel des Manuskriptes auftauchte.

Ist es etwa ein Schreibfehler, oder schreibt Kelep Freeborn seine eigene Geschichte? War die Verwendung seines eigenen Namens nur ein geschickter Schachzug, um die Leser zu verwirren. Oder nur plumpe Vergesslichkeit des Autors?

Der angebliche Schreiberling hatte sich ihr gegenüber nie offenbart. Weder im Manuskript noch persönlich.

206

Weshalb übte er ihr gegenüber Zurückhaltung? Hatte er, als Verfasser Angst vor der Kritik an seinem Werk?

Julianne zog ihr Handy aus der Tasche. Sie wusste, was Lee ihr vor Wochen gesagt hat, aber möglicherweise steckte mehr dahinter. Zielstrebig tippte sie den Satz der sie bewegte in ihr kleines Gerät.

Hallo Lee, bitte prüfe den Namen Kelep Freeborn nochmals. Kannst du Daten außerhalb der USA prüfen? Gibt es bei euch ungeklärte oder alte Fälle mit einem ähnlichen Verhaltensmuster. Dem Anschein nach ist er ein langjähriger Staatsdiener, der Romane schreibt. Wo oder was ist er? Bei der Polizei, Militär oder ist er doch nur ein normaler Krimi-Autor. Danke Lee, gib mir bitte Bescheid, wenn du was gefunden hast. Umarme dich, Juli.

Julianne blätterte im Manuskript zur letzten gelesenen Stelle und ging nach draußen. Zu gerne wollte sie wissen wie es weiterging. Knarrend öffnete sie die Verandatür.

Draußen hatten sich die Temperaturen des Tages auf ein erträgliches Maß abgekühlt. Sie wandte sich um, holte sich ein Kissen und machte es sich auf dem alten Schaukelstuhl vor der Tür bequem.

Es wurde still um Luca. Ein leises, für ihn kaum zu hörendes Wimmern seiner Frau Melissa klang aus der Ecke zu ihm herüber.

Die Stimmen aus dem Nebenraum verstummten für kurze Augenblicke, bevor jemand kraftvoll die Tür aufstieß.

Kelep, dem mehrere Menschen folgten, ging auf den Stuhl von Luca Dornitsham zu, unterdessen sich die anderen Beteiligten ihren Platz suchten. Kelep prüfte kurz den Inhalt der Spritze die vor ihm lag, bevor er sie Luca in den Oberarm stieß. Den Kolben durchdrückte und danach um den großen Tisch herum zu seinem

Sitzplatz ging, der sich genau gegenüber von Luca befand. Die restlichen Anwesen waren links und rechts von ihm angeordnet. Jeder von ihnen saß hinter einer kleinen aufgestellten, schmucklosen Platzkarte mit einer Zahl auf deren Vorderseite. Die Namen der dahinter sitzenden Personen, blieb Luca Dornitsham vorerst verborgen.

Kelep ergriff das Wort.

»Meine Damen und Herrn, warten wir noch einige Minuten bis unser Ehrengast zu sich kommt.«

Dabei begann er zu lächeln.

»Ich werde ihm den Sachverhalt unserer Zusammenkunft erklären. Und sie liebe Gäste werden abschätzen, bewerten und wenn nötig urteilen.«

Kelep holte tief Luft und sah jeden einzelnen an.

»Nur um eines möchte ich Sie bitten.«

Bei diesem Satz sah ihn jeder an.

»Zeigen Sie keine Regung, keine Emotionen und nicht Ihre eigenen Gefühle dem Individuum gegenüber.«

Jeder nahm sich die Worte zu Herzen und ein leises Raunen ging durch die Menge.

Kelep sah sich um und bemerkte hinter sich das ruckartige Atemgeräusch von Lucas Ehefrau Melissa, die keine zwanzig Foot hinter ihm an einem Seil hing. Das Klebeband an ihrem Mund musste sich gelöst haben. Nur so konnte sich Kelep das zischende, pfeifende Geräusch ihres entweichenden Atems erklären. Ruckartig schob er seinen Stuhl nach hinten, erhob sich und lief zu ihr. Er griff nach der Kapuze, riss sie nach oben und starrte in die ängstlich geweiteten Pupillen von Melissa. Hektisch rang sie nach Luft, ihr Körper wackelte hin und her.

Kelep berührte dies wenig. Langsam schob er sich den Zeigefinger vor seinen Mund. Ein Zeichen für sie, still zu sein. Sie begann intensiv zu nicken. Plötzlich griff Kelep nach dem Klebeband an ihrem Mund und zog es mit einem Ruck von ihrer Haut.

Stammelnd versuchte sie Worte zu formen, als Kelep ihr ganz leise ins Ohr flüsterte:»Melissa, wir wollen nichts von dir. Wir brauchen dich. Anscheinend wird dies hier dein bester Tag, wer weiß. Aber wenn du einen Mucks von dir gibst....«

Er holte aus seinem Mantel ein Bowiemesser und führte es an ihren Hals.

»Einen einzigen Ton und ich schneide dir ganz langsam die Kehle auf. Ich ritze dich auf, aber nur so viel, dass dein warmes Blut ganz langsam an deinem Körper über den schönen Bikini zu Boden träufelt. Du würdest qualvoll verbluten, verstanden?«

Melissa sah ihn mit großen Augen an.

Kelep drehte sich um, steckte sein Messer ein und ging zu seinem Platz zurück.

Er sichtete gerade seine Ordner, als in diesem Moment der Überlebenswille in Luca zunahm.

Langsam hob dieser die schweren Augenlider an. Ein sichtbares, seltsames Zittern ging durch seinen Körper. Hatte er einen Anfall? Kelep würdigte ihn keines Blickes, im Gegenteil. Schwach röchelnd und sabbernd saß er da. Es schien der Auftakt eines größeren Szenarios zu werden.

Es dauerte noch Minuten, bevor er ganz bei sich war. Währenddessen forderte Kelep die anwesenden Personen nochmals dazu auf, ihre Unterlagen, die vor jedem auf dem Tisch lagen zu prüfen.

Kelep sah auf seinen Tisch. Unter den Akten von blitzte die scharfe Klinge eines Metzgerbeiles hervor. Er verstaute es sorgsam unter seinem Ordnerstapel, als er bemerkte wie Luca fluchend zu sich kam. Aufrecht stehend und mit gefalteten Händen wartete Kelep auf Lucas Fragen.

Mit Kopfschütteln versuchte dieser, die geistige Dämmerung in seinem Kopf zu vertreiben, ehe er den Kopf langsam anhob.

»Was für eine abgefahrene Scheiße ist dies hier! Wo bin ich? Gebt mir gefälligst eine Antwort wenn ich euch eine Frage stelle. Was habt ihr mit mir gemacht?«

Luca zerrte an seinen Stricken, wackelte auf dem Stuhl hin und her und versuchte seine Finger, die durch die Hülsen am Tisch geschoben waren zu befreien. Es war ein armseliges Unterfangen. Seine Finger steckten fest. Ohne zu wissen, was um ihn herum geschah, schrie Luca außer sich vor Wut. Als er Melissa erkannte, begann er mit sabberndem Mund nach ihr zu rufen.

»Melissa, Melissa Liebling was ist geschehen, was haben die mit dir gemacht? Wieso sind wir hier? Was zum Teufel ist passiert?«

Melissa Dornitsham sah zappelnd, mit den Zehen-spitzen den Boden ertastend, ihren Mann mit aufgerisse-nen Augen an.

»Ihr Hurensöhne, lasst uns frei! Wir haben euch nichts getan.«

Dornitsham sah in die Runde.

Sein Blick traf auf den elegant gekleideten Herrn, hinter dem Tischschild **Nummer 4**, Andreas Phillips. Jetzt stutzte Dornitsham kurz. Er erkannte **Nummer 4**. Es war sein Angestellter. Er konnte sich daran erinnern wie Melissa, Andreas und er zum Tauchen aufs Meer gefahren sind. Mehr war von diesem Tag nicht mehr in seinen Erinnerungen zu finden. Er sah zu **Nummer 1**.

Die ältere Dame mit dem grauen, lockigen Haar sah ihm von weitem, mit versteinerter Miene ins Gesicht. Sie erkannte er nicht. Viele, zu viele Gesichter hatte er in den letzten fünfzehn Jahren als Immobilienmakler gesehen. Sein Blick schweifte ab zu Sahra Napier, der **Nummer 2** am Tisch. Sie hatte eine blonde Kurzhaarfrisur, ballte die Fäuste und sah ihn zähneknirschend an. Beinahe wäre sie aufgestanden um Luca an die Gurgel zu gehen. Aber sie erinnerte sich an die letzten, eindringlichen Worte von Kelep, keine wirklichen Emotionen zu zeigen.

»Hey du Miststück«, provozierte Luca, Sahra Napier.

»Was soll der Scheiß hier? Komme her und befreie mich. Ich zahl dir ein gutes Trinkgeld«, begann er zu prahlen.

Sein Blick wanderte unbeeindruckt, ohne ihre Antwort abzuwarten, nach links an den Rand des Tisches, zu **Nummer 5**. Dort saß mit verschränkten Armen und zurückgelehnt, ein gut gekleideter Afroamerikaner. Man könnte sagen, ein Typ von nebenan, mit weißem Hemd und schwarzem Jackett. Gelangweilt von Lucas Eskapaden spielte er mit seinem Bleistift in den Händen. Erst als Luca ihn ansprach kam sichtbar Leben in ihn.

»He schwarzer Mann, ja dich meine ich! Hat man dich von den Weißen weggesetzt?«

Nummer 5, Nate Nevill sah zu Kelep, der mit einer leicht beruhigenden Handbewegung nach unten zeigte.

»Hey Bruder«, versuchte Luca den angesprochenen Mann weiter zu reizen.

»Ist deine schwarze Haut abwaschbar? Ich muss dir sagen, ich hasse dich.«

Luca wurde nicht müde bei der Aufzählung seiner haltlosen Anschuldigungen, im Gegenteil.

»Hilft mir endlich jemand? Ich habe nichts verbrochen. Ihr Arschgesichter, ihr habt doch keinen Plan vom Leben. Du schwarzer Junkie dort drüben machst mich jetzt los und ich gebe dir 10.000 Dollar damit du dir einen ordentlichen Stoff durch die Nase ziehen kannst. In Ordnung?«

Nach diesen Worten hörte man in der Stille, wie der Bleistift unter den Fingern des Angesprochenen, mit einem Knacken zerbrach. Wütend schnaubten seine Nasenflügel. Könnte er wie er wollte, so hätte Luca seinen letzten Atemzug schon hinter sich. Seine provokante Art schien keine Früchte zu tragen. Jeden, den er angesprochen hatte, ging nicht darauf ein.

Kein Ton war zu hören.

»Weshalb sitzt ihr verdammten Wichser hier in diesem stinkenden Keller? Was ist geschehen?«, dabei sah er den dürren, etwa sechzigjährigen Herrn hinter dem Tischkärtchen **Nummer 3** an.

»Na mein Alter, hast du deine senile Alte heute richtig gepflügt? Oder hat das Altersheim heute zu?«

Luca lachte laut und herzhaft. Der ältere Herr sah Luca an. Er hatte sich unter Kontrolle.

»Bei dir altem Sack hängt doch der Schwanz nur noch nach unten. Da helfen dir keine Pillen und kein Blaskonzert mehr. Du dämlicher Idiot, befrei mich endlich, oder ich hau dir die Fresse ein, wenn ich hier rauskomme.«

Diese diskriminierenden Worte waren genug für Miles. Für ihn war die Schmerzgrenze erreicht.

Miles Rogers konnte sich nicht mehr zurückhalten. Er drehte sein Schild mit der **Nummer 3** um, so dass es Luca lesen konnte. Miles Rogers Wisconsin, stand da in großen Buchstaben geschrieben. Miles schien aufgebracht zu sein. Taxierend bemerkte Kelep dies und zog unbeobachtet das Werkzeug unter seinem Papierstapel hervor. Miles schritt um den Tisch und blieb vor Luca stehen, der aus seiner Sicht der Rettung verdammt nahe war.

Zappelnd saß Luca im Stuhl.

»Befreie mich endlich, du alter Bock. Ich zahle dir was du möchtest.«

Miles beugte sich über den Tisch in Richtung Kelep. Er hob den kleinen Aktenstapel an, ergriff das Metzgerwerkzeug und sah Luca kurz in die Augen.

»Jüngelchen, du bist verwirrt. Mein Schwanz steht noch immer in Richtung Himmel. Aber ich komme deiner Bitte, dich zu befreien gerne nach.«

Ängstlich sah Luca den Alten an.

»Ich werde dich befreien.«

Mit einem wuchtig ausgeführten Schlag, und einem zischenden Geräusch sauste das Metzgerwerkzeug auf Lucas linke Hand zu. Luca stieß einen jämmerlichen Schrei aus, als das Stück Metall zwei Hülsen durchschlug und sich in den Tisch rammte. Mit kleinen Blutspritzern, flogen zwei abgetrennte Fingerkuppen katapultartig nach vorn, zu Kelep auf den Tisch.

»Jetzt habe ich dich befreit, du stinkendes Stück Scheiße. Ich bin alt, aber noch stark genug dir deine Eingeweide aus dem Leib zu reißen.«

Miles Rogers wartete nicht Lucas schreiende Antwort ab. Er griff sich die abgeschnittenen Teile vom Tisch und verschwand im Nebenraum, um sie mit einem zischenden Geräusch dem Kaminfeuer zu übergeben. Heulend saß Luca in seinem Stuhl. Blutige Rinnsale bedeckten den Tisch, ehe Miles mit einem Handtuch zurückkam und es an die offene Wunde der abgetrennten Fingerspitzen schob.

»Wir wollen dich nicht verbluten lassen, Mr Geldscheißer.«

Jammernd rief Luca nach einem Arzt.

Als wieder Ruhe eingekehrt war, erhob sich Kelep aus seinem Stuhl. Nur das Zappeln hinter ihm signalisierte die Unruhe von Melissa. Er ging zur angrenzenden Werkbank rüber, riss sich ein Stück Papier vom Spender ab und kam zurück. Wortlos wischte er die restlichen Blutspritzer vor seinem Platz ab und warf das Papier in Richtung Luca.

Luca zappelte wie ein Fisch auf dem Trockenen. Schnell bemerkte er, dass niemand auf seine Angebote einging, ihn für Geld zu retten. Seine letzte Hoffnung flackerte auf, als er in Richtung **Nummer 4,** Andreas Phillips sah. Argwöhnisch sah Luca in die Runde, ehe er zu flüstern begann.

»Psst, he Phillips, mach mich los. Ich mach dich reich. Du weißt doch, wir haben genug Geld auf den Cayman-Inseln.«

Hektisch tippte Phillips mit seinen Fingern auf seinem Laptop herum, ohne jedoch wirklich den Worten von Luca Gehör zu schenken. Teilnahmslos würdigte er ihn zunächst keines weiteren Blickes, viel zu sehr war er mit seiner Tätigkeit beschäftigt.

Kelep saß in diesem Moment scheinbar schweigend am Tisch.

Urplötzlich kam Bewegung in den Hünen.

Er schlug die ersten Seiten seines Ordners auf und überflog die mit Füllfederhalter gemachten Stichworte. Ruhig, so als hätte er alle Zeit der Welt, holte Kelep sein silbernes Zigarettenetui hervor. Er klappte es auf, zog eine Filterzigarette heraus, tippte drei Mal auf das Behältnis, und zündete sie an. Jetzt erst, die Zigarette zwischen seinen Fingern, begann Kelep mit ruhiger, angenehmer Stimme zu sprechen.

Kelep versuchte ehrlich zu sein.

»Mr Luca Dornitsham, ich werde hier versuchen alle Ihre Fragen zu beantworten. Nicht ohne Ihnen vorher die hier Anwesenden vorzustellen. Natürlich, und dies möchte ich vorausschicken, sind wir kein Gericht. Wir wollen wohlgemerkt nicht urteilen, sondern nur Gerechtigkeit. Um nicht zu sagen, wir bringen Licht ins Dunkel der Vergangenheit, in ihre Vergangenheit.« Kelep atmete tief aus ehe er weitersprach.

»Mit Gerichtsorganen haben Sie lieber Gast, lieber Herr Dornitsham genügend Erfahrung, nicht wahr?«

Kelep sah Luca an.

»Nun, es hat uns wirklich einige Mühe gekostet, alle Details zusammenzutragen und ich sage dies mit etwas Stolz, wir haben es geschafft. Die letzten zwei Tage, in denen Sie schliefen, waren wohl die herrlichsten und ruhigsten, die diese Halle je gesehen hat. Ich erkläre Ihnen das, damit Sie überhaupt ermessen können, welch Mühe wir uns alle gegeben haben und dabei haben wir uns für Sie richtig mächtig ins Zeug gelegt. So oder so.«

Luca zerrte an seinen Fesseln und verfolgte kaum die Ansprache. Doch dann meldete er sich ungefragt zu Wort.

»Du elender Wichser. Befreie sofort meine Frau Melissa!«

An seinen Fesseln zerrend, sah er die Frauen am Tisch genauer an.

»Ihr altersschwachen Zicken, habt ihr nichts anders im Sinn als zuzusehen wie ich leide? Ihr verwelkten Nutten bekommt doch keinen Freier mehr ab, habe ich recht?«, dabei spuckte er neben sich aus.

Während er die Worte: „Pain in the ass" von sich gab, setzte sich Kelep's Körper in Bewegung. Angespannt wie eine Feder schnellte er über den breiten Tisch. Flatternd schlug sein Mantel an seine Beine, als er neben

Luca aufkam. Es verging nur ein Wimpernschlag bis Kelep, Lucas Kopf in seine Armbeuge nahm und mit der freien Hand, die Zigarette auf dessen Wange langsam ausdrückte. Er begann laut vor Schmerz zu schreien, die Glut auf seiner Wange verursachte höllische Qualen.

Er wurde von Kelep's wütendem Schrei übertönt.

»Shitface. Hatte ich gesagt du sollst dich melden? Ich habe geredet und du hast einfach deine Schnauze zu halten, verstanden?«

Dem nicht genug. Mit einem heftigen Schlag seiner Faust auf Lucas Gesicht, verlieh er seinen Worten massiv Nachdruck.

Blut spritzte aus Dornitsham Mund, als Kelep's Handknöchel auftrafen. Zwei Zähne verabschiedeten sich aus Lucas Kiefer. Und zugleich schickte er mit diesem heftig ausgeführten Schlag Luca kurzzeitig ins Reich der Träume.

Kelep rieb das Blut seiner aufgeplatzten Knöchel an Lucas Hemd ab. Danach ging er zügig um den Tisch herum auf seinen Platz zu. Er stoppte, als er Melissas verschüchterten Blick sah.

Kelep hatte seine Zigarette vergeudet.

»Na ja. Ich wollte sowieso weniger rauchen.«

Er setzte sich und wartete bis Luca wieder zu sich kam. Mit geschwollenem Gesicht sah dieser zu Kelep.

Ihre Blicke trafen sich, als daraufhin Kelep seine Stimme erhob.

»Mr Dornitsham, ich bestimme wann Sie reden, essen und scheißen, verstanden?«, kam es barsch von ihm.

Luca hatte verstanden, zumindest im Augenblick.

»Wenn es ihrerseits keine Zwischenrufe mehr gibt Mr Dornitsham, kann ich wohl mit meinen Ausführungen fortfahren.«

Schwer atmend, spuckte Luca blutigen Speichel neben sich auf den Boden.

»Weiter im Kontext. Sie kennen bestimmt jeden im Raum. Zumindest zwei Personen, haben bestimmt Ihre ungeteilte Aufmerksamkeit.«

Er machte eine kleine Fingerbewegung hinter sich und neben sich.

»Hinter mir ist Ihre nette reizende Frau Melissa und hier außen die **Nummer 4**, Mr Andreas Phillips, der Ihnen ja zu genüge bekannt sein dürfte.«

Kelep lächelte, als Andreas Phillips sein Platzschild vor sich umdrehte. Jetzt sah Luca nicht nur die Nummer, sondern ein vollständiger Namen mit Berufsbezeichnung kam zum Vorschein. Andreas Phillips, IT-Spezialist.

»Mit Mr Phillips Hilfe haben Sie Ihr Geld, oder sollte ich besser sagen das ergaunerte Geld, auf die steuerfreien Zonen verteilt. Cayman-Inseln, Luxemburg etc. etc. Dem nicht genug, haben Sie Banken und Kleinanleger erleichtert.«

Luca hob den Kopf und sah Kelep grinsend ins Gesicht.

»Selber schuld das kleinkarierte Volk. Mir tut das nicht im Geringsten leid, Mr…?«

»Für Sie Kelep, Mr Dornitsham. Kelep Freeborn bitte. Macht aber auch nichts, Luca. Ich nenne Sie einfach mal bei ihrem Vornamen, wir sind hier ja alle beisammen, wie in einer große Familie. Wo war ich stehen geblieben? Ach ja Luca, sieh dich um. Du bist an diesem Ort, an dem die Wahrheit ans Tageslicht gelangt. Mit Worten und mit Taten. Jemand hatte hier unten, schon lange vor meiner Zeit, diesen Raum liebevoll hergerichtet. Selbst ein originalgetreues Fallbeil hatte man nachgebaut. Ich bitte dich nach links zu sehen. Ist doch irre oder?«

Kelep wartete auf seine Antwort, die aber ausblieb.

»Dein ehemaliger Mitarbeiter Mr Phillips, gibt sich gerade außerordentlich viel Mühe. Möchtest du wissen weshalb? Ich sage es dir. Alles Geld, bis auf ein wenig, welches wir für unsere Aufwendungen und Ausgaben benötigten, wird an seine Empfänger zurückgeleitet. Dieses Geld, welches du am schwarzen Montag von deinen Kunden abgezweigt hattest. Das Geld sowie alle Immobilien. Ich betone alle Immobilien. Du hattest einen guten Mitarbeiter, Hut ab Luca. Der bringt es fertig und druckt uns im Nebenraum die soeben wieder umgeschriebenen Grundstücksurkunden aus. Ich wette die Eigentümer freuen sich. Und nun meine Frage an dich.«

In diesem Moment wurde Luca hellhörig und zerrte wütend an seinen Fesseln.

»Du Schwein, du verfluchter Bastard, das Geld, die Wertpapiere und die Güter gehören mir allein, verstehst du?«

Kelep schwieg für einen Moment.

»Kannst du dir vorstellen...«, dabei sah er kurz in seinen Aktenordner. Dabei lenkte Kelep seinen Fokus, auf ganz was anderes.

»Kannst du dir vorstellen, mit Melissa wie vor zehn Jahren in einem kleinen Reihenhaus zu wohnen? Ich gebe dir Recht. Es ist nicht Miami, aber dein Wohnort 2005 war doch in Antelope Nebraska. Oder stimmten die alten Grundbucheinträge nicht?«

Mit einem kurzen Blick zu Andreas Phillips versicherte er sich um die Richtigkeit der Daten.

»Was macht ihr hier mit uns? Dies hier ist alles illegal und Freiheitsberaubung ist es noch dazu, ihr Schweine.«

Luca zerrte an seinen Seilen. Schallend, hallte das ironische Lachen der kleinen Gruppe durch den Raum.

»Und…, und meine Frau kannst du behalten. Das Miststück ist keinen Penny wert. Die hat sowieso mit jedem dahergelaufenem, bettelndem Pisser Mitleid. Sie hat mehr von meinem Geld, für Tiere und Obdachlose gespendet, als ein Arbeiter im Jahr verdient.«

Er sah zu ihr hinüber.

»Macht mit ihr was ihr wollt, ich schenke sie euch. Macht mich aber los, ihr Wahnsinnigen. Noch kann ich bei der Polizei…«, jetzt legte Luca ein hämisches Grinsen an den Tag.

»…Ja auch beim Richter kann ich ein gutes Wort für euch einlegen, macht mich los oder fahrt zur Hölle, ihr Douche Bag!«, brüllte Luca denen, die auf ihren Stühlen saßen entgegen.

Kelep sah sich um.

Hinter ihm baumelte noch immer Melissa Dornitsham am Seil herum.

Zitternd versuchte sie zu realisieren, weshalb ihr Mann Luca in der vergangenen Zeit, so lieblos und kalt geworden ist. Sie hatte mit ihm schon andere Zeiten, harte Zeiten erlebt, in denen sie zwar gerade so über die Runden kamen, aber sie hatten sich geliebt. Wo war dies alles geblieben? Heulend bewegten sich ihre Lippen minimal. Sie hätte mehr erzählen können. Es schien alles zu stimmen. Geld beruhigt, aber es verdirbt den Charakter.

»Luca, es ist interessant, wie du die Menschen manipulierst. Du erpresst sie und nimmst ihnen alles. Wenn nötig auch die Stimme richtig?«

Luca schien zu ahnen, auf was Kelep hinaus wollte.

»Wasser, ich möchte etwas Wasser haben. Ich habe Durst. Bitte Wasser«, kam es mitleidserregend von ihm.

Es schien Wirkung zu zeigen. Die Dame hinter **Nummer 2** drehte ihr Schildchen um, auf dem Sahra Napier, Phönix, Arizona zu lesen war. Sie stand auf und verließ kurzzeitig den Raum.

»Du hast deinem engsten Mitarbeiter«, dabei wies Kelep mit der Hand auf Mr Phillips, der immer noch auf seiner Tastatur herumtippte.

»Luca, du nahmst diesem Mann die Stimme. Wieso? Weil er deine Skrupellosigkeit erkannte. Er wollte dich den Behörden melden und du Abschaum spieltest Gott, indem du für sein Schweigen gesorgt hast.«

Phillips, der am Rande des Tisches saß, schien dieser einseitigen Konversation nicht zu folgen und tippte weiterhin auf seiner Tastatur herum.

Luca zuckte mit den Schultern. Er suchte nach einer plausiblen Entschuldigung für sein Vorgehen.

»Es war ein Unfall. Es war ein ganz normaler Unfall. Die Ärzte hatten gepfuscht, kann mal vorkommen.«

Lächelnd glaubte Luca seiner eigenen Behauptung, als Kelep aufstand und in seine Hosentasche griff. Zeitgleich trommelte Andreas mit den Händen auf den Tisch. Da er nicht reden konnte, machte er ein Zeichen und streckte den Daumen nach oben. Was wohl so viel bedeuten sollte wie: Transaktionen durchgeführt.

Alle klatschten.

Nur Luca, verstand diese Freude nicht.

Während sich Kelep auf den Weg zu Andreas Phillip begab, kam Sahra Napier aus dem Nebenraum zurück. In der einen Hand zwei Flaschen Wasser, in der anderen schob sie einen Infusionsständer vor sich her, an dem kleinen Beuteln hingen. Neben Luca stoppte sie.

»Gibt es Geschenke, Süße?«, scherzte der mit ihr, ohne ihre Reaktion abzuwarten. Sahra Napier stellte die beiden Wasserflaschen sorgsam auf dem Tisch neben seinen Handflächen ab. Öffnete eine und versuchte sie Luca in den Mund einzuführen. Mit einem gurgeln und schmatzenden Ton, nahm er einen tiefe Schluck. Den Rest der Flüssigkeit schüttete sie ihm respektlos und stumm über seinen Kopf.

»Du verdammtes Miststück, wenn ich dich in die Finger kriege, mache ich dich alle.«

»Kaum möglich. Sie haben mich innerlich schon vor Jahren getötet, bereits vergessen? Und dies alles würde ich von mir aus nicht tun. Wir verlängern nur ihr erbärmliches Leben.«

Sie griff nach einer der Kanülen, die mit dem Beutel verbunden war.

Mit einem gekonnten Griff stieß sie die Nadel in seine Unterarmvene ohne auf den Patienten zu achten. Während Sahra mit Luca sprach, befestigte sie den kleinen Plastikschlauch mit einem Pflaster an seinem Unterarm.

»Sie sollen spüren, wie es ist wenn man leidet. Wenn einem alles im Leben genommen wird und man doch weiterleben muss. Mr Dornitsham, ich hoffe Sie haben noch einen schönen Tag.«

Wortlos tauchte Kelep mit Andreas Laptop neben ihr auf, nickte ihr zu, worauf sie an ihren Platz verschwand.

»Luca«, dabei sah Kelep ihn an.

»Luca, du weißt doch, die Welt ist klein. Und Fehler gibt es, wie wahr. Aber bezahlte, korrupte Fehler sind unverzeihlich.«

Kelep öffnete seine Hand, in der ein winzig kleiner USB-Stick zum Vorschein kam. Er steckte ihn in die vorgesehene Buchse des Gerätes und öffnete eine Datei mit dem Namen Dr. Asthon, Hospital. Mit einer schnellen Handbewegung schwenkte er den Bildschirm auf Lucas Seite. Gespannt, sah der auf den Schirm als ein Video anlief. Ein Dr. Asthon gab darin zu, auf Anweisung des Immobilienmoguls Luca Dornitsham für 500.000 Dollar bei einer Mandeloperation die Stimmbänder von Andreas Phillips durchtrennt zu haben. Daraufhin wurde der Bildschirm dunkel. Kelep zog den Stick heraus, ließ ihn in seiner Tasche verschwinden und klappte das Laptop zu und gab es an Mr Phillips zurück.

Auf seinem Weg zu seinem eigenen Sitzplatz, klopfte er dabei der Dame, die hinter dem Platzkärtchen **Nummer 1** saß auf die Schulter und drehte ihr Platzschild um. Dahinter kam ein groß geschriebenes Kyra Hydes, Montana zum Vorschein.

Keine Minute später, Kelep hatte seinen Platz erreicht, erhob Kyra Hydes sich und ging an den Wänden des Raumes entlang. Luca kannte sie nicht und schien doch alles andere als begeistert von ihrer Ruhe zu sein. Wie sie jedes einzelne Werkzeug anstarrte, prüfte und es dann wieder zurück an seinen Platz beförderte erschien ihm unheimlich.

Kelep ergriff das Wort.

»Nun ja, Luca. Ich möchte dir die Dame vorstellen die hier so rumgeistert. Es ist Kyra Hydes, zweiundsechzig Jahre alt, aus Montana. Erinnerst du dich? Nein? Ich versuche dir und deinem Gedächtnis auf die Sprünge zu helfen. Du hast ihr Haus und einige angrenzende Grundstücke für den sprichwörtlichen Wert eines Apfels und eines Eies gekauft. Du hast die Eigentümer auf die Straße geworfen, ohne dich um sie zu sorgen. Luca, du bist ein herzloses Monster.«

Luca lachte laut.

»Das ist die Ironie des Schicksals. Ich habe alles, sie nichts. Und jetzt steht mein Supermarkt auf ihrem Grundstück. Ich erinnere mich vage.«

»Du hast ein Ehepaar, in einer abbruchreifen Bude abgesetzt, in der es keine Heizung, aber Ratten gab. Du hattest dich in einem Schreiben verpflichtet, für sie und ihren kranken Mann, lebenslang zu sorgen. Du Bastard bist für den Tod ihres Mannes mitverantwortlich. Du hast ihn wie ein Stück Vieh verrecken lassen, indem du ihm seine Medikamente schuldig geblieben bist.«

Luca kicherte verstohlen.

»Stimmt, einer meiner Firmen ging nach einem Jahr pleite.«

Kelep musste sich bei seiner emotional Ausführungen sichtlich beherrschen. Am liebsten wäre er Luca an die Gurgel gesprungen.

»Und seine Frau Kyra«, dabei zeigte er auf die Dame, die noch was an der Wand und in den Schubladen suchte.

»Seine Frau Kyra wird dir gleich ein kleines Stück ihrer erlittenen Schmerzen wiedergeben.«

»Die Alte kann nicht mal ein Brotmesser von einem Rasenmäher unterscheiden. Was sucht die überhaupt, den vergangenen Tag?«

Andreas machte eine winkende Handbewegung, was so viel wie, bitte komm mal Kelep, bedeutete. Kelep setzte sich in Bewegung und sah ihm über die Schulter auf den Bildschirm. Andreas wies auf eine Zeile. Kelep las sie laut vor, indem er sich Sahra Napier zuwendete.

»Sahra, die Behörden haben dir mit Mr Phillips Hilfe, soeben ein Dokument ausgestellt, nachdem du wieder deine Tochter von ihren Pflegeeltern abholen kannst. Ist das eine gute Nachricht?«

Sahra klatschte kurz und hielt schluchzend die Hände vors Gesicht. Kelep schien noch nicht fertig zu sein.

»Luca war so freundlich, dir mit Andreas Hilfe, von seinem Konto 500.000 Dollar zu überweisen. Es sollte jetzt ein sorgenfreies Leben mit deiner Tochter möglich sein, oder?«

Kelep sah Andreas an, der ihm zunickte. Zwei Stühle weiter bewegte sich Miles Rogers unruhig auf seiner Sitzgelegenheit hin und her. Wie es schien, hatte für ihn Luca noch nicht genug gelitten.

Eine tödliche Stille war zu spüren. Kyra suchte verzweifelt nach etwas Bestimmtem. Luca, der von seinem damaligen Handel überzeugt war, begann erneut zu kichern.

»Ihr kommt mir vor wie ein Kaffeekränzchen. Ihr gestrandeten Persönlichkeiten, ihr habt doch die Hosen gestrichen voll. Nein, ihr seid doch der Abschaum der Gesellschaft. Gossenkinder, alt und verbraucht. Seht euch doch an. Ich habe Geld, Macht und Ansehen und ihr kleinen Looser dürft tun, was Menschen wie ich euch sage.«

Kichernd gab Luca seinen Beschimpfungen so den dazugehörigen Unterton.

Miles ballte die Fäuste und schlug nach kurzem Blickkontakt mit Kelep, auf den dicken Holztisch.

»Du elendes Geschwür der Menschheit. Du warst der Stachel in unserem Fleisch. Wir sollten dich endlich herausziehen. Wenn ich dürfte wie ich wollte, wärst du schon lange tot.«

Die **Nummer 5,** die neben ihm saß zog ihn am Ärmel auf seinen Sitzplatz zurück.

Was Luca nicht mitbekam, aber Kelep sofort ins Auge stach war, wie Kyra Hydes in einer Schublade das passende Werkzeug für sich gefunden hatte. Sie winkte **Nummer 5** zu sich. Langsam drehte dieser sein Platzschild um, bevor er sich erhob. Nate Nevill, San Antonio, stand groß und mächtig darauf. Noch bevor er sich in Richtung Kyra, hinter Luca an die Werkbank begab, erkannte Luca den dunkelhäutigen Mann.

»Du, du bist doch der Sack, der mich angezeigt hat!«

Wortlos ging Nate an ihm vorbei und auf Kyra zu.

»Du hast jetzt einen Job als Security im Bauhaus, stimmt's?«

Hämisch begann Luca zu lachen.

»Freunde, der hier ist auch so einer. Special Agent Nevill vom Wirtschaftsdezernat wollte mir ans Bein pinkeln. Und jetzt kontrolliert er Handtaschen im Supermarkt.«

Luca konnte nicht aufhören sich über Nate Nevill lustig zu machen. Hatte doch er dafür gesorgt, dass Nate entlassen wurde und wieder von unten anfangen musste. Nevill zeigte keine sichtliche Regung. Für ihn war dieser Tag noch lange nicht zu Ende. Gefasst stand er an Kyras Seite. Kyra zeigte mit dem Finger in die offene Schublade, ohne den Blickkontakt mit ihm zu verlieren. Er nickte.

Nate wandte sich ab und verließ den Raum, um kurz darauf, mit zwei großen weißen Gummischürzen und einem Erste Hilfe Kasten zu erscheinen. Wortlos stülpten sie sich die Schürzen über dem Kopf, banden sie am Rücken und verharrte in dieser Position. Luca konnte nicht hinter sich sehen. Nur durch das widerspenstige Zappeln seiner Frau wusste er, dass hinter seinem Rücken etwas vor sich ging.

Luca sah zu Kelep, der ihm gegenüber am Tisch saß und mit einem Bleistift spielte.

»He du? Du bist wohl der Macker hier. Wie wäre es mit einem Deal? Du lässt mich laufen. Wir vergessen die ganze Angelegenheit und du behältst meine Frau? Die benötige ich nicht mehr. Auf dem freien Markt gibt es zu genüge junges Fleisch.«

Kelep drehte den Kopf zu ihm und überlegte.

»Ehrlich? Ich sollte sie töten und dich verschonen?«

Luca nickte. Kelep erhob sich von seinem Stuhl und ging scheinbar auf den Deal mit Luca ein. Er drehte sich und ging die wenigen Schritte zu Melissa, die sich noch immer auf Zehenspitzen auf einer der Holzplanken abstütze.

»Du meinst, die Frau hier im Bikini, deine Frau ist für mich? Einfach so?«

Er zog sein Messer hervor und strich Melissa, die vor Todesangst schlotterte, über den Bikinistoff. Luca grinste und nickte mehrmals mit dem Kopf.

Kelep verzog unschlüssig die Lippen.

»Ich habe für die Frau keine Verwendung, und ihr Leben soll, wenn ich es richtig verstanden habe, für deines sein?«

Kelep wartete erst gar nicht auf Lucas Antwort und nickte seinerseits Nate und Kyra zu, die in ihren weißen Schürzen an der hinteren Werkbank standen. Kyra griff beherzt in die Kiste und holte ein paar Handschuhe, einen Gesichtsschutz und einen akkubetriebenen Winkelschleifer hervor.

Sie traten von hinten an Luca heran, der von alldem kaum etwas mitbekommen hatte. Erst als Kyra den Startknopf drückte und der Winkelschleifer aufheulte, versuchte Luca seinen Kopf in Richtung des ohren-betäubenden Geräusches zu drehen.

Zu spät.

Nate hielt Lucas Kopf mit seinen muskelbepackten Armen, wie in einem Schraubstock. Luca begann, soweit es in seiner Macht stand, sich zu wehren. Vergebens. Nates Muskelpakete gaben nicht einen Inch nach. Kyra griff sich sein rechtes Ohr, zog es vom Kopf weg und setzte die rotierende Stahlscheibe an. Wüste kleine

Blutfontänen spritzten auf ihre Kleidung und durch den Raum. Unter dem kreischenden Geräusch des Winkelschleifers, hörten sich Lucas Schreie wie eine kleine Symphonie an. Kyra zog unbeirrt das rotierende Stahlblatt des Schleifgerätes am Kopf entlang, bis das abgetrennte Ohr in ihrer Hand lag. Bewusstlos fiel Lucas zur Seite. Kyra warf das abgetrennte Ohr vor sich auf dem Tisch, bevor sie gemeinsam mit Nate, Luca ohne Hektik eine Kompresse anlegten.

Sie versorgten fachmännisch seine Wunde am Kopf und wischte das Blut vom Tisch. Dabei drehte Kyra etwas am Rädchen, des zuvor von Sahra gelegten Venentropfes und verschwand mit Nate ohne Eile durch die angrenzende Tür.

Jammernd und heulend verfolgte Melissa die abscheuliche Prozedur. Unbeeindruckt davon, forderte Kelep die Gäste auf eine Pause einzulegen.

Melissa blieb mit ihrem Mann für eine Stunde allein.

Kyra und Nate, die sich ihrer blutbespritzten Kleidung entledigt hatten, trafen im angrenzenden Zimmer auf ihre Leidensgenossen.

»Meine Herrschaften gehen wir sogleich, wie besprochen zum letzten Teil über, ok?«

Jeder nickte, wobei vermutlich dem Einen oder Anderen, eine ganz andere, härtere Vorgehensweise vorschwebte. Luca hatte viele Existenzen, hunderte Leben von Personen und Familien zerstört. Die hier Versammelten waren nur repräsentativ für einige, die das verursachte Leid von Luca ertragen mussten. Er säte Hass und existenzielle Not, die ihn nun selbst zu Fall bringen würde.

Luca schien wieder zu sich zu kommen. Lallende Vorhaltungen an seine Frau, konnte man bis ins angrenzende Zimmer hören. Erst als die Gemeinschaft der Gepeinigten eintrat, verstummte er.

Noch hing Melissa an dem Seil, das ihre beiden Hände über ihr zusammenhielt und tiefe Wunden in das Fleisch schnitt. Kleine Blutstropfen bahnten sich ihren Weg zu den Oberarmen. Aber Luca schien trotz seiner Kopfverletzung noch agil genug zu sein. Sein eigener Überlebenswille war immer noch vorhanden. Wild entschlossen blitzten seine Augen unter dem angelegten Kopfverband hervor. Zu sehr war sein Instinkt auf Überleben aus. Sein Überleben.

Als alle ihre Plätze eingenommen hatten, registrierte er wie Kelep zu seiner Frau ging.

Kelep holte tief Luft.

»Du möchtest allen Ernstes deine Frau sterben sehen?

»Fuck you! Die Bitch oder ich, da gibt es keine weiteren Fragen!«, begann Luca unter einem Hustenanfall zu brüllen.

Kelep kam auf ihn zu, nahm sich sein abgetrenntes Ohr und lief zu Melissa zurück. Vorsichtig zog er, keine drei Yard von Melissa entfernt, eine alte Holzplanke zur Seite. Eine Wasserzisterne kam unter der Planke zum Vorschein. In ihm blubberte und wuselte es nur so von kleinen Fischen. Piranhas.

»Luca, du bist dir sicher? Auch unter Melissa befindet sich solch eine Zisterne.«

Kelep ließ als Beweis für seine Aussage, Lucas Ohr platschend neben Melissa ins Wasser fallen. Sofort kam Bewegung ins trübe Wasser. Die Fische hüpften gierig, wie gefräßige kleine Steine über die Wasseroberfläche. Melissa kam in Panik.

Würde unter ihrer Holzplanke dasselbe geschehen?

Sie winkelte die Beine an. Schreiend und heulend versuchte sie nebenan, durch Schwingen ihrem Schicksal zu entgehen. Kelep sah zu Luca.

»Luca, noch immer…?«

Luca schien nicht sonderlich überrascht zu sein.

»Schmeiß das Weib ins Wasser und lass mich frei.«

Kelep zog das Brett unter Melissas Fußspitzen weg. Auch hier kam Wasser zum Vorschein. Hektisch peitschte sie mit den Fußspitzen übers Wasser. Kelep sah Luca an.

»Keine Fische, aber ertrinken ist doch auch ganz nett, oder Luca?«

Luca antwortet nicht.

Kelep ging zur gegenüberliegenden Wand, an dem das Zugseil befestigt war. Mit langsamen Drehbewegungen ließ er die jammernde Melissa hinabgleiten. Inch für Inch glitt sie ins trübe Wasser.

Andreas Phillips, dem stimmlosen Computerfreak schien dies an die Substanz zu gehen. Er bewegte seinen Stuhl mit einem Tritt nach hinten, lief zu der Wand, an der diverse Utensilien hingen. Er griff sich eine Axt und kam auf Luca zu, der ihn mit weit aufgerissenen Augen ansah. Mit einem einzigen wuchtig geführten Hieb, trennte er ihm zwei weiter Fingerkuppen seiner anderen Hand ab. Man konnte hören, wie die Axt mit einem dumpfen Ton ins Holz eindrang. Andreas ließ keine Sekunde verstreichen, rannte zu Kelep und stoppte unter Tränen dessen Absicht, Melissa zu ertränken. Aber wollte Kelep dies wirklich tun?

Jetzt ging es Schlag auf Schlag.

Sarah sprang auch auf und suchte nach einem Handtuch, um den Blutfluss an Lucas Fingern zu stoppen. Kelep kurbelte währenddessen Melissa wieder nach oben, schloss die Holzplanken und befreite sie von dem Seil. Er ließ sie zurück und eilte an seinen Tisch. Nur einen schien diese Aktion wenig zu interessieren, abgesehen vom Verlust weiterer, zwei Fingerkuppen. Luca.

»Ihr beschissenen kleinen Würmer, habt ihr keine Eier in der Hose? Habt ihr Skrupel einen Menschen umzubringen?«

Kelep stand auf und wurde verdächtig ruhig.

»Luca Dornitsham, du unterschätzt jeden von uns. Wenn wir gewollt hätten, wärest du schon bei den Fischen, oder in der Hölle. Wir wollen dies nicht. Es sei denn...«, er unterbrach kurz seinen Satz, um in die Runde zu sehen.

»Es sei denn, du tust es. Sofern, wie sagtest du doch gleich.....? Du Eier in der Hose hast.«

Verwirrt sah sich Luca um, ehe er Kelep in die Augen sah. Kelep nahm eine Spritze von seinem Platz und zeigte sie ihm.

»Darin ist genügend verdünntes Skopolamin-Pulver um dich nach sechsunddreißig Stunden ins Jenseits zu befördern. Hast du den Mut es zu tun? Oder zwingst du uns, dir alles zu nehmen, woran dir gelegen ist?«

»Ihr habt doch alles. Mein Geld, meine Güter und meinen Einfluss. Was könntet ihr mir da noch nehmen? Selbst ein Ohr und die Fingerkuppen habt ihr von mir. Fahrt zur Hölle ich bringe mich doch nicht um, ihr Saftärsche.«

»Es ist deine Entscheidung. Wir lassen dir nur, was zum Überleben nötig ist.«

»Du bist kein Mann, Luca. Du bist auf Geld und Macht aus. Du streichelst lieber dein Geld als mich. Fahr zur Hölle!«, schrie Melissa.

Kelep sah sich zu Melissa um.

»Melissa, möchtest du uns helfen, ihm zu geben was ihm zusteht?«

Stumm nickte sie Kelep zu. Miles und Sarah verschwanden im Nebenraum. Kelep führte Melissa nach vorn an Lucas Stuhl. Fluchend sah er sie an. Unberührt blickte sie ihm in seine eiskalten Augen.

»Jemanden wie dich habe ich geliebt, Luca. Ich schäme mich, dass ich es zuließ, wie du die Menschen und mich jahrelang ausgenutzt hast.«

Hastig, mit zwei glühend roten Eisen in den Händen, kamen Sarah und Miles aus dem Nebenraum zurück.

»Vorsicht, verdammt heiß.«

Kelep fasste Lucas Kopf von hinten und hielt ihn fest. Miles und Sarah hielten ein rot glühendes Stück Eisen fast zwei Minuten vor Lucas Augen, der entsetzliche Schmerzensschreie ausstieß. Die ungeheuerliche Hitze, zerstörte nach einigen Sekunden seine Netzhaut und führte zur Erblindung, ohne äußerlichen Schaden zu hinterlassen. In seinen Augäpfeln erlosch jegliches Leben. Sie wurden weiß, wie frisch gefallener Schnee.

Grässlich laute Schmerzensschreie hallten durch den Raum, bevor Luca ohnmächtig auf seinem Stuhl zusammenbrach. Hatte er sich kurz zuvor noch aufs Heftigste gewehrt, so schien jetzt alles in ihm erloschen zu sein. Melissa konnte den Anblick nicht ertragen und sackte bewusstlos zusammen.

Kelep griff zu seinem Telefon. Keine zehn Minuten später erschien ein Krankenwagen, der nicht vom ansässigen Hospital kam. In ein weißes Laken gehüllt hoben Sanitäter den leblosen Körper auf eine Krankenbahre. Luca Dornitsham wurden sofort Schmerzmittel, sowie weitere Medikamente gespritzt, bevor man ihn zu seinem Bestimmungsort nach Minod in North Dakota, ins Krankenhaus brachte.

Im St. Georg Hospital, einem privat geführten Krankenhaus, welches Luca Dornitsham noch sein Eigen nennen durfte, wurde er über Monate hinweg versorgt. In seinen Fingern erlosch jegliches Gefühl. Auch seine Augen erblickten nie wieder die aufgehende Sonne. Die durch ihn geschädigten Personen hatten Luca eine Wohnung am Meer überlassen. Er konnte das Rauschen der Wellen hören, aber das Sehen und Fühlen war ihm für alle Zeiten verwehrt. So wie auch er den Menschen, für die er verantwortlich war, ein Leben in Ruhe und Frieden verwehrt hatte.

Von allen anderen erfuhr Kelep nach Monaten, wie gut es ihnen jetzt gehen würde und wie sie mit seiner Hilfe ihr Leben von früher weiterleben konnten.

———

Mit einem Seufzer blätterte Julianne das letzte Blatt des Manuskriptes um.

Etwas missmutig, weil das Manuskript schon zu Ende war, stand sie auf.

Sie blickte die Straße entlang und sah auf die Uhr. Noch war die Sonne nicht untergegangen.

leisure time

Den Abend verbrachte Julianne in bequemen Pyjamashorts und Schlabbershirt mit einer Tüte Chips vor dem Fernseher.

Kurz vor Mitternacht überkam sie die Müdigkeit. Mit einem Knopfdruck auf die Fernbedienung verstummte das Gerät. Zerzaust und schlaftrunken, einen leeren Trinkbecher in den Händen, ging sie in die Küche.

Morgen Abend hatte sie das erste Mal wieder Nachtschicht.

Sie hatte die Ausbildung, war in ihrem Fach gut und konnte diesbezüglich Erfolge vorweisen. Ihr Chef Prof. Dr. Gabriel hatte vollstes Vertrauen in ihre fachliche Qualifikation. Aber nicht nur deshalb hatte er sie eingestellt. Julianne war ein guter Teamplayer, ihre größte Stärke lag aber im Umgang mit den Patienten.

Als das Handy auf ihrem Wege ins Schlafzimmer in ihrer Hand zu vibrieren begann, ließ sie das Gerät vor lauter Schreck zu Boden fallen. Worauf es unter den Kleiderschrank im Flur verschwand.

»So ein Mist.«

Schnell versuchte sie auf allen Vieren nach dem Handy zu greifen und fischte es mit ihren Fingern unter dem alten Holzschrank hervor, aber es war zu spät. Der Anrufer hatte aufgelegt.

Sie sah aufs Handy. Zwei Anrufe in Abwesenheit und eine SMS, stand in großer Schrift auf dem Display. Sie aber hatte nur einmal das kleine Ding gehört.

19.01 Uhr Anruf Lee Romero, 19.03 Uhr SMS Lee Romero. 23.54 Uhr Anruf Dylan. Julianne öffnete die SMS ihrer Freundin.

Habe dich nicht erreicht. Bin am Sonntag in Charlotte. Kann ich vorbeikommen? Lee.

Schnell tippte Julianne ein Ja ein und schicke die SMS ab. Nur der Anruf von Dylan machte ihr Sorgen. Schnell wählte sie seine Handynummer. Nach zwei Freizeichen hob er ab.

»Schwesterchen, wieso bist du nicht rangegangen?«

»Ich habe mich erschrocken und dieses blöde Ding ist mir auf den Boden geknallt. Und was gibt es bei dir?«

»Ich habe heute den zusätzlichen Prüfungsteil bewältigt.«

Julianne wurde hellhörig.

»Und?«, fragte sie zögernd nach.

»Bestanden, als Drittbester von über zwanzig Teilnehmern.«

»Wahnsinn, Wahnsinn Dylan! Du bist der beste Bruder auf der Welt. Das müssen wir feiern! Wann bist du zurück?«

Jetzt wurde es seltsam still in der Leitung.

»Dylan?«

Zögernd antwortete Dylan seiner Schwester.

»Ja, ich bin noch da. Aber ich komme wie gesagt erst nächste Woche. Ist das ok für dich?«

Julianne begann zu lachen.

»Und wie, Dylan. Ich bin mächtig stolz auf dich«, schrie sie fast schon übermächtig laut in den Hörer.

»Dylan, bevor ich es vergesse. Was hältst du von Lees Idee, das Barbecue, auf die Straße auszuweiten?«

»Wie auf die Straße ausweiten? Stellen wir den Grill nicht auf den Rasen?«

»Nein«, rief sie laut lachend in den Hörer.

»Wir veranstalten ein kleines Straßenfest. Ich muss nur noch die Nachbarn dazu bewegen mitzumachen.«

»Julianne, wir wohnen jetzt schon sehr lange in Blue Rock Stadion, oder?«

Seine Schwester nickte für ihn unsichtbar am anderen Ende der Leitung.

»Die Parkers wohnen direkt neben uns. Und nicht mal die kennen wir richtig. Na, wie war noch mal der Name des älteren Ehepaares links neben uns, die jeden Donnerstag zur Dialyse fahren?«

»Du meinst die Kaufmans?«

»Richtig.«

»Hast du den älteren Herrschaften irgendwann mal einen Blumenstrauß aus deinem Garten gebracht?«

Julianne wurde still. Jetzt erst bemerkte sie, wie jeder sich der Nächste ist, ohne seine Mitmenschen zu beobachten. Dylan hatte Recht. Ein Blumenstrauß brach niemand einen Zacken aus der Krone. Sie fasste sich schnell und konterte.

»Dylan, genau deshalb hatten Lee und ich die Idee. Wir sprechen jeden an. Jeder kann tun und lassen was er möchte. Wer will, macht mit und wer nicht will bleibt einfach weg, zwingen will ich keinen. Die Idee ist doch gut, oder nicht?«

»Juli, ein schöner Ansatz und ich unterstütze dich dabei, nur warte damit bis ich in sechs Tage zurück bin, ok?«

»Danke Dylan, ich wusste du bist dabei. Du kümmerst dich um den Grill?«

»Klaro, wie immer. Aber jetzt geh erst einmal ins Bett, du hast morgen Nachtschicht, richtig?«

Knurrig stimmte Julianne ihm zu, nicht ohne ihm vorher eine wundervolle Nacht zu wünschen. Sie wollte gerade ins Bett gehen als noch eine SMS von ihm kam.

Hat sich die Sache mit deinem Autoschlüssel geklärt?

Julianne sendete ein, *alles ok* zurück. Sie wollte ihren Bruder nicht unnötig mit ihren kleinen Problemen belasten, sie beließ es dabei und ging zu Bett.

Julianne wachte früh auf. Nach einem kurzen Frühstück griff sie sich die Blumenschere und ging hinten in ihren kleinen Garten. Liebevoll schnitt sie farbenfrohe Blumen für einen Strauß ab, flitzte ins Haus, band eine Schleife herum und schlenderte mit dem Blumenstrauß auf die Veranda.

Schräg gegenüber, hundert Yards entfernt stand ein Auto auf der Straße. Ein alter, in die Tage gekommener schwarzer Mustang mit abgedunkelten Scheiben. Am Auspuffqualm konnte sie erkennen, dass der Motor noch lief. Sekundenlang starrte sie zu ihm hinüber. Sie hatte keine Zeit sich mit jemandem zu beschäftigen, der die Umwelt verschmutzte, sie hatte eine andere Aufgabe zu erledigen.

Julianne setzte sich in Richtung Nachbarhaus in Bewegung. Sie stand vor der Eingangstür und klopfte. Drei Mal berührte der Knöchel ihres Zeigefingers die Türe. Nichts geschah. Julianne drehte sich nach kurzem Warten um und wollte gerade gehen, als sich mit einem leisen Quietschen die Eingangstür öffnete. Eine hagere alte Dame mit grauem Haar und leuchtenden blauen Augen öffnete ihr die Türe. Die Frau, zierlich an Gestalt lächelte sie an und fragte leise: »Ms, was kann ich für Sie tun?«

»Äh… Mrs Kaufman, ich bin Julianne Peaches-Shappert von nebenan. Ich wollte Ihnen und Ihrem Mann eine kleine Freude bereiten.«

Julianne streckte ihr den Blumenstrauß entgegen.

Mit einem: »Danke! Kommen Sie doch herein«, bat sie Julianne ins Haus. Dies hatte Julianne nicht erwartet.

Im Inneren des Hauses schien die Zeit stehen geblieben zu sein. Alte Möbel, Bilder und Gegenstände säumten den Raum. Liebevoll schien alles von dem alten Ehepaar in Schuss gehalten zu werden. Schwere, abgegriffene Ledersitze und ein Klavier aus vergangener Zeit setzten bei Julianne Emotionen frei.

»Wow!«

Julianne sah sich um, während Mrs Kaufman in die Küche ging und eine Blumenvase organisierte.

»Ms Peaches-Shappert, vielen Dank für den schönen Strauß, aber womit habe ich den verdient?«, kam es aus der Küche.

Unterdessen Julianne nach einer Antwort suchte, kam aus der Küche ein Angebot von der alten Dame.

»Wie wäre es wenn Sie mich einfach Beth nennen würden?«

Julianne lächelte, als Mrs Kaufman mit einer schweren Kristallvase in Händen aus der Küche kam.

»Ok, aber dann nennen Sie mich bitte aber auch nur Juli. Einfach Juli.«

Beth nickte mit einem Grinsen im Gesicht.

»Beth, ist dein Mann nicht zuhause?«

Beth liefen kleine Tränen übers Gesicht.

»Fred, Gott habe ihn selig«, dabei bekreuzigte sie sich.

»Fred ist vor zwei Jahren verstorben.«

Julianne, schien ins Fettnäpfchen getreten zu sein.

»Fred fehlt mir so.«

Julianne ging auf Beth zu und umarmte sie fürsorglich.

»Tut mir leid, Beth.«

Nach einigen Sekunden, versuchte Julianne ihre Nachbarin zu ermuntern.

»Beth, was hältst du von einem Straßenfest?«

Verwundert löste sich Beth aus Juliannas Armen.

»Ein Straßenfest, wie früher? Wirklich ein Straßenfest. Wann gehen wir hin?«

Ihre Augen begannen, von einem Moment auf den nächsten zu strahlen. Julianne verstand nur ihre Worte nicht.

»Wie? Hat es früher auch schon Straßenfeste gegeben?«

»Kindchen, seit dem Mittelalter gibt es die. Früher in den 80er Jahren hatte jede größere Gemeinde Flohmärkte, Gassenfeste, Fischerfeste oder Ähnliches veranstaltet. Das war damals ein Renner. Wieso fragst du?«

Julianne sah ihr in die Augen und ergriff sie bei den Händen.

»Beth, was hältst du davon, wenn wir in unserer Straße, ein solches Fest auf die Beine stellen. So wie früher? Du bist meine Straßenfestberaterin.«
Beth entwickelte ungeahnten Elan und tanzte im Wohnzimmer herum.

»Juhu wir machen ein Straßenfest wie früher. Ja, das wird ein Knaller.«

»Beth, ich muss noch Besorgungen erledigen. Was hältst du davon, wenn ich heute Nachmittag zum Kaffee vorbeikomme?«

»Versprichst du es mir?«

»Versprochen Beth, in drei Stunden bin ich zurück, Ehrenwort.«

Beth ging noch mit ihr vors Haus und verabschiedete sich winkend. Julianne rannte über ihren Rasen zurück zu ihrem Haus. Ein Blick zur Straße verriet ihr, das geparkte Auto von vorhin war weg. Schnell schloss sie die Türe auf, griff sich eine Einkaufstasche, den Einkaufszettel und verschwand in der Garage.

Zwei Stunden danach stand sie bepackt vom Einkauf in ihrer Küche. Sie hievte die Tüten auf den Tisch und sah aus dem Fenster zum Nachbarhaus hinüber. Beth, die ihr sonst nie auffiel, sah ebenfalls gerade aus ihrem Fenster. Lächelte herüber und winkte ihr zu.

Julianne verstaute ihren Einkauf und sah nochmal aus dem Fenster. Dabei fiel ihr die Schaukel auf ihrer

Veranda auf, die sich hin und her bewegte, obwohl kein Lüftchen sich regte. Niemand war zu sehen. Außerdem entdeckte sie etwas auf der Schaukel, welches einem Zettel glich. Neugierig ging sie hinaus, um nachzusehen.

Auf einem Notizzettel einer Autofirma, von deren Existenz Julianne noch nie was gehört hatte, stand ein mit Füllfederhalter geschriebener Satz: Es ist schön zu sehen, dass es die Nachbarschaftshilfe noch gibt. Julianne sah sich um. Gerade kam Beth aus ihrem Haus und winkte abermals ehe sie zu ihr herüberlief.

»Kindchen, vergiss mich nicht. Ich habe uns einen Kuchen gebacken und ich mache uns einen Kaffee.«

»Ja Beth, ich muss nur noch in der Küche klar Schiff machen, dann komme ich rüber.«

Nach diesen Worten verschwand Beth Kaufman wieder in ihrem Haus. Julianne ging mit dem Zettel in der Hand zurück in ihre Küche.

Sie sah sich die Notiz genauer an. Die Zeilen waren auf einem alten Geschäftspapier, einer gewissen Bens Auto Garage, geschrieben. Sie googelte nach dem Namen in ihrem Handy. Erfolglos. Der letzte Eintrag darüber schien uralt zu sein. Die Firma gab es seit über 24 Jahren nicht mehr.

Wer würde noch mit Tinte schreiben, ging es ihr irritiert im Kopf herum. Die mit Füller geschrieben Schreibschrift auf dem Dokument, wies trügerisch auf ihre Nachbarin Beth Kaufman hin. Aber weshalb sollte sie so was tun? Beide würden sich in einer Viertelstunde sehen. Wollte sie sich bedanken oder gab es wieder einen heimlichen Stalker in Juliannas Leben? Julianne steckte den Notizzettel in ihre Hosentasche. Sie wollte dem Ganzen auf den Grund gehen. Erst wenn sie mehr Fakten gesammelt hätte, würde sie die ältere Dame damit konfrontieren.

Julianne ging hoch ins Bad, wusch sich kurz die Hände, band sich einen Pferdeschwanz und ging hinüber zu Beth Kaufmans Haus.

Die Tür stand offen. Ein Duft von Kaffee und Kuchen kam ihr entgegen.

»Juli, komm rein. Ich lasse gerade den Kaffee durch.«

Aus der Küche kam ein leises Blubbergeräusch. Beth ergriff sie bei der Hand.

»Kleines hast du schon mal frisch aufgebrühten Kaffee getrunken?«, grinsend sah sie dabei Julianne an.

»Dort oben im Schrank sind die Teller und Tassen. Bringst du sie uns bitte ins Wohnzimmer?«

Julianne nickte und folgte den Anweisungen von Beth. Die Dame bückte sich und zog die Klappe des Herdes auf. Sie zog die Schublade hervor, ergriff mit einem Geschirrtuch die Backform und stülpte sie mit Schwung auf einen übergroßen Teller. Heraus kam ein wunderschöner Marmorkuchen.

»Wow, ein echter Marmorkuchen.«

Beth sah sie fragend an.

»Ein echter Marmorkuchen? Juli, gibt es Unechte?«

»Ich meinte einen echten, greifbaren Marmorkuchen, weil ich Marmorkuchen nur aus dem Internet kenne.«

Beth schüttelte den Kopf.

»Das meinte ich. Die Kinder haben heute nur noch ihre Handys und Schnickschnack im Sinn. Wir haben noch bei Mutter backen und kochen gelernt.«

Schulmeisterhaft hob Beth den Zeigefinger.

»Juli, wir müssen noch kurz warten bis der Kuchen abgekühlt ist. Dann können wir Puderzucker drüberstreuen. Ich gehe hoch, mach mich kurz frisch und du kannst dich so lange umsehen, wenn du möchtest.«

»Darf ich?«

»Nur zu Kindchen, sieh dich um. Wenn ich nicht mehr bin, wird all dieses Zeug sowieso weggeworfen.«

Beth wandte sich um und ging langsam die Treppe hoch. Julianne sah sich um. Alte Fotos reihten sich auf dem Kaminsims aneinander. Abgegriffene Bücher und ein kleines Teeservice fand seinen Platz auf einem alten Wohnbüffet.

Ein handgeschnitzter Sekretär, an der Türe zum Nebenraum weckte ihr Interesse. Zwei kleine Tintentiegel standen oben auf. Julianne drehte an dem Schlüssel, der in der geschlossenen Lade steckte. Mit einem markanten Klack, löste sich der Verschluss. Langsam zog Julianne die Klappe nach oben. Sorgsam, mit einem rosa Band verschnürt, lagen alte Briefe vor ihr. Tintenfüller und parfümiertes Briefpapier ließen auf einen regen Briefwechsel schließen. Julianne griff nach dem Füllfederhalter und strich mit der Fingerkuppe über das alte Papier. Feucht, stellte sie erstaunt fest, nachdem sie einen alten Notizblock mit der Aufschrift von Bens Auto Garage erblickte. Kein Zweifel, die Notiz auf ihrer Schaukel musste von Beth kommen. Nur weshalb sollte die alte Dame so etwas tun? Julianne entschloss sich, Beth später danach zu fragen.

Gerade als sie den Sekretär verschlossen hatte, fiel ihr Blick in das angrenzende Zimmer in dem Freds Rollstuhl stand.

Beth hatte sie ermuntert sich alles anzusehen. Wieso dann nicht die Nebenräume? Mutig betrat sie angrenzenden Raum.

»Was zur Hölle ist das?«

In der Mitte des Raumes, es schien eine Art Arbeitszimmer zu sein, lagen auf einem großen runden Tisch, zahlreiche alte Schriften herum.

Julianne hörte Schritte auf der Treppe und keine Minute später stand Beth in einem schwarzen Kleid mit weißen Punkten neben ihr. Die Haare nach oben gesteckt wirkte sie wie eine Lady aus früheren Zeiten. Julianne lächelte sie an.

»Hast du Freds Hobby gefunden? Ahnenforschung war seine Leidenschaft.«

Beth sah sie mit großen Kulleraugen an.

»Der Kuchen Juli, komm der Kaffee wartet. Wenn du möchtest, kannst du dir jeden Tag das alte Zeug ansehen.«

Julianne setzte sich an den kleinen Küchentisch und sah Beth zu, wie sie mit einem feinen Teesieb, den Puderzucker über dem frischen Marmorkuchen verteilte. Schnell war der Kuchen angeschnitten und von den beiden Frauen verkostet. Julianne strahlte Beth an, dabei bemerkte sie deren eindringlichen Blick.

»Ist was Beth? Habe ich was falsch gemacht?«

»Nein, nein Juli, ich genieße seit langer Zeit wieder die Gesellschaft einer anderen Person. Und schöne noch dazu.«

Julianne lächelte verschämt.

Sie machte sich selbst Vorwürfe. Sie wohnte nahezu eine halbe Ewigkeit in Rock Hills und hatte die beiden Alten nie beachtet. Bis heute. Julianne nahm Beths Hand und drückte sie.

Während sie so saß, blicke sie sich neugierig um. Sie sah Dinge, die sie faszinierten.

»Oh Beth, was ist das denn?«

Juli stand auf und lief zu einem winzigen, filigran gearbeiteten Tischchen hinüber. Dort stand etwas unscheinbar, zwischen zwei Porzellanpüppchen eine kleine Kiste. Julianne hatte sie zuerst nicht gesehen, erst nachdem sie eine der kleinen Puppen anhob, hörte sie zwei, drei winzige Töne. Wie hypnotisiert sah sie auf eine kleine Holzkiste, die einer Spieluhr mit einer winzigen Kurbel glich. Beth, die hinter Julianne stand, bemerkte wie die junge Frau ihren Blick nicht mehr von der kleinen Kostbarkeit wenden konnte.

»Juli, was ist los?«, wollte sie von ihr wissen, während sie Julianne an der Schulter berührte.

»Darf ich?«, kam es zaghaft von ihr, ohne den Blick von dem kleinen Kasten abzuwenden. Beth nickte. Julianne nahm das Kästchen in ihre Hände und öffnete vorsichtig den Deckel. Eine kleine hölzerne Ballerina, kunstfertig bemalt, mit einem Stoff-Tütü um ihre zierlichen Hüften, kam zum Vorschein. Julianne drehte an der Kurbel. Als die Ballerina sich zu einer Melodie im Kreise drehte, begann Julianne zu weinen. Beth wusste nicht was los war. Sie konnte sich keinen Reim darauf machen. Schluchzend stellte Julianne die musizierende Spieldose zurück und suchte Trost an Beths Schulter. Erst nachdem die Musik verstummt war, begann Julianne plötzlich zu lachen. Man konnte noch Juliannas Tränen sehen. Mit dem Handrücken versuchte sie sich die Tränen aus dem Gesicht zu wischen.

Irritiert sah Beth sie an.

»Möchtest du mir erklären, was los ist?«

»Glaube mir, ich hatte nie was mit einer Spieluhr zu tun. Aber irgendwie höre ich eine Spieluhr in meiner Erinnerung. Ich sah es, sozusagen vor meinem geistigen Auge. Ein tanzender, kleiner Bär war hinter der Klappe in der Spieluhr versteckt.«

Sofort wechselte ihre Stimmung von himmelhoch jauchzend zu Tode betrübt. »Oh Mann«, begann sie sich über sich selbst zu ärgern.

»Ich kann mich nicht mal an meine Eltern erinnern. Ich meine nicht meine Adoptiveltern, meine richtigen Eltern.«

Wieder begann sie zu weinen.

»Ich habe kaum Erinnerungen an meine Kindheit, aber diese verdammte Spieluhr. Jetzt kann ich mich zumindest mal an etwas erinnern«, versuchte sie halb weinend, halb lachend das Geschehene abzutun.

»Ach, was soll's. Vergangenheit ist Vergangenheit. Wir leben ja schließlich jetzt, nicht wahr Beth?«

Beth versuchte sie abzulenken.

»Was hält die junge Dame davon, wenn wir das Straßenfest gemeinsam durchboxen. Und wir könnten nebenbei auch noch einen kleinen Garagenflohmarkt veranstalten.«

»Einen Garagenflohmarkt? Was zur Hölle ist denn ein Garagenflohmarkt? Habe ich was in meinem Leben verpasst?«

Beth nickte ihr zu.

»Früher, hat jeder sein überflüssiges Zeug, einmal im Jahr vor die Garage gestellt und zum Kauf angeboten. Wie auf einem Jahrmarkt.«

»Gute Idee, wieso nicht«, stimmte sie ihrer Nachbarin vorbehaltlos zu.

»Ich frage drüben bei Lessly mal nach, die hat bestimmt noch jede Menge altes Zeug. Wir könnten den Erlös ja spenden, oder nicht?«

»Klaro!«

Julianne hörte im Flur die große Standuhr schlagen.

»Verdammt Beth, wie die Zeit vergeht. Ich muss rüber und später noch zur Arbeit fahren.«

»Du arbeitest nachts?«

»Ja, ich vertrete eine Kollegin im psychiatrischen Krankenhaus in Charlotte. Leider nur in der Nachtschicht. Sorry Beth, ich muss rüber, sonst komme ich zu spät.«

»Was hältst du davon, wenn du morgen zu uns rüberkommst. Morgen ist Samstag und meine Freundin kommt vorbei. Ich stelle sie dir gerne vor.«

Julianne griff in ihre Tasche, um nach ihrem Handy zu suchen, welches aber drüben noch immer auf dem Küchentisch lag. Sie fischte dabei den kleinen Zettel hervor, den sie auf der Schaukel ihrer Veranda fand.

»Meinst du deine Freundin vom FBI?«

»Woher weißt du…?«

»Juli, ich bin kein Dummerchen. Zwar alt, aber nicht verkalkt. Wenn zwei Personen, wie im Film mit schwarzen Anzügen und Sonnenbrillen in eurer Auffahrt parken, können es nur Gesetzeshüter sein. Und wenn sie dich herzlich umarmt, kann es ja nur eine Freundin sein, richtig?«

»Gute Schlussfolgerung, Lady. Diese Freundin, wird irgendwann vorbeikommen. Komme doch dann einfach auch bei mir vorbei.«

Beth nickte. Als Julianne auf den kleinen Zettel sah, konnte sie nicht anders.

»Hast du diesen Zettel auf meiner Schaukel abgelegt?«

Beth nahm das kleine Blatt in ihre Hände.

»Mit Tinte geschrieben, schöne Schrift, aber nicht von mir, tut mir leid Juli.«

Sie gab das beschriebene Blatt an Julianne zurück.

Julianne beließ es dabei. Wusste sie doch genau, dass vor kurzem mit dem Füllfederhalter, der bei Beth lag, geschrieben wurde. Aber war es wirklich dieses Schreibgerät und Beth die Verfasserin des Zettels? Oder hatte sie ein dunkles Geheimnis?

Julianne wollte die neue Freundschaft der beiden Generationen, die eben erste Früchte trug, nicht unnötig mit Vermutungen belasten. Sie verabschiedete sich von ihrer Nachbarin, die versprach, wenn Lee da wäre bei ihr vorbeizusehen. Hastig rannte Julianne über den Rasen, zurück zu ihrem Blockhaus.

Julianne hatte nicht mehr viel Zeit. Sie packte ihre Tasche und einen Snack für die lange Nacht. Der Wetterdienst sagte eine schwülheiße Nacht mit leichten Wärmegewittern voraus. Als sie gedankenversunken die Garagentür öffnete, glaubte sie zu träumen.

Ich hatte doch das Verdeck offen gelassen.

Fein säuberlich stand ihr Auto mit geschlossenem Verdeck vor ihr. Jetzt begann sie, an ihrem eigenen Erinnerungsvermögen zu zweifeln. Sie war sich sicher mit offenem Verdeck in die Garage gefahren zu sein. Kopfschüttelnd schloss sie die Fahrertür auf und stieg ein.

FBI Akten

Patty Levar, die Bedienung des Diners, bewegte geradewegs ihren süßen Hintern von der Theke in Richtung der großzügig angelegten Sitzplätze. Mit einer Kanne Kaffee in Händen schlenderte sie zielstrebig auf Tisch neun zu.

Mit ihrer rosa gestreiften Schürze, die kaum den Saum ihre kurzen Hotpants bedeckte, blieb sie vor dem Gast stehen, der bereits zum vierten Mal den Diner aufsuchte, während sie ungeniert auf ihrem Kaugummi herumkaute.

Sie stützte ihre linke Hand an ihrer wohlgeformten Hüfte ab und begann den Gast anzusprechen.

»Mister, möchten Sie noch einen Kaffee oder haben Sie einen anderen Wunsch?«

Als sie den Fremden ansah, spürte Patty es so richtig knistern, ohne dass dieser ein Wort gesprochen hatte. Wie ein hypnotisiertes Kaninchen klebte ihr Blick förmlich an ihm.

Für sie und dies sollte was heißen, war Trash der Junge von der Telefongesellschaft, was Lippen und Körperbau betraf, bis dato ihr einsamer Favorit. Aber für Patty Levar befanden sich in diesem Moment, genau vor ihr an Tisch neun, die wundervollsten, männlichsten Lippen des Universums. Der Fremde hatte längere Haare, einen fünf Tage Bart im Gesicht, gepflegte Hände, breitschultrig und sah verdammt gut aus.

Solche stattlichen Kerle waren nicht oft Gast im Diner. Nur die Typen die einem nichts zu bieten hatten, kamen hier viel zu oft vorbei. Eines allerdings beschäftigte sie bereits seit Tagen. Der Fremde, der anscheinend neu in der Stadt Charlotte war, nahm selbst in dieser Hitze nie seinen Mantel ab.

Er saß stets unauffällig am äußersten Ende des Raumes. Hinter ihm waren nur noch das WC, der Abstellraum und der Hintereingang. Sein Blick war meist nach draußen gerichtet. Es hatte den Anschein, als würde er auf jemanden warten.

Oftmals bemerkte Patty, wie er seinen Blick durch die riesigen Glasflächen des Diners zur anderen Straßenseite richtete. Gegenüber gab es nicht viel. Geschäfte, ein Postoffice und….

Jetzt glaubte Patty zu wissen, weshalb er hier saß. Sie schluckte heftig.

Die Bank. War es die Bank nach der er sah?

Der Fremde, blickte unentwegt zur gegenüberliegenden Straßenseite.

War er ein Ganove, ein Verbrecher?

Patty verwarf diesen grotesken Gedankenzug, während der Gast ihr seine Tasse entgegenstreckte.

»Kann ich bitte noch eine Tasse Kaffee haben?«

Patty hätte es dabei fast umgehauen, so überwältigt schien sie von dem Typ und seiner rauchiger Stimme zu sein. Ohne eine Äußerung füllte sie seine Tasse.

In diesem Moment betraten einige Halbstarken das Diner und gingen lachend an den Tresen. Patty sah ihrem Gast in die Augen und zwinkerte ihm zu.

»Fremder, wenn Sie einen Wunsch haben…«, dabei beugte sie sich über den Tisch, sodass ihre verpackten Brüste, den Gast fast ansprangen.

»Rufen Sie einfach nach Patty, Sir.«

Der Fremde zwinkerte zurück, während er ihr Namensschild am Revier der Schürze las.

»Patty, ich komme auf Ihr Angebot zurück, versprochen.«

Das blieb nicht unbemerkt. Jeder in der kleinen Stadt kannte Pattys Vorzüge.

»Patty, wir haben hier vorne Gäste. Würdest du deinen Hintern hierher bewegen?«, kam es mit barschem Ton von der Theke. Patty Levar wandte sich um, nicht ohne ihren Po und ihre langen Beine vorteilhaft in Szene zu setzen, bevor sie von Tisch neun verschwand.

Der Gast im Ledermantel griff nach der kleinen Speisekarte, ohne sie wirklich zu lesen. Sollte er etwas frühstücken? Ein richtiges amerikanisches Breakfast käme da jetzt genau richtig.

Er suchte den kurzen Blickkontakt mit Patty, die damit beschäftigt war, die Bestellung ihrer jungen Gäste aufzunehmen. Die Jungs setzten sich, ohne zu grüßen an den Nachbartisch des Fremden. Grimmig sah der ihnen in die Augen. So als hätte er zumindest ein freundliches Hallo von ihnen erwartet.

Keine zehn Minuten später kam Patty mit einem großen Serviertablett zwinkernd an seinem Tisch vorbei und setzte die bestellten Speisen vor den Halbstarken ab. Grölend freuten sie sich über das Essen und bedankten sich bei der Bedienung. Die mit einem Lächeln und einem überfreundlichen: »Lasst es euch schmecken Jungs«, deren wieder Tisch verließ.

»Patty, kann ich bei Ihnen ein Breakfast bestellen?«

Mit einem galanten Hüftschwung drehte Petty sich in Richtung des Fremden der an Tisch neun saß.

»Kommt sofort Fremder, fünf Minuten, ok?«

Am Tresen angekommen notierte sie die Bestellung und reichte sie dem Inhaber, der am Herd stand.

Wenige Minuten später, kam Patty mit einer Kanne frisch gebrühten Kaffee und einem beladenen Serviertablett zurück.

»Guten Appetit.«

Noch bevor sie sich mit der leeren Kaffeekanne und einem eleganten Hüftschwung zum Nebentisch aufmachte, folgte ihre Zunge ihren Lippenrändern. Was einer eindeutigen Aufforderung gleichkam.

Am Nebentisch brach wiederholt helles Gelächter aus, welches der Fremde mit Argwohn beobachtete. Wollte er doch in Ruhe sein Frühstück genießen.

Seine Muskeln spannten sich von einer zur anderen Sekunde. Er konnte kaum was dagegen tun. Vielleicht war dies nur die gewohnte Reaktion auf frühere, ähnliche Situationen in seinem Leben.

Die Jungs nebenan lachten ungeniert, turtelten mit der Bedienung und einer der Jugendlichen grapschte nach Pattys Oberschenkel. Nicht einfach so, nein. Man konnte sehen, wie sich seine schmalen Finger in das Fleisch ihres Schenkels gruben. Ein leichter Tatsch, darüber hätte sich der Fremde nicht aufgeregt, aber dieser Griff wurde für sein Empfinden zu stark ausgeführt.

Ihre Reaktion darauf, folgte sofort.

»Aua, du tust mir weh! Verdammt, Roy nehme deine kleinen Wichsgriffel von meinem Schenkel! Du kleiner lüsterner Sack, lass mich los.«

Aber als dies nichts brachte, reagierte der Fremde vom Nebentisch.

Wie von einer Sprungfeder getrieben schnellte der ominöse Gast von seinem Platz auf, stellte sich hinter Patty, griff nach den Fingern des Jugendlichen und vergrub sie in seiner eigenen Hand, währenddessen er diese fest zusammendrückte.

»Junge, nimm die Finger von der Lady. Ich will nur in aller Ruhe Frühstücken, aber wenn du möchtest, geht es auch anders.«

Blitzschnell schlug er dabei die Hand des Jugendlichen, der ihn mit weit aufgerissenen Augen ansah, auf den Tisch. Schnappte sich die Gabel vom seinem Teller und schlug sie neben seinen Fingern in die hölzerne Tischplatte. Jetzt beugte er sich zu ihm herunter und flüsterte ihm ohne Umschweife eine kleine Drohung ins Ohr.

»Junge, du isst jetzt brav und leise auf, und wenn dein Blick an der Bedienung hängenbleibt, ramme ich dir die Gabel entweder in deine Finger oder ins Auge, such es dir aus, verstanden?«

Zitternd wie Espenlaub nickte der Jugendliche.

Daraufhin ging der Fremde ohne ein weiteres Wort von sich zu geben die zwei Schritte zu seinem Tisch zurück. Alle atmeten auf.

»Alle Achtung Fremder, danke. Bekomme ich dies auch mal in Zeitlupe zusehen? Ich bin beeindruckt.«

Der Fremde begann zu grinsen, ehe er einen Schluck vom köstlichen Kaffee nahm. Die ganze Sache schien so schnell gelaufen zu sein, dass kaum jemand im Diner den Zwischenfall bemerkt hatte.

Zielstrebig ging Patty zur Theke zurück, um mit ihrer Kollegin zu tuscheln.

Mit seinem letzten Schluck Kaffee spülte Pattys edler Samariter den letzten Happen seines Frühstücks hinunter. Gesättigt schlug er mit den Handflächen auf seinen Bauch, als sein Blick abermals zur Straße wanderte.

Auf diejenigen, die von draußen auf den Eingang zusteuerte, hätte er liebend gern an diesem Tag verzichtet. Sheriff O´Neil, gefolgt von zwei schwarz gekleideten Beamten mit Sonnenbrille, drückte die Türklinke herunter.

Der Fremde erkannte die Beamten. Es war Special Agent Lee Romero und Max Peterson. Er wechselte seinen Sitzplatz und rutschte dabei nach rechts. So konnten die Beamten ihn hinter der Gruppe der Jugendlichen kaum sehen, aber er würde sie zumindest hören.

Die kleine Gruppe lief zügig an der Biertheke entlang, während der Sheriff, dem Besitzer etwas zurief.

»Hank, drei Kaffee bitte.«

»Geht klar, Sheriff, Kaffee kommt gleich.«

Lee Romero hielt einen Stapel Akten in Händen, den sie auf dem Tisch vor sich ablegte.

Special Agent Peterson berichtete dem Sheriff von den Morden in den ganzen USA die nie aufgeklärt wurden, und von den mysteriösen und seltsamen Todesfällen, deren Akten das FBI unter Verschluss hielt.

Sie berichtete ihm, dass einunddreißig Gerichtsfälle im Umkreis von 500 Meilen, ihrer Meinung nach nicht konsequent genug verhandelt wurden. Die Fälle seien zwar vom normalen Menschenverstand aus betrachtet glasklar gewesen. Aber hier in den Staaten legte ja immer die Grand Jury und der zuständige Richter das Strafmaß fest. Jeder der abgeschmetterten Fälle, so dokumentierte es die Aktenlage, zog Jahre später eine blutige Spur hinter sich her. Und keiner davon war ein Mord.

Lee sah den Sheriff mit zusammengekniffenen Augen etwas seltsam an, bevor sie zum Thema kam.

»Sheriff O´Neil, finden sie diese Tatsache nicht auch seltsam? Ok, nehmen wir….«

Lee Romero zeigte dabei auf ein Foto.

»Hier, die gefundenen Finger von Marla Elttely. Laut forensischer Untersuchung hatte sie sich selbst das

Leben genommen. Wieso? Dies alles ist für mich höchst fragwürdig, für Sie nicht?«

Sheriff O´Neil zuckte ratlos mit den Schultern.

»Es müsste doch irgendwo Zeugen geben. Aber wir haben nichts. Ja ok, einen vagen Namen, den eines Buchschreibers, Kelep Freeborn. Unseren Unterlagen zur Folge, weisen sie auf jemanden hin, der mit ihm bei der Armee war. Ein gewisser Ethan Dale aus Texas soll es gewesen sein. Alten Kinderheimakten von ihm sind erhalten. Aber auch er ist wie vom Erdboden verschluckt. Und es kommt noch schlimmer. Laut Armeeunterlagen starb er und Kelep Freeborn im Kampfeinsatz. Nun frage ich Sie Sheriff, waren beide Zeugen oder Tatverdächtige?«

Patty Levar wurde in diesem Moment auf den Fremden aufmerksam, der sichtlich nervös auf seinem Platz saß und mit einem Bierdeckel spielte. Sie gab sich einen Ruck.

Wenn nicht jetzt wann dann.

Sie musste raus zum kleinen Kühlcontainer hinter dem Haus, um frisches Eis aus dem Crusher zu holen. Mit einem größeren Plastikbehältnis in Händen schlenderte sie an seinen Tisch. Augenzwinkernd sah sie ihn an.

»Na Fremder, alles klar? Ich muss zum Container. Hast du Lust?«, dabei machte sie eine Geste, die der Fremde verstand.

Einen Moment später wurde es am Nebentisch ruhiger. Der Fremde sah hinüber und für den Bruchteil einer Sekunde in Lee Romeros Gesicht.

Es schien jetzt mit seinen guten Vorsätzen vorbei zu sein. Er stand auf, bevor die Situation ihm zu entgleiten schien. Er schnappte sich Patty, die einen Kopf kleiner war wie er, umfasste ihre Taille und küsste sie stürmisch.

»Was hältst du von einem Quicky?«, war seine leise Frage, bevor er sie wortlos auf seine Arme hob und zur Hintertüre hinaustrug.

Patty war perplex.

»Dort drüben der kleine Container«, flüsterte sie ihm ins Ohr, bevor der Fremde sie absetzte und die Türe hinter sich verschloss.

Desinteressiert und unbeeindruckt, sah der Besitzer des Ladens ihr hinterher. Solche Aktionen waren scheinbar in diesem Laden nichts Außergewöhnliches.

Hinter geschlossener Containertür schien ein anderes Spiel abzugehen. Wie Tiere fielen beide übereinander her. Er streifte ihr die Bekleidung vom Körper und hielt ihre Pobacken mit beiden Händen fest umschlossen. Schnell befreiten sie ihn von seinem störenden Beinkleid und nur noch lautes Stöhnen und Röcheln war in dem eiskalten Container zu hören, bevor er sie mit seinem harten Phallus zu ungeahnten Höhen der Lust beförderte.

Als sich die verschwitzten Körper, nach einer guten halben Stunde voneinander gelöst hatten, zauberte Patty mit einem Griff, hinter einem Stapel gefrorenen Rinderhacks, eine Decke hervor und reichte sie ihm.

»Ist dir kalt Fremder?«

Jetzt erst, während er sie so in seinen Armen hielt und herzhaft zu lachen begann, stellte sie ihm die wahrhaftig überflüssigste Frage die es gab.

»Hat mein Fremder denn auch einen Namen?«

»Mein Name ist Kelep Freeborn. Patty, ich habe auch eine Frage an dich. Hast du für alle deiner Lover eine Decke im Eiscontainer?«

Patty lächelte.

»Wenn schon, denn schon, Mr Freeborn. Oder möchtest du, dass dir was abfriert?«

Dabei sah sie lächelnd an dem Hünen hinab.

Nach weiteren innigen Küssen verließen beide unauffällig die kühle Behausung. Patty zog ihre Hotpants gerade und rückte ihre kleine Schürze zurecht und beschritt das Lokal durch den Hintereingang. Minutenlang begann ihr Chef zu schimpfen, ehe vor dem Diner ein 1970er-Mustang kurz anhielt und hupte, um sofort wieder aus ihrem Blickfeld zu verschwinden. Lee Romero stand wie angewurzelt da, während sie nach draußen sah.

»Der Mustang. Max, das war der Mustang von den Fotos!«

Flink blätterte sie in ihren Akten. Mit dem Handrücken schlug sie auf ein Foto.

»Verdammt, das könnte unser Wagen gewesen sein.«

Lee wurde hektischer denn je.

»Hat jemand den Fahrer erkannt?«

Max und Sheriff O´Neil standen schulterzuckend da. Lee setzte sich wieder auf ihren Platz.

»So ein Bullshit.«

Sie zeigte auf den Tisch neben den Jugendlichen. Jetzt zückte sie ihre Dienstmarke, stand auf und hielt sie in die Höhe.

»FBI, Special Agent Romero. Der Typ, der vor einer halben Stunde neben euch saß, hat den jemand gekannt? Ich meine, den mit dem langen Mantel und etwas längeren Haaren. Kannte den jemand?«

Alle schüttelten teilnahmslos den Kopf. Missmutig raffte sie ihre Akten zusammen und ging zielstrebig zur Ausgangstür des Diners, ohne zu ahnen wen sie gesehen hatte, geschweige denn zu wissen wer der Unbekannte eigentlich war. Aber Lee prägte sich sein Aussehen genauestens ein. Letztendlich stellten sich doch nur eine Fragen. War er ein Zeuge?

Kennenlernen

Der Samstagnachmittag brachte für Julianne nicht nur Sonnenschein, sondern auch viel Arbeit mit sich. Erst vor sechs Stunden war sie von der Nachtschicht zurückgekommen, als ihr Wecker sie um zwölf Uhr aus dem erholsamen Schlaf riss. Es half nichts, sie musste aufstehen.

Sie fühlte sich, wie wenn der Eilzug Dallas - New York mit vollem Karacho über sie hinweg gedonnert wäre. Kopf- und Rückenschmerzen plagten sie.

Wenn in der nächsten Woche eine Straßenparty steigen sollte, musste noch einiges erledigt werden, zumal auch Lee sich angesagt hatte. Julianne baute auf Mrs Kaufmann's Hilfe. Bestimmt hatte die alte Lady dazu bessere Ideen als sie selbst.

Der erste Einfall von ihr erschien ihr am einfachsten zu sein. Sie wählte die Nummer der Stadtverwaltung und erkundigte sich, ob in Blue Rock Hill Straßenfeste erlaubt seien.

Nach kurzer Diskussion mit der Beamtin, kam nur ein wirsches: »Ich habe zwar noch nie etwas von einem Straßenfest, geschweige von einem Garagenflohmarkt gehört. In Gottes Namen, wenn Sie so etwas durchziehen möchten, dann nur zu Ms Peaches-Shappert die Genehmigung kostet Sie fünfzehn Dollar. Wir buchen es von Ihrem Konto ab. Den Beleg senden wir Ihnen in den nächsten Tagen zu. Ist dies ok?«

Julianne schien überrascht zu sein und gab der Beamtin anstandslos ihre Kontodaten. Mit einem Schulterzucken ging sie zum nächsten Punkt ihres Projekts über.

Sie klappte ihren Laptop auf und fuhr den Rechner hoch. Sie musste bei Google feststellen, dass Straßenfeste in den USA eher zur Seltenheit gehörten.

Und über den geplanten Garagenflohmarkt machte sie sich nicht die geringsten Sorgen. Jeder hatte schließlich genug an altem Gerümpel, von dem man sich für einen kleinen Obolus, gern trennen würde. Zwei Empfänger für ihre Einnahmen schwebten ihr auch schon vor. Ein Teil sollte der kleine Privatzoo am Rande der Stadt erhalten, den anderen Teil das Waisenhaus in Pineville.

Ständig las Julianne in der örtlichen Zeitungsausgabe, dass man zu Spenden, oder zu freiwilliger Arbeit aufrief. Sah man aber die heruntergekommene Fassade des Gebäudes von der Nähe, so erinnerte es den Betrachter an nichts Fröhliches, eher an etwas Schauriges. Es gab einem das Gefühl in einem Gruselfilm zu sein.

Zur selben Zeit, während der Drucker die Vorlagen, über WLan im Nebenraum ausdruckte, klingelte es an der Tür. Julianne sah durch den Türspion und erblickte ihre Nachbarin Beth Kaufman. Schmunzelnd öffnete sie ihr die Tür.

Als die hagere kleine Dame mit einem Sonnenhut auf dem Kopf eintrat, umarmte sie diese freundschaftlich.

Beth hielt einen kleinen Notizblock fest umklammert in ihren Händen, den sie witziger Weise in die Luft hob, um enthusiastisch ihre Neuigkeiten kundzutun.

»Juli, ich habe mir gestern den ganzen Tag, über den Ablauf Gedanken gemacht.«

Noch im Flur sah Julianne das kleine Persönchen, mit fragendem Blick von der Seite aus an.

»Welchen Ablauf, Beth? Benötigen wir so etwas?«

Beth nahm Julianne bei der Hand.

»Juli, Fred sagte immer, ohne eine gute und vernünftige Organisation gibt es kein ordentliches Ergebnis.«

»Ich verstehe nicht genau, was du damit meinst. Kaffee?«

»Darf ich mich setzen?«

»Klar setz dich, wohin du möchtest. Kaffee mit Milch und Zucker?«

»Juli, bitte einfach nur schwarz wie die Nacht.«

Während Julianne die gefüllten Kaffeetassen auf den Tisch stellte, blätterte Beth mit einem kleinen Bleistift in der Hand ihr Notizbuch durch.

Julianne stoppte Beths Ansinnen.

»Mir ist was eingefallen. Ich komme gleich wieder. Ich muss mal hoch ins Arbeitszimmer.«

Ohne eine Antwort abzuwarten, flitzte Julianne nach oben, um Minuten später mit einem kleinen Packen Papier in der Küche zu erscheinen. Jetzt setzte sie sich neben Beth, die ständig zwei gedruckte Namen auf ihrem Notizblock unterstrich.

»Beth ich bin bereit. Aber wessen Namen unterstreichst du ständig in deinem Notizbuch?«

Beth seufzte.

»Die Namen meine Kinder. Luther arbeitet bei dieser Firma im mittleren Westen«, dabei zeigte sie auf das Firmenlogo.

»Und Clarissa ist Dozentin an der medizinischen Fakultät in Westpoint. Leider sehe ich beiden nur selten. Schade, aber jeder lebt ja sein eigenes Leben, nicht wahr? Da ist man doch froh, so ein junges Ding wie dich, zur Nachbarin zu haben.«

Julianne sah Beth verständnisvoll an und lächelte.

»Ich war seit gestern auch nicht ganz untätig. Sieh her, ich habe Flyer gedruckt, die jeden zum Event einladen.

Wer möchte, kann eine eigene Grillparty mit Freunden oder Nachbarn veranstalten. Und wer nicht will, der geht einfach zum nächsten Nachbarn. Auch an deinen Garagenflohmarkt habe ich gedacht. Bestimmt hat jeder altes Gerümpel im Keller oder in der Garage stehen und möchte dies für ein paar Penny loswerden. Aber der Clou dabei ist…«

Julianne zeigte auf ihre eigenen Notizen.

»Wer möchte, spendet einen Teil der Einnahmen dem kleinen Privatzoo vor Blue Rock Hill. Den anderen Teil dem Waisenhaus an der Downs Rd., gleich da, wo man die 485 verlässt und es nach Pineville reingeht. Beth, kennst du die Einrichtung?«

»Klar kenne ich das Waisenhaus. Steht der alte Kasten überhaupt noch? Ist der nicht abgerissen worden? Dort als Waisenkind zu leben macht bestimmt keinen Spaß.«

»Natürlich gibt es noch das alte Waisenhaus. Deren Besitzer freuen sich bestimmt über jede noch so kleine Spende.«

»Juli, sieh mich nicht so an. Ich bin dabei. Wie wäre es, wenn die ganze Straße eine Patenschaft für ein Jahr übernehmen würde? Die kleine Spende tut keinem weh. Vielleicht kriegen wir bei der Sammlung auch alte Spielsachen von den Leuten? Muss aber auf dem Plakat bekannt gemacht werden, oder?«

»Coole Idee, Beth.«

Julianne machte sich weitere Notizen.

»Wir müssen drei Plakate drucken. Eines kommt vorne an den alten Baum am Ende der Straße, eines zum Referent in seinen Kirchenkasten und eines bring ich zum Bürgerbüro. Und wann verteilen wir sie? Überhaupt, müssten wir nicht von Haus zu Haus, oder genügen die Plakate?«

»Wenn wir es nächstes Wochenende durchziehen möchten, dann brauchen wir noch mehr Handzettel und dies am besten schon gestern«, scherzte Beth.

»Juli, wie wäre es mit morgen, da ist Sonntag und jeder daheim. Wir gehen von Haus zu Haus und stellen uns gleich vor. Was hältst du davon?«

Julianne schien nicht begeistert zu sein.

»Wir kennen die Leute doch nicht. Und wie sollen wir sie dazu überreden mitzumachen?«

»Keine Sorge Juli, wir gehen zusammen und ich rede.«

»In Ordnung, dann machen wir es morgen, gleich nach dem Frühstück so um Elf?«

»Kommst du dann rüber?«

»Ja«, antwortete Julianne, als es kurz darauf an der Türe klingelte.

Ihre Freundin Lee Romero stand lächelnd in der Tür.

»Hallo Juli, ich hatte doch gesagt, ich komme vorbei, oder komme ich ungelegen?«

Julianne schüttelte den Kopf.

»Nein gar nicht. Komm rein. Ich habe meine Freundin, Beth zu Gast.«

Beide Frauen gingen in die Küche, wo Beth gerade ihren letzten Schluck Kaffee genoss. Beth stand von ihrem Stuhl auf und begrüßte Juliannas Freundin. Sofort wurde bei einer Tasse Kaffee, aus dem Sie ein vertrautes, persönliches Du. Die Frauen verstanden sich prächtig und Beth hörte erst auf zu reden, nachdem sie alle Fragen zu ihrer Person und was den jungen Damen weitaus wichtiger erschien, aus ihrem Leben berichtet hatte.

»Tja Kinder, mit achtzig Jahren kann man einiges erzählen, jetzt geben wir gemeinsam richtig Gas.«

Lee sah die beiden an.

»Ich habe morgen meinen freien Tag. Ich bin dabei.«

Lautes Gelächter brach aus.

»Noch etwas Juli, ich glaube ich habe deinen Kelep Freeborn gesehen, deinen Manuskriptschreiber meine ich. Obwohl er theoretisch in Afghanistan gefallen ist.«

Wie erstarrt hielt Julianne in ihrer Bewegung inne. Beth, die von alle dem nicht den blassesten Schimmer hatte, sah zuerst Lee, dann Julianne an.

»Wer zur Hölle ist Kelep Freeborn? Könntet ihr einer alte Frau, sofern es euch keine Umstände bereitet, den Sachverhalt erklären?«

Julianne schien sich wieder gefangen zu haben. Schnell erklärten beide Frauen, der netten alten Dame den Umstand der mysteriöse Figur Kelep Freeborn, die Julianne Manuskripte zukommen ließ. Aufmerksam lauschte Beth den Ausführungen der jungen Frauen ohne sie zu unterbrechen.

Erst als alles erzählt war, stellte sie eine berechtigte Frage.

»Dann hat Kelep Freeborn wohl nichts Böses getan, oder sehe ich das falsch?«

»Kann sein Beth, aber wer sagt uns, dass der Typ nicht Dreck am Stecken hat da er sich anscheinend auch noch mit einem fremden Namen schmückt? Immerhin wurde ein ähnlicher Wagen wie seiner, an einigen Orten gesehen.«

»Tatorte oder Orte?«

Lee schien buchstäblich in Bedrängnis zu geraten und drückste herum.

»Na ja, es waren keine Tatorte, nur Orte.«

Beth wandte noch nicht ihren Blick von Lee ab.

»Was noch? Lee, und wie viele Tatorte waren es genau?«, fragte Beth nach.

»Ma'am, über die Jahre hinweg einunddreißig gesicherte Tatorte.«

»Zwei Orte, stehen im Verhältnis zu Einunddreißig Tatorte, in denen man ein ähnliches Fahrzeug sah? Mir ist dies als Mutmaßung viel zu wage. Kinder, der Typ ist vermutlich nur ein Zeuge, oder ein Gaffer. Aber niemals ein Mörder. Zumal, ich zitiere Lee; keines der Opfer wurde durch fremde Hand getötet.«

»Korrekt Beth. Einige haben sich umgebracht, andere wurden Opfer eines Unfalles oder einer sonstigen Straftat. Aber niemals kann dies über die Jahre hinweg, die Tat eines einzelnen Mannes sein. Zumal der Täter jetzt über neunzig Jahre alt sein dürfte. So sehe ich es.«

Beth sah beide Frauen eindringlich an und brachte es auf den Punkt.

»Freunde, das Schicksal geht seltsame Wege, und wenn Gott will, dann begegnen wir Mr Freeborn. Aber eines steht vermutlich jetzt schon fest. Ein gesuchter Mörder ist er wohl kaum.«

Lee verdrehte die Augen, konnte aber nur ein: »Amen, wenn der Herr es so will«, mehr spaßig, als ernst zum Himmel schicken.

Sie würde sich mehr auf Fakten, als auf die göttliche Hilfe verlassen, soviel stand fest. Die drei Ladys gingen nach kurzem Wortgefecht zu ihrem Plan zurück, die Vorbereitungen für morgen zu treffen. Gemeinsam entwarfen, zeichneten und wie es sich für Damen gehörte, tratschten sie den ganzen Nachmittag. Sie hatten noch genügend Zeit.

»Juli ist oben, in deinem Drucker genügend Papier?«

»Ich denke schon. Aber Dylan hat immer einen riesigen Vorrat im Schrank. Wir können ja nach oben gehen.«

Lee sah sie an, als Beth es plötzlich eilig hatte.

»Kinder seid mir nicht böse. Ich muss rüber, meine Tabletten nehmen. Wir sehen uns morgen, oder?«

»Ja, wenn du möchtest, sehen wir uns zum Verteilen der Handzettel wieder. Lee schläft heute bei mir. Oben haben wir Platz ohne Ende, Beth.«

Beth sah beide an.

»Nur so zur Info, ihr jungen Hühner. Ihr kommt morgen früh zu mir zum Frühstück, verstanden? So kann Lee auch mal mein bescheidenes Heim von innen begutachten.«

Lächelnd nahmen Lee und Julianne die alte Dame in den Arm.

»Klar doch, Grandma Beth«, witzelte Julianne herum.

»Sehr gerne, Beth«, schloss sich Lee, Juliannas Meinung an.

»Wir holen vorher beim Bäcker noch Brötchen. Hast du einen besonderen Wunsch?«

Beth schüttelte ihr graues Haar und setzte sich ihren leichten Sommerhut wieder auf, indessen sie mit einem freundlichen: »Nur pünktlich sein. Sagen wir um neun Uhr?«, die jungen Frauen ansah.

Beide Frauen nickten.

Schnell hatte man sich verabschiedet und jeder freute sich auf den morgigen Tag.

Beth ging über den Rasen zu ihrem Haus, während auf der anderen Seite, Frederick gerade auf der Veranda mit einer Zigarette stand und der alten Dame einen schönen Abend wünschte. Lächelnd grüßte sie zurück.

»Julianne, gehen wir jetzt hoch und drucken das ganze Zeug aus?«

Julianne griff sich an den Bauch.

»Mein Magen knurrt wie verrückt. Sollen wir uns eine Pizza kommen lassen? Hast du auch Hunger?«

Lee grinste ihre Freundin an.

»Was für eine Pizza möchtest du? Ich lade dich ein.«

»Ich nehme eine Pizza Funghi. Lee, und was nimmst du?«

»Oh, ich möchte eine Pizza mit Schinken, Salami und Sardellen«, rief sie ihrer Freundin zu, als sie gerade ihr Zigaretten aus ihrer Jackentasche gefischt hatte.

»So ein Mist, wo sind meine Streichhölzer?«, fluchte sie, während Juli die Pizzabestellung telefonisch aufgab. Julianne zeigte mit dem Finger auf das Board, auf dem neben einer Kerze eine Packung Streichhölzer lag.

Lee griff nach den Zündhölzern und verschwand nach draußen auf die Veranda.

Sie spürte die lauwarme Abendluft, die sich langsam abzukühlen begann.

Sie setze sich auf den alten Schaukelstuhl und steckte sich eine Zigarette an. Julianne war ihr nach draußen gefolgt und starrte gedankenversunken mit einem Seufzer in den Himmel.

»Danke für deine Streichhölzer. Ich habe wohl mein Feuerzeug verloren, oder es liegt noch im Auto.«

Grinsend stand Julianne, angelehnt an einen der Stützpfeiler da. Mit verschränkten Armen sah sie nach links, dann nach rechts, während Lee an ihrer Zigarette zog.

»Lee, jetzt höre aber auf. Du musst dich für nichts entschuldigen oder bedanken.«

Julianne schweifte mit ihren Gedanken ab.

»Ich denke, das ganze Ding mit dem Straßenfest ist eine gute Idee. So können zumindest einige Anwohner unserer Straße sich besser kennenlernen, oder was denkst du?«

Lee nickte, währenddessen sie nach einem Aschenbecher suchte. Julianne ging ans andere Ende der Veranda und nahm von einem Tischchen einen hölzernen Aschenbecher.

»Ja, denke ich auch, Juli.«

Kurz darauf, sie hatte ihre Zigarette kaum geraucht, gingen beide wieder ins Haus zurück.

»Wir können ja die Teller hinrichten. Legst du das Besteck auf? Und nachher, wenn wir gestärkt sind, gehen wir hoch und drucken unsere Zettel und Plakate aus.«

»Bevor ich es vergesse Juli, hast du von deiner Seite aus wieder etwas von dem Schreiberling gehört?«

»Nein, leider nicht. Irgendwie bin ich darüber enttäuscht.«

»Ich auch. Wir vom FBI, speziell wir von der Behavioral Analysis Unit, würden gerne ein paar Worte mit ihm reden. Aber ich glaube er ist nicht Kelep Freeborn. Freeborn ist in Afghanistan gefallen, so viel ist offiziell, nach den militärischen Akten Fakt. Aber wer ist dann dein Manuskriptschreiber? Wir haben nicht einmal einen einzigen Fingerabdruck von ihm. Schon deshalb hätte ich ganz viele Fragen an ihn. Ich werde noch irre.«

»Jetzt beruhige dich, Lee. Wir hatten einen schönen Tag. Wir essen Pizza und setzten uns ins Arbeitszimmer und morgen lernen wir die Nachbarn kennen, ok?«

Lee wurde plötzlich seltsam ruhig.

Sekunden der Stille verbreiteten sich, ehe beide aus ihren Gedanken aufgeschreckt wurden.

Es klingelte an der Tür.

Julianne machte eine beruhigende Handbewegung, als sie sah, wie Lee instinktiv nach ihrer Waffe griff.

»Wow, wow, wow, Lee! Es wird der Pizzajunge sein. Ich öffne und du bleibst brav auf deinem Stuhl sitzen, verstanden?«

Lee blickte sie an und nickte nur, als sie aufstand und dabei die Hand vom Pistolenknauf nahm.

Es klingelte jetzt zum zweiten Mal, während Julianne sich die Geldbörse aus der engen Jeans zog und in Richtung Tür eilte. Ruckartig, ohne zu wissen wer draußen stand riss sie die Türe auf. Erschrocken wich der Pizzabote mit seinen zwei Pappkartons in Händen einen Schritt zurück.

»Ms Peaches-Shappert?«, kam stotternd seine Frage, als kurz darauf Julianne ihm zunickte.

»Sechzehn Dollar, bitte.«

Julianne hatte kein Kleingeld. Mit der einen Hand gab sie ihm einen zwanzig Dollarschein, mit der anderen nahm sie ihm die beiden Pizzas ab.

»Stimmt so.«

»Danke Ms Peaches-Shappert«, kam es grinsend vom Pizzaboten, ehe er verschwand und Julianne die Tür schloss.

»Uhhh, verdammt heiß.«

Julianne rannte mit den zwei Kartons in die Küche. Die Pizza schien größer als die Teller zu sein. Prüfend klappte sie jede auf und schob eine Pizza Lee entgegen.

»Lee, wir essen aus der Schachtel, oder?«

Lee verzog gekünstelt die Lippen, um ein kurzes, gespieltes Statement abzugeben.

»Siehst du hier etwa ein Nobelrestaurant, einen Kellner oder andere Gäste? Ich nicht. Somit ist es vertretbar, sei nicht so mimosenhaft«, tat sie todernst.

»Juli, ist ein Spaß von mir. Klar essen wir aus der Pizzaschachtel.«

Als sie nach dem Essen die Kartons aufräumen wollten, entdeckte Lee beim Zusammenfalten auf der Unterseite des Pizzakartons einen Zettel, der mit schwarzem Textmarker beschrieben war.

Ihr nehmt euch Zeit für die alten Menschen. Ihr scheint Gutes zu tun. Danke

Lee ließ augenblicklich den Karton auf den Küchenboden fallen und griff nach ihrer Waffe. Sie spurtete los, um vor die Türe zu treten.

»Bullshit, verdammter Bullshit«, fluchte sie immer wieder.

Julianne, die regungslos in der Küche stand, konnte die Situation noch nicht ganz einordnen. Langsam lief sie Lee nach draußen hinterher. Mit der Waffe zeigte Lee auf den Schaukelstuhl, auf dem sie noch vor kurzem gesessen war. Sie schob die Waffe in ihr Holster zurück und machte einen Schritt darauf zu.

»Mein Feuerzeug. Es war nicht im Wagen. Ich muss es die Tage im Diner verloren haben. Und was ist dies?«

Zögernd griff sie danach. Tom und Jerry, ein kleines, schmales Comicheft lag auf dem Schaukelstuhl. Lee gab es an Julianne weiter. Sie blätterte darin herum und schüttelte den Kopf.

»Sorry, kenne ich nicht.«

Während sie bis zur letzten Seite durchblätterte, las sie auf der Rückseite ihren Namen, der mit einem roten Wachsmalstift aufgebracht worden war. Ihr wurde speiübel. Die Ausgabe und das Druckdatum waren verschmiert, aber noch lesbar. 1987. Da war sie gerade sieben Jahre alt, aber sie konnte sich an nichts aus dieser Zeit erinnern. Sie konnte sich nur an ihren elften Geburtstag erinnern. Die Erlebnisse davor, schienen irgendwie hinter dicken, dunklen Schwaden verschwunden zu sein. Sie setzte sich auf die Stufen und begann zu weinen. Schluchzend versuchte sie Lee etwas zu sagen.

»Lee, dies ist mein Heft, meine Schrift. Ich kann mich daran erinnern, aber zu weiteren Details, Fehlanzeige.

Ich bin vermutlich irre. Ich kann mich nicht an den Unfall meiner Eltern erinnern. Ich wurde von Dylans Eltern adoptiert. Das wann und wieso, habe ich nie hinterfragt. Wo ist meine Kindheit geblieben? Lee, hilf mir«, schluchzte sie wieder und krallte sich in Lees Bluse. Lee versuchte, sie zu beruhigen.

»Juli, ich wusste nichts davon, aber ich verspreche dir gemeinsam suchen wir nach der Wahrheit deiner eigenen Geschichte. Derjenige, der dieses Heft abgelegt hat kennt die Wahrheit, zumindest einen Teil davon. Komm mit, wir gehen rein und beschäftigen uns mit unserem Vorhaben für morgen, ok?«

Lee brachte ihre Freundin nach oben.

Sie sollte auf andere Gedanken kommen. Weg von allem, was sie verwirren konnte. Langsam schien sich die angespannte Lage zu normalisieren.

Julianne zeigte Lee ihre Vordrucke und Entwürfe, die sie mit Beth erarbeitet hatte.

Als Julianne den alten, ehemaligen Firmendrucker anwarf, mussten beide lachen. Rumpelnd und mit grollendem Geratter nahm der Drucker seine Arbeit auf.

Den ganzen Abend druckten beide, jede Menge Handzettel und Flyer aus. Selbst kleine Poster spuckte das altersschwache Gerät noch aus. Lee sah immer wieder den Drucker an.

»Der ist ja antiker als mein alter Schrank«, murmelte sie.

»Aber er funktioniert«, kam es von Julianne, die dabei den Daumen nach oben hob. Inzwischen war es Mitternacht. Beide Freundinnen fielen nach getaner Arbeit in ihre Betten. Julianne versprach ihrer Freundin, gleich morgen für sie etwas Bequemes aus ihrem Kleiderschrank zu zaubern. Ihre beiden identischen Kleidergrößen waren immer noch dieselben wie damals.

»So musst du mit deiner FBI-Uniform nicht gleich die Leute im Viertel erschrecken. Deine Pistole kannst du getrost hier lassen. Lee, wir holen morgen Brötchen, wie wir es versprochen haben und gehen dann zu Beth rüber, ok?«

Lee nickte. Sie hatte die letzten Tage wenig geschlafen und verließ sich einfach auf Juliannas Aussage, sie zeitig zu wecken.

Im eigenen Bett machte sich Julianne noch Gedanken über das kleine Comicheftchen. Ihre meisten Erinnerungen an früher schienen ausgelöscht zu sein. Mit dem Heftchen in den Händen, schlief sie völlig übermüdet ein.

Ein lautes Klingeln weckte Julianne. Schlaftrunken sah sie auf den Wecker. Halb acht. Julianne hatte das Gefühl nicht mehr als ein paar Minuten geschlafen zu haben, als Lee vor ihr stand und sich die Augen rieb.

»Guten Morgen. Julianne hast du eben eine Bombe gezündet, der Wecker klingelt ja schrill?«

»Guten Morgen Lee, sorry, aber nur so werde ich wach.«

Lee drehte sich um und ging ins Badezimmer. Beide machten sich im Bad fertig und Lee zog von Julianne ein Sommerkleid mit gelben Sonnenblumen an, welches Julianne ihr aus ihrem Kleiderfundus herausgefischt hatte.

Nachdem sie die Brötchen besorgt hatten, liefen beide frohgelaunt zu Beth hinüber und klingelten an der Eingangstüre.

»Lee du hast dich aber verwandelt? Ihr beiden seht hübsch aus. Kommt rein.«

Lee kam zum ersten Mal in dieses Haus.

»Juli führst du deine Freundin herum, während ich den Tisch richte?«

»Gerne, wenn ich darf?«

Julianne streckte ihr die Tüte mit den Brötchen entgegen und hakte sich bei ihrer Freundin unter.

»Komm Lee, wir erkunden gemeinsam das Haus.«

Als sie ihre Runde beendet hatten, kamen sie zur Küche zurück. Es duftete nach frisch gebrühtem Kaffee und Brötchen.

»Schnell hinsetzen und essen. Wir haben noch viel vor.«

Gehorsam nahmen die beiden Platz und genossen unter lebhaftem Gerede ihr gemeinsames Frühstück. Es dauerte nicht lange und die drei Ladys begaben sich, beladen mit kleinen Postern, eine Menge Handzettel und Nägel, sowie einem eher mickrig wirkenden Hammer, auf den Weg zur Clark Street.

Die Straßenkreuzung, mit dem alten Nussbaum an der Ecke, war ihr erstes Ziel.

Das große Einladungsplakat, schien perfekt dafür gemacht zu sein.

Beth, die von beiden Grandma Beth genannt wurde, lief zweimal mit dem Klebeband in Händen, um den Nussbaum herum, um das Plakat oben und unten zu befestigen. Den Rest erledigte Lee, wobei der prüfende Blick von Julianne auf beiden ruhte. Erst als ein lautes »Wunderbar« erschallte, waren sie zufrieden.

Sie gingen auf das erste Haus in der Straße zu. Schnell wurde der Sachverhalt mit der Familie Gregor besprochen und es konnte weitergehen. Natürlich mussten sie jedes Mal erklären, wer sie waren, weshalb sie so etwas vorhatten und noch einiges mehr.

Nach der fünften Familie, der freundlichen Familie Clark, sah Beth, Lee an. Als hätte die ihre Frage erahnt, spähte sie die Straße entlang.

»Es bleiben schon noch einige Familien übrig die wir besuchen müssen.«

Zügig gingen sie weiter.

Selbst die Familie Newgaschter freute sich über den Vorschlag eines Garagenflohmarktes. Beth, die ein herzzerreißendes Gesichtchen machen konnte, vergaß dabei nie auf die Spenden hinzuweisen. An ihrer Einfahrt wollte man ein gläsernes Sparschweinchen anbringen, damit jeder der hier vorbeikam, etwas einwerfen konnte. Für diese Tätigkeit, so hatten es die Mädels beschlossen, würde Dylan und Max eingesetzt werden. Schließlich war ausräumen und aufbauen ja Männersache.

Nach einigen Stunden reden, reden, reden und ebenso vielen kurzen Trinkzwischenstopps bei Grandma Beths Haus, beschlossen sie noch, gemeinsam zu Referent Stephans Kirche zu laufen, um ihn zu fragen, ob er in seinem Bekanntmachungskasten einen kleinen Platz für ihre Aktion erübrigen konnte. Zielstrebig liefen sie die kleine Anhöhe zur Kirche hoch, als vor ihnen, langsam aus der Seitenstraße ein schwarzer Wagen mit abgedunkelten Scheiben, auf die kleine Gruppe zurollte. Lee erkannte das Fahrzeug sofort.

»Ein 70er-Mustang, kein Zweifel.«

Bei diesem unverkennbaren, markanten Motorengeräusch des V8 Motors hielten alle für einen Moment den Atem an. Langsam rollte der Wagen an ihnen vorbei. Jeder versuchte durch die abgedunkelten Scheiben, einen Blick auf den Fahrer zu erhaschen. Es war unmöglich. Selbst Lee, die sich dabei ertappte, wie sie nach ihrer nicht vorhandenen Dienstwaffe griff, war mit ihrem Kleidungswechsel ins Hintertreffen geraten.

»Bullshit, Bullshit, verdammte Scheiße!«, begann sie immer wieder zu fluchen.

»Juli, in dem Ford sitzt bestimmt Kelep Freeborn.«

Als der Wagen an der nächsten Straßeneinmündung ankam und Gas gab, erwachte auch Julianne aus ihrer Benommenheit und fluchte. Es hatte keinen Zweck sich aufzuregen. Und somit zogen sie weiter die Straße hinauf, um Referent Stephan einen Besuch abzustatten.

Er freute sich über den Besuch der drei Ladys und holte sofort den Schlüssel für seinen Schaukasten. Er bejahte die Aktion der nachbarschaftlichen Annäherung und versprach darüber hinaus, seine Gemeinde während der täglichen Andacht auf das Fest anzusprechen. Selbstredend würde er nach dem Gottesdienst auch auf dem Fest erscheinen.

Zurück bei Beth Kaufman, wollten Lee und Julianne nur noch in ihre eigenen vier Wände.

So arbeitsreich dieser Tag auch gewesen war, Spaß hatte jede der drei Frauen allemal. Somit ging jeder zurück in sein eigenes Heim mit dem Gedanken an das nächste Wochenende.

Dylan Shappert kam früh mit seinem Wagen die kleine Einfahrt herauf und parkte, so wie er es immer tat, mit Abstand vor der Garage, in der sich Juliannas Cabrio befand. Übermüdet und genervt von dem Flug und den langen Wartezeiten am Airport stieg er aus. Die Glieder schmerzten und seine Schwester war nirgends zu sehen. Hatte er ihr die Ankunftszeit nicht gesimst? Dylan sah sich um. Wie sollte es an diesem Sonntag-morgen um sieben Uhr morgens anders sein. Die Straßen der kleinen Ortschaft waren wie leer gefegt, nur einzelne Personen waren zu dieser frühen Morgen-stunde unterwegs. Auf der gegenüberliegenden Straßen-seite ging bei den Jenkins der Rasensprenger mit lautem Zischen an, als Dylan zum Heck seines Wagens lief, um sein Gepäck aus dem Kofferraum zu holen. Als er die Klappe geöffnet hatte, sich vornüber beugte und nach seiner großen Tasche griff, erschrak er.

Jemand tippte ihm von hinten auf die Schulter. Instinktiv zuckte er zusammen und schlug in diesem Moment ziemlich heftig mit dem Hinterkopf an die geöffnete Heckklappe.

»Guten Morgen Dylan, hatten Sie einen guten Flug?«, kam es mit einer weichen Stimme von hinten. Dylan drehte sich um und rieb sich am Kopf. Vor ihm stand eine ältere Dame mit einer Gießkanne in der Hand.

»Verdammt, was soll das Mrs?«

Dylan schnippte mit den Fingern seiner rechten Hand. Er kannte die Frau flüchtig. Sie half ihm auf die Sprünge als sie ihm die Hand reichte.

»Beth Kaufman von nebenan. Wissen Sie noch? Sie haben mir vor langer Zeit geholfen, meinen Mann Fred vom Rollstuhl ins Auto zu setzen.«

Dylan erinnerte sich vage. Zu lang schien es her zu sein. Und auch er trampelte voll ins Fettnäpfchen.

»Und wie geht es Ihrem Mann, Mrs Kaufman?«

»Mr Shappert, mein Mann Fred ist vor zwei Jahren verstorben.«

»Oh, das tut mir leid. Mein herzliches Beileid zu Ihrem Verlust«, dabei tätschelte er ihr die Hand.

»Danke«, kam es leise von Beth Kaufman. Sie blickte ihn an. Gefasst sprach sie ihn an.

»Junger Mann, ich war gerade dabei die Blumen zu gießen. Was halten Sie davon mit mir zu frühstücken? Julianne wird nach dem gestrigen Tag bestimmt noch schlafen. Und nennen Sie mich einfach Beth, wie Julianne es tut. Sie ist ein liebes Kind, wenn ich dies so sagen darf.«

Verdutzt sah Dylan die Dame an.

»Ok Beth, aber Sie, pardon du nennst mich dann bitte Dylan, ja? Du kennst Julianne?«

»Ist eine lange Geschichte, Dylan, aber ich erzähle sie dir gerne, wenn du etwas Zeit erübrigen kannst.«

Dylan nickte.

»Muss nur noch meine Sachen reinstellen, dann bin ich wieder bei dir.«

Dylan stellte leise seine Tasche ins Haus und während er zu Beth lief, simste er Julianne kurz wo er zu finden sei. Beth führte ihn in ihrem Haus herum, zeigte ihm Freds Hobby und blieb verträumt vor dem alten Foto ihrer Kinder Luther und Clarissa stehen.

»Deine Kinder?«, wollte Dylan wissen. Beth nickte und versuchte ihre Tränen zu unterdrücken, während sie Dylan an der Hand in Richtung Küche zog.

»Der Kaffee wartet, Dylan. Setz dich.«

Beth berichtete, wie Julianne und sie sich kennen- lernten. Dylan begann ohne ersichtlichen Grund zu grinsen.

Hat meine kleine Standpauke doch Wirkung gezeigt?

Mit leuchtenden Augen berichtete Beth Kaufman von der Planung des Straßenfestes für den kommenden Samstag. Sie beschrieb Dylan jede Winzigkeit. Wie sie die Blätter entworfen hatten. Den Pastor besuchten, und wie Juli mit Lee in Sonnenblumenkleidchen an den Wohnungen geklingelt hatte, um mit ihrem Charme jeden zu überzeugen. Dylan musste herzhaft lachen. Zu gut konnte er sich die drei Frauen auf der Straße vorstellen. Selbst die Neuigkeit, über Lees Zusammen- treffen mit Kelep Freeborn berichtete sie, zumindest was Beth im Gedächtnis geblieben war, als es an der Tür klopfte. Sie öffnete die Türe und nach einer kurzen Begrüßung lief Julianne auf ihren Bruder zu, der sich

274

von seinem Platz erhoben hatte. Fast hätte sie ihn umgerannt, so herzlich umarmte sie ihren Bruder.

»Wie ich sehe, habt ihr beide euch bekannt gemacht?«

»Ich kenne jetzt zumindest euren Plan für das nächste Wochenende, Schwesterchen«, scherzte Dylan.

»Brüderchen, du darfst auch etwas tun.«

»Ich?«, wollte Dylan wissen und zeigte mit dem Finger auf sich selbst.

»Ja du. Du musst das gläserne Sparschweinchen aus dem Keller holen und am Straßenrand aufbauen damit jeder was spenden kann. Danach kannst du endlich mal dein altes Gerümpel aus der Garage entsorgen und den Keller aufräumen. Und zum guten Schluss darfst du Beth zur Hand gehen und bei ihr ausräumen. Dachboden, Keller, Garage oder wo auch immer ihre gebrauchten Schätze vergraben sind. Es soll ja ein Erfolg werden. Ach und bevor ich es vergesse«, dabei tippte sie ihm auf die Brust.

»Max und du, ihr beide habt am Samstag für die leckeren Köstlichkeiten vom Grill zu sorgen. Spareribs, Rindfleisch, Schweinebauch und Gemüse kaufe ich ein.«

Beth mischte sich ein.

»Kinder, die Maiskolben und Knoblauchbaguettes dürfen nicht fehlen. Die sind bestimmt der Renner.«

»Beth, du bist gigantisch! Daran denkt keiner. Auf Maiskolben und Knoblauchbaguette ist bestimmt jeder scharf. Ich wette, da kommt bestimmt einiges an Spenden für unser Projekt zusammen.«

Dylan tat verwirrt.

»Spenden für wen? Und weshalb?«

Julianne erklärte ihm alles in Kurzform. Beth bemerkte, wie Dylan plötzlich anfing zu gähnen.

»Juli, du schnappst dir jetzt dein Brüderchen und verziehst dich zu euch. Der Junge ist hundemüde und ich kann mich auch noch mal aufs Ohr legen.«

Die jungen Leute verstanden die sanfte Andeutung zu gehen und verabschiedeten sich.

Dylan schlief bis zum späten Nachmittag.

Am nächsten Morgen, nahm sich Julianne nochmals das letzte Manuskript von Kelep Freeborn vom Tisch um es durchzusehen. Plötzlich kam ihr wieder die kleine Spieluhr in den Sinn. Woher kannte sie diese Spieluhr? Eine Verwechslung?

Julianne beließ es bei dieser Assoziation, als sie im Geist durch die Wohnung ihrer netten Nachbarin streifte.

Weshalb hat Beth keinen, oder nur noch vereinzelt Kontakt zu ihren Kindern und Enkelkindern?

Der Umgang mit den Kindern und Enkeln fehlte Beth. Sie lief hoch ins Arbeitszimmer und machte ihr Laptop an.

Weshalb der alten Dame nicht eine Freude bereiten?

Es schien sich verhältnismäßig einfach zu gestalten ihre Sprösslinge ausfindig zu machen. Alles andere konnte sie mit zwei weiteren Telefongesprächen erledigen, wobei sie bei Beths Tochter Clarissa etwas Nachdruck an den Tag legen musste. Schnell stellte sich der gewünschte Erfolg ein und Julianne lächelte zufrieden.

Die kommenden Tage verliefen eher ruhig. Die kleine Nachrichtenstation aus Charlotte hatte von der Aktion in Blue Rock Hill Wind bekommen und sendete ständig einige Spots, die der Herr Bürgermeister gesponsert hatte. Julianne hatte mehr in Bewegung gesetzt, als sie eigentlich vorhatte. Das Wochenende konnte kommen.

Freitag

Man spürte die Anspannung der Menschen. Eine überaus rege Art von Geschäftigkeit der Anwohner war zu bemerken.

Anwohner, die man zuvor nie sah, putzen ihre Hausfassaden mähten den Rasen und fegten Auffahrten. An jedem Pfeiler und in fast jedem Blumentopf steckte ein kleiner oder großer Wimpel des Landes. Schließlich sollte am morgigen Tag, kein Besucher des Festes schlechte Erinnerungen mit nach Hause nehmen.

Spät abends schlenderten Dylan und Julianne nochmals die ganze Straße entlang. Am anderen Ende angekommen, kamen ihnen Lee Romero und Max Peterson zu Fuß entgegen. Jeder der ein wenig Bildung besaß, konnte sofort erkennen, es musste sich um Bundesbeamten handelten. Nach einer kurzen Begrü-ßung kam dies auch zur Sprache.

Lee und Max lächelten darüber.

»Klar Dylan«, grinste Lee ihn an.

»Morgen früh traben wir sommerlich frisch an. Wie wäre es in kurzen Shorts?«

»Julianne, mein netter Kollege Max, kann euch auch beim Tragen von schweren Gerätschaften helfen. In Bermudahemd versteht sich. Besteht Bedarf?«

»Bei uns nicht, bei Grandma Beth vielleicht? Die hat bestimmt noch eine Menge an altem Zeug zum Rausstellen. Dort sollte Max nachfragen.«

»Wann geht dieses Straßenfest los?«, wollte Max wissen.

»Aufbau ab acht Uhr und die Grillgeräte werfen wir um elf Uhr an. Verkauf auf dem Flohmarkt ab vierzehn Uhr, sofern sich nichts geändert hat.«

»Ok, dann sind Lee und meine Wenigkeit um acht Uhr da.«

Dylan und Julianne nickten zufrieden ehe sie sich von beiden verabschiedeten.

Samstagmorgen

Julianne erwachte früh. Ihr erster Blick galt dem Wecker auf ihrem kleinen Nachttisch 5.50 Uhr zeigte das digitale Gerät. Sie ging auf den Flur und klopfte an Dylans Zimmer.

»Aufwachen Schlafmütze, wir müssen noch die restlichen Sachen an den Straßenrand bringen!«

Julianne lauschte an der Tür.

»Bin hier unten in der Küche Schwesterherz«, kam es von unten.

»Komm runter, der Kaffee ist fertig.«

Dylan schien noch zeitiger als sie aufgestanden zu sein. Nachdem Julianne auf die Treppe zusteuerte, wollte sie sich noch davon überzeugen, ob sie die Ersten in der Straße waren die den Tag so früh begangen. Sie blickte aus dem Fenster. Fehlanzeige, draußen begannen bereits einige Nachbarn, ihre Gegenstände am Straßenrand zu postieren. Selbst Lessly und Frederick waren auf den Beinen. Sie wendete ihren Blick zur anderen Seite. Einige der Anwohner hatten sehr früh damit begonnen, ihre Objekte am Straßenrand aufzubauen. Selbst der alte Mr Breddzol, vier Häuser weiter wackelte beladen, in Schlafanzug und Bademantel in Richtung Straßenrand.

Julianne lächelte und ging nach unten.

»Auf der Straße ist mächtig was los«, begrüßte Dylan seine Schwester, als er in der Küche den Speck in der Pfanne wendete. Julianne nickte.

»Selbst der Bürgermeister hat vor zehn Minuten bei uns angerufen.«

»Der Bürgermeister? Was wollte er? Steaks auf unseren Grill werfen? Oder wollte er sich beschweren?«

»Nein, der hat uns angeboten, den Rest des Gerümpels am Montag von der Stadtreinigung abholen zu lassen. Hättest du sein Angebot abgelehnt?«

Julien schwieg dazu.

Nach dem Frühstück, es ging mittlerweile auf acht Uhr zu, hörte man auf der Straße die ersten Stimmen. Bei Beth schien mehr los zu sein, als bei den anderen Nachbarn.

Während Dylan und Julianne vors Haus traten, kam eine kleine Gruppe Rocker auf ihren Motorrädern die Einfahrt heraufgefahren. Knatternd hielten sie genau vor Julianne. Jeder der Harley Fahrer hatte eine sexy Beisitzerin mit Rucksack dabei, die mehr oder weniger keck ihren Hintern vom Soziussitz schwang. Nur das erste Mädchen in der Reihe, die hinter einem bulligen Typen saß, tat sich dabei ein wenig schwer.

Erst als diese Soziusbegleitung, eingehüllt in eine schwarze Motorradkluft und Gangjacke, den Rucksack, dann ihre Schutzbrille und den Helm abnahm, glaubten Juli zu träumen.

»Beth? Grandma Beth bist du es wirklich?«

Beth Kaufman grinste Julianne an, als der letzte Fahrer in der Reihe ihr vier Rucksäcke nach vorne brachte. Nur ein kurzes: »Lady«, war mit brummiger Stimme zu vernehmen. Beth nickte, als er die Rucksäcke neben ihr ablegten.

»Nun Juli, da ihr euch nicht um die Maiskolben und die Baguettes gekümmert habt, haben die Black Horns und ich die Sache selbst in die Hand genommen und sind in die Stadt zum Einkaufen gefahren.«

Beth drehte sich um und ging mit erhobener Hand und einem: »Give me Fife«, an jedem der Biker zum Abklatschen vorbei. Julianne verstand die Welt nicht mehr.

Eine alte Dame, über achtzig, auf den Sozius einer Harley?

Dylan lächelte Beth an und zwinkerte ihr zu.

»Meine Jungs und ich, wir werden dann unseren Grill anwerfen. Und was macht ihr beiden Hübschen?«

Schulterzuckend und sprachlos stand Julianne vor Beth.

»Wir räumen noch einiges raus. Dann schlendern wir die Straße hoch.«

Julianne sah sich um.

»Lessly und Frederick haben ja auch noch zu tun, vielleicht laufen die beiden ein kleines Stück mit.«

»Vielleicht komme ich mit. Wir werden sehen. Meine Jungs und ich müssen nur noch die Baguettes belegen.«

Gegen Mittag schien es mehr als nur ein kleines Straßenfest geworden zu sein.

Personal vom Sheriff patrouillierte die Straßen auf und ab. Einige Gangmitglieder schoben Rollstuhlfahrer aus dem benachbarten Altenheim durch die Straße und vor jedem Haus wurden Köstlichkeiten zum Verzehr angeboten.

Selbst das seit Jahrzehnten vergessene Feilschen stand wieder hoch im Kurs. Irgendjemand trug alte Campingstühle über die Straße. CDs, Bücher und Spielesammlungen wechselten ihre Besitzer, ebenso wie alte gusseiserne Backformen und einige der alten Briefmarkensammlungen.

Max und Lee, die erst am Vormittag in Blümchenrock und Hawaiihemd ankamen, kümmerten sich um den Nachschub, bevor sie Dylan und Frederick zur Hand gingen. Es lief alles hervorragend, bis jemand auf Juliannas Auslagentisch versehentlich eine kleine Stoffpuppe und eine Barbiepuppe liegen ließ.

Julianne war gerade im Haus, währenddessen ein Rocker, der eben mit Dylan diskutiert hatte, in der Menge verschwand. Beladen mit Steaks kam Julianne aus der Küche zurück, als Mr Tickle, der ortsansässige Metzger, an ihren Tisch trat.

»Ma'am? Mein Name ist Tickle und mir gehört die Metzgerei in Charlotte. Wenn Ihnen das Fleisch ausgeht, nehme ich gerne ihre Bestellungen auf, düse zum Laden und hole Nachschub. Besteht bei Ihnen Bedarf?«

»Ja, gern, Mr Tickle, das wäre furchtbar nett von Ihnen. Ich würde zehn Spareribs und zwanzig Steaks bei Ihnen ordern. Wie ist es mit dem Bezahlen?«

Der Metzger wehrte ab.

»Erst wenn ich zurück bin. Cash oder Karte, wie Sie möchten.«

Der freundliche Herr bedankte sich und verschwand in Richtung der Familie Parker. Frederick fuchtelte mit der Grillzange herum, als der Metzger wie ein rettender Engel neben ihm auftauchte und ihm dieselbe gute Kunde überbrachte.

Lee und Max kamen an den Tisch von Julianne und Lee flüsterte ihrer Freundin etwas ins Ohr.

»Ich verstehe nichts bei dem Lärm. Kannst du bitte etwas lauter reden?«, forderte Julianne ihre Freundin auf. Lee beugte sich nach vorne, schrie ihr schon fast was ins Ohr und zeigte dabei auf ihre Uhr. Mit einem Nicken bestätigte Julianne, dass sie verstanden habe und sah Lee mit freudenstrahlenden Augen an. Lee nickte ihrerseits Max zu, der in Shorts und Hawaiihemd in dienstlicher Manier neben ihr stand.

Wie automatisiert bewegte sich Lee Romero und Max Peterson mit zügigem Schritt die Straße entlang, in Richtung Kreuzung.

Dort wo ihr Wagen geparkt war, standen Rocker zur Bewachung des Parkplatzes. Schnell verließen sie mit angemessener Geschwindigkeit das Viertel und die kleine Gemeinde in Richtung Charlotte.

Es wurde heiß an diesem Nachmittag und selbst dem Eisverkäufer der extra aus der Stadt gekommen war, ging langsam seine Ware aus.

Über fünfhundert Menschen schienen sich hier glücklich zu fühlen. Nicht eine Rangelei hatte es bis dato gegeben, als Julianne zwischenzeitlich das rege Treiben beobachtete und grinsend an den Grill zu Dylan schlenderte.

Als sie ankam, jubelte dieser.

»Juli, das Fest ist der Hammer. Ich komme ganz schön ins Straucheln vor lauter Platzwechsel. Einmal Grillen, dann verkaufen. Danach wieder zurück. Ganz schön viel los, dank dir.«

Nebenan verkaufte Grandma Beth jede Menge an Maiskolben. Jedes Kind der Straße, sowie viele der Erwachsenen wollte einen haben. Bei ihr im Garten standen über zehn Biertischgarnituren und jede war mit Menschen belegt. Auch die Rockergang hatte allerhand zu tun, sie brachte sich als Bedienung und Helfer ein. Keiner hätte geglaubt, dass diese wilden Burschen so zahm, liebevoll und zuvorkommend sein konnten.

Am Rande des Grundstücks interessierten sich zwei Herren, für die alte Stehlampe aus Dylans Büro. Zielstrebig ging Julianne auf die Herren zu, um ihnen einen Preis zu nennen.

Als sie in der Ferne Lee und Max erblickte, wunderte sie sich noch.

Die beiden wurden von einer kleinen Gruppe begleitet die sie nicht kannte. Zwei Männer, zwei Frauen und Kinder umringten Lee. Der Mann trug vor seiner Brust ein Kind in einem verschnürten Baby-Safe. Julianne sah auf ihre Armbanduhr. Vor zwei Stunden waren Lee und Max verschwunden.

Hatten sie bei ihrem Vorhaben Erfolg gehabt?

Sie kamen in ihre Richtung.

Einer der älteren Herren, mit Büchern unter dem Arm, nutzte die Unaufmerksamkeit von Julianne.

»Zehn Dollar?«

Julianne nickte. Der Herr drückte ihr grinsend einen Geldschein in die Hand und verschwand mit der Stehlampe.

Lee und Max blieben vor Beths Haus stehen. Eine Dame setzte zwei Koffer ab und sah sich um.

Julianne versuchte erfolglos Beth zu entdecken, als ihr Blick auf einen Rocker mit schwarzen, langen Haaren, einem gepflegten Vollbart und einer verspiegelten Sonnenbrille fiel.

Mit einer Kiste vor seiner Brust lief er geradewegs auf sie zu.

In diesem Moment, als Beth nebenan aus dem Haus kam und zu jubeln begann, sprach der Fremde sie an.

Es hätte kein ungünstigerer Augenblick sein können. Ruhig, akzentfrei und mit tiefer Stimme begann er zu reden.

»Ms Julianne Peaches-Shappert? Sie sind doch Ms Peaches-Shappert, oder?«

Irritiert mustere Julianne den Rocker, der sich vor ihr aufgebaut hatte. Kaum jemand hatte sie hier mit ihrem Familiennamen angesprochen.

»Weshalb mein Herr, wer fragt danach? Kann ich etwas für Sie tun?«

Der Fremde lächelte sie mit strahlend weißen Zähnen an.

»Ma'am, mein Name ist Ethan und ich kann vermutlich etwas für Sie tun.«

Julianne sah wiederholt zu Beth hinüber, die zu weinen begann. Ungehalten folgte sie etwas desinteressiert den Worten des Fremden, der vor ihr stand.

»Und was sollte das sein?«, fragte sie jetzt etwas ungehalten und patzig.

Musternd sah sie ihn an.

Sein Blick wanderte auf die Kiste, die er in Händen hielt.

»Da ist ihr bestelltes Fleisch drin. Wo bitte kann ich es abstellen? Darf ich es Ihnen in die Küche tragen?«

Jetzt fiel bei Julianne der Groschen. Genau, der Metzger, der vor Stunden durch die Gegend gelaufen war, hatte ihre Bestellung notiert.

In diesem Moment lief ein weiteres Mitglied der Motorradgang Black Hornes auf Julianne zu und bat sie um Hilfe beim Trödel.

Julianne schien durcheinander zu sein.

Ihr Blick wechselte von der Fleischware, zum Nachbarhaus von Beth, wo es davor etwas überschwänglich zuging. Mit dem Arm wies sie in Richtung ihres Blockhauses.

»Ok, das Haus ist offen, stellen Sie es bitte in der Küche ab. Wenn es Ihnen nicht zu viel Mühe bereitet, können Sie es auch in den Kühlschrank legen. Wie war nochmal ihr Name?«

Der Hüne drehte sich auf seinem Weg zur Veranda zu ihr um, zog die Brille von der Nase und meinte nur: »Ich bin Ethan, der von der Gang, aber dies hatte ich vorhin schon einmal erwähnt. Wir haben uns schon mal gesehen Ma'am.«

Unverdrossen lief er weiter zur Eingangstür, stellte zum Öffnen die große Kiste ab und drehte den Türknopf nach rechts.

Julianne schien den Worten des Fremden wenig Beachtung zu schenken und ging mit dem anderen Gangmitglied zum aufgebauten Verkaufsstand.

Lee, die das Ganze aus einiger Entfernung beobachtete und dabei einige Wortfetzen aufgeschnappte kamen ihre Zweifel. Nicht gewaltig große. Nein, nur die üblichen Zweifel.

Sie zumindest würde keinen Fremden allein in ihr Haus lassen. Aber Julianne hatte die Worte von Beth noch im Ohr, die sagte, die Gangmitglieder wären gute Jungs. Somit verwischte auch sie diesen Gedanken.

Julianne wollte nun auch an der Freude teilhaben, die sich drüben im Nachbargrundstück schnell verbreitete. Dylan und Lee hatten die Kinder von Beth ausfindig gemacht und sie um ihr Erscheinen gebeten, was sie auch taten. Dadurch das Beth sich kaum bei Luther und ihrer Familie meldete, dachten diese es ginge ihr gut. Ihre Tochter Clarissa vermutete nichts Böses und im allgemeinen Trubel des Lebens flachte die Beziehung zu ihren Eltern ab.

Als kleine Wiedergutmachung beschlossen sie, einige Tage zu bleiben. Beth hielt ihren, bis dahin noch nicht gekannten Enkel in Händen. Schnell war auch Julianne in den Kreis des Wiedersehens aufgenommen. Nur Lee, die immer wieder die Straße auf und ablief, suchte nach jemanden der verschwunden war. Enttäuscht ging sie zurück, um Max beim Versorgen der hungrigen Gäste zu helfen, als ihr etwas auffiel.

Julianne stand bei Grandma Beth und unterhielt sich.

Max half der Motorradgang beim Kochen von Maiskolben und Dylan versuchte sich mit schnellem wenden an den Spareribs. Ihr Job brachte es mit sich, jede Situation und möge sie auch noch so unspektakulär aussehen, genau zu betrachten. Etwas schien nicht so zu sein, wie es sein sollte, aber was war es?

Jeder hat eine Wahl

Als Lee Romero sich drehte, strich ihr der leichte Sommerwind sanft übers Haar und hob dabei ihr leichtes Sommerkleid etwas an. Schlagartig blieb sie in ihrer Bewegung stehen und sah auf Juliannas Veranda. Geschirr, der Schaukelstuhl, zwei, drei Dinge, die Dylan erworben hatte und andere Kleinigkeiten standen beieinander. Nur ein Gegenstand, der seitlich, an der geöffneten Türe stand, gehörte nicht dazu. Eine blaue Gefrierbox von Tickle Wurstwaren. Hatte vorhin nicht erst, einer von Beths neuen Freunden mit Julianne geredet und eine Kiste ins Haus getragen? Lee erinnerte sich wieder. Aber es war eine Kiste und die war nicht blau, sondern grau gewesen. Lee wollte den Dingen auf den Grund gehen. Unverdrossen ging sie auf die Eingangstür zu, hob den Deckel und sah in die Gefrierbox hinein. Alles schien richtig zu sein. Steaks und Spareribs lagen in der Box. Hatte sie sich geirrt? Aber weshalb war der Hüne in ihr Haus gegangen? Ihr blieb kaum Zeit darüber nachzudenken.

Dylan, der am Grill stand rief nach ihr.

»Ist die Box mit dem Fleisch da?«

Lee nickte ihm von der Veranda aus zu.

»Dann bring es rüber. Hier geht uns die Ware aus. Jeder hat Hunger.«

Lee schleppte die Kühlbox zu Dylan, der sich dafür mit einem Lächeln bedankte. Die Sache schien Lee mehr zu beschäftigen, als ihr lieb war. Mit einem Fingerzeig und einigen Worten signalisierte sie Julianne, dass sie kurz ins Haus gehen würde. Julianne nickte. Ohne Eile ging Lee auf die Haustüre zu die etwas offen stand. Sie nahm den Türknopf in ihre Hand, schloss beim Betreten die Tür hinter sich und lauschte. Kein ungewöhnliches Geräusch war zu vernehmen, nur die

Stimmen der Feiernden von draußen drangen ins Haus. Wachsam ging sie durch den unteren Wohnbereich. Selbst die verschlossene Tür, die hinunter in den Keller führte, kontrollierte sie. Sie wollte nicht übertrieben wirken, so entschloss sie sich, von oben ihre Jacke aus Juliannas Schlafzimmer zu holen, die sie dort abgelegt hatte.

Lee ging zuerst ins Bad, um sich das Gesicht zu erfrischen, während sie einen kurzen Blick, durch die offene Tür ins gegenüberliegende Arbeitszimmer warf. Nichts schien hier anders zu sein wie bisher. Schnell waren im Badezimmer ihre Haare in Form gebracht, ehe sie über den Gang zum Schlafzimmer lief. Instinktiv stoppte sie am Eingang, sah hinein und stutzte. Dort stand in der Mitte des Raumes die Kiste, die der Fremde in Händen gehalten hatte, auf einem kleinen Beistelltisch. Aber was suchte die Kiste im Schlafzimmer, neben Juliannas Bett?

Hatte es sich bei dem Gespräch zwischen Juli und dem Rocker doch nicht um das Grillfleisch gehandelt? Habe ich etwas falsch verstanden?

Wie von ihren Einsätzen gewohnt, wollte sie nach ihrer Waffe greifen, doch die lag leider daheim.

Sie trug ja ein hübsches Sommerkleid und dazu trug kein Mensch eine Dienstwaffe.

»Verdammt«, zischte sie, als sie vor der Entscheidung stand das Schlafzimmer zu betreten, oder Juli auf die Kiste aufmerksam zu machen.

Ihre Neugier zwang sie durch die leicht geöffnete Türe ins Innere des Schlafraumes zu gehen, um den Inhalt der Kiste genauer in Augenschein zu nehmen. Nach zwei leisen, vorsichtigen Schritten, sie hatte soeben das Türblatt passiert, ließ sie ein ihr bekanntes Geräusch innehalten.

288

Jemand hinter der Türe hatte den Hahn einer Pistole gespannt.

Den Blick nur nach vorn gerichtet, kam Lee genau in die Situation, die alle Übungsleiter beim FBI-Training in Quantico mit aussichtslos beschrieben. Lee hatte es unterlassen, vor dem Eintreten die Tür ganz zu öffnen, um eine Anwesenheit einer fremden Person hinter der Tür auszuschließen. Lee atmete durch, ohne die Person, die ihr jetzt die Mündung der Pistole an ihre Schläfe hielt, zu sehen. Jede weitere ruckartige Bewegung hätte fatale Folgen nach sich gezogen.

Lee schluckte heftig, ehe die fremde Person sie ansprach.

»Hallo FBI Special Agent Lee Romero, ich habe Sie erwartet. Seien Sie willkommen. Gehen Sie langsam nach vorn, lehnen Sie die Tür an und setzen Sie sich bitte aufs Bett.«

Lee wendete langsam ihren Kopf um den ungebetenen Gast anzusehen, bevor sie sich in Bewegung setzte.

»Kelep Freeborn, richtig? Sie sind doch Kelep, der Manuskriptschreiber, den ich auf der Straße des Diners gesehen habe, nicht wahr? Was wollen Sie von mir, oder haben Sie mit jemand anderem gerechnet?«

Ohne zuerst auf ihre Frage einzugehen, gab er mit einer kurzen Bewegung seiner Waffe zu verstehen, dass Lee sich setzen sollte. Zögernd nahm Lee Romero Platz und starrte auf den kleinen Tisch der vor ihr stand.

»Stimmt. Ja, man nennt mich auch Kelep Freeborn, mehr oder weniger. Ms Romero darf ich Sie Lee nennen?«

Noch bevor Lee antworten konnte war das Lächeln aus dem Gesicht des Fremden verschwunden.

Wieder kam ein, aber diesmal ein scharf gesprochenes: »Setz dich, Lee!«

Lee Romero gehorchte mit erhobenen Händen.

Vor ihr, auf dem Tisch stand eine Kiste und ein paar Handschellen lagen auch daneben.

Kelep zog sich mit der freien Hand einen Stuhl an den Tisch und hob die Kiste an, um sie neben sich auf dem Boden abzustellen. Er schien unbeeindruckt von Lee vorzugehen, die immer noch die Handschellen auf dem Tisch im Auge hatte.

»Sind die für mich, oder wollen Sie mich gleich erschießen, wie Ihre anderen Opfer? Ist nur blöd, dass draußen so viele Menschen sind, oder?«

Kelep versuchte gelassen zu wirken, indem er mit der Waffe vor Lees Gesicht kreiste.

»Ich möchte dir nicht wehtun, Lee. Ebenso wenig bin ich ein Mörder. Was denkst du von mir, ich habe keinen Menschen umgebracht. Ich möchte, dass du mir zehn Minuten deiner Zeit schenkst, nur zehn Minuten ist dies zu viel verlangt? Danach, wenn du der Meinung bist, dass ich nur annähernd ein Mörder sein könnte, darfst du mir die Handschellen anlegen, die vor dir auf dem Tisch liegen. Wenn du einverstanden bist, werde ich dir beweisen, dass ich nicht der bin, für den du mich hältst. Aber wenn du nur auf eine Verhaftung aus bist….«

Kelep spielte wieder mit seiner Waffe.

»Dann werde ich dich gnadenlos abknallen und draußen an die Hunde der Straße verfüttern, ok?«

»Habe ich eine andere Wahl?«

»Man hat immer eine Wahl, Lee.«

»Ach ja, das ich nicht lache. Ich könnte einfach…«, dabei machte sie eine typische Handbewegung in Richtung Tür.

»Einfach so, ohne einen Ton zur Tür rauslaufen, ohne abgeknallt zu werden?«

Kelep sah ihr in die Augen.

»Wenn das dein Wunsch wäre schon. Nur der Tatsache geschuldet, dass du mich aus freiem Wunschdenken verhaftest, dies funktioniert nicht.«

»Was macht Sie so sicher Mr Freeborn, dass ich es nicht tue und Verstärkung hole?«

»Erstens bist du eine Frau, die neugierig ist, zweitens die Freundin von Julianne und drittens möchtest du dein eigenes Ego befriedigen und mich mehr oder weniger als Mörder sehen. Aber worin liegt letztendlich die Wahrheit? Glaubst du mir, wenn ich dir sage, ich bin kein Mörder? Muss ich meine Unschuld, oder du mir meine Schuld beweisen?«

Kelep Freeborn sah Lee in die Augen.

Lee Romero begann zu zweifeln und verließ sich auf ihr Gespür, unterdessen sie ihrem Gegenüber scharf in die Augen sah, um irgendeine Regung, eine Lüge oder Angst zu entdecken. Nichts davon war der Fall. Scheinbar hatte der vermeintliche Fremde Ahnung von Psychologie und von Frauen.

»Ok, ich gebe Ihnen zehn Minuten mehr nicht«, versuchte Lee in die Offensive zu gehen.

Kelep schenke Lee etwas mehr Vertrauen wie erwartet und legte langsam seine Waffe vor sich auf dem Tisch ab.

Langsam hob Kelep den Deckel, des auf dem Boden stehenden Kartons und fischte ein Bündel Akten hervor, bevor er das Ganze, Lee auf den Schoß warf.

»Lee, sieh dir die Akten an. Es sind hier auch einige Kopien der Fälle dabei, die du bearbeitet hast.«

Lee blätterte sich durch einige Ordner hindurch, indem sie die Seiten überflog. Minuten verstrichen.

»Du kennst es sicherlich. In jedem der Fälle gab es genügend Gründe an Beweisen, die zu einer Verurteilung der Beschuldigten gereicht hätten. Aber...« Kelep holte Luft.

»Aber entweder verschwanden Beweise, oder Zeugen zogen ihre Aussagen zurück. Na ja, was soll ich sagen, einiges wurde vertuscht und kam erst gar nicht zur Sprache. Es fehlte immer etwas. Obwohl, da bist du bestimmt meiner Meinung, die Schuldfrage unschwer zu leugnen ist. Vieles blieb, vielleicht auch wegen der Bequemlichkeit der Anwälte im Verborgen. Unzulängliche, überarbeitete Beamte etc. etc. Ich könnte dir die Liste noch um einiges ergänzen. Aber nichts geschah zum Wohle der Opfer! Die Täter, egal ob Mann, Frau oder Gang sie wurden, alle freigesprochen.«

»Dies gibt Ihnen aber nicht das Recht, wie ein Richter zu fungieren, Mr Freeborn.«

Kelep Freeborn überlegte, bevor er der FBI-Beamtin eine Antwort gab.

»Einige der letzten Beweisblätter, die ganz hinten eingeheftet sind, sind unumstößliche Beweise für die Schuld derjenigen. Die Liste ist verdammt lang, Lee. Seien es mündliche Aussagen nach dem Prozess oder unerklärliche Geldtransaktionen. Und diese Akten wurden nicht von mir angelegt. Glaube mir. Mein Onkel Christoper Tracy, ein angesehener Richter aus Natchez Mississippi, hatte schon lange vor mir die Akten angelegt. Nur eines noch. Weder er noch ich, spielten außerhalb des Gerichtssaales Richter oder Gott.

Jeder hatte eine Wahl. Und alle, die in diesen Akten aufgelistet sind, starben lang nach ihrem Prozess an alltäglichen Schicksalen. Autounfall, erstickt am Essen, Depressionen oder Jagdunfall ohne Fremdverschulden. Soll ich weitermachen?«

Lee schüttelte den Kopf.

Bevor Kelep weitersprach, drehte er die Pistole, die immer noch mit der Mündung zu Lee zeigte um, hob sie auf und reichte sie Lee.

»Wenn du meinst, ich bin ein Mörder oder Verbrecher dann nimm die Waffe und verhafte mich einfach. Lee, ich sag hier nur was geschah und verdammt noch mal, dies ist die Wahrheit. Ich, Kelep Freeborn achte die Menschen. Aber was hat jemand verdient, der zum Beispiel eine Frau, oder deine Schwester vergewaltigt, deinen Bruder tötet und lachend aus dem Gerichtssaal läuft? Nur weil er einen guten Anwalt hat und deine Schwester nur eingeschüchterte Zeugen vorweisen kann, aber jeder weiß, dass er es gewesen ist. Hat der oder die Täter, die richterliche Vergebung verdient? Oh nein Lee, die Opfer verdienen Gerechtigkeit und die Täter ihre gerechte Strafe.«

Lee griff blitzschnell nach der Waffe und den Handschellen auf dem Tisch. Dabei bemerkte sie das Kelep die Pistole noch nicht mal entsichert hatte. Mit dem Daumen ihrer rechten Hand drückte sie den Entsicherungshebel nach unten.

Mit der Waffe in der einen, und den Handschellen in ihrer anderen Hand stand Lee Romero vor ihm. Kelep zeigte keine Angst. Agent Romero hatte ernste Zweifel an ihrem Vorhaben und versuchte es mit einer List die mehr der Wahrheit ähnelte als sie dachte.

»Nehmen wir an, alles was Sie hier sagen ist wahr. Klar ich kenne die Aktenlage. Es gab Unschuldige und Schuldige. Aber zu welchen gehören Sie Mr Freeborn, oder wie Sie auch immer heißen mögen. Nach Recht und Gesetz müsste ich Sie festnehmen.«

»Weswegen?«

»Zumindest haben Sie eine Bundesbeamtin mit einer Waffe bedroht.«

»Ich wollte doch nur, dass du mir zuhörst und über alles nachdenkst.«

Lee sah ihm in die Augen. Nichts was Lee gelernt hatte war in Kelep's Gesicht zu erkennen. Keine Angst, keine Schuld, keine Reue. Klar, es gab Indizien aber schlüssige Beweise lagen der Beamtin nicht vor. Schließlich war ein Selbstmord oder das eigenen Schuldeingeständnis an sich schon schlimm genug. Aber hatte Kelep Freeborn wie er sich nannte, hier immer seine Finger mit im Spiel? Nach den letztjährigen Akten müsste er so um die 90 Jahre alt sein. Aber vor Lee stand ein Kraftprotz von höchstens 35.

Lee´s Pistolenlauf zeigte noch immer auf Kelep's Kopf.

»Nehmen wir einmal an, ich glaube Ihnen alles was Sie so sagen und Sie sind kein Mörder, was ich ja bis jetzt nicht beweisen kann. Und Sie sind auch der ominöse Krimiautor.«

Lee kam bei ihrer lauten sprachlichen Ausführung ins Stocken.

Kelep sah sie ohne einen Ton zu sagen abwartend an.

»Ok, dann ziehe ich folgende Schlüsse daraus. Sie Mr Freeborn versuchten durch den Krimi und ihrer Vorgehensweise, lediglich die Täter der Justiz und den Behörden zuzuführen, richtig?«

Freeborn nickte.

»Weiterhin gehe ich davon aus, dass ihre Wahl nicht zufällige auf Julianne und mich gefallen ist, richtig?«

»Richtig.«

»Was bei mir den Schluss nahe liegt Sie kennen zumindest einen von uns mehr als ich ahne.«

»Auch wieder richtig Agent Romero.«

Lee stand noch immer mit erhobener Waffe und den Handschellen vor Kelep und blickte ihn aus kurzer Distanz mit zusammengekniffenen Augen an.

»Wenn ich eine Schlussfolgerung daraus ziehe, dann hätten Sie jeden von uns, jederzeit beseitigen können. Sofern Sie ein Mörder sind.«

Freeborn nickte auch diesmal.

»Dann schließe ich daraus, dass Sie mehr Freund als Feind sind und keinem von uns etwas antun wollen. Und dies bleibt unser Geheimnis, verstanden Mr Freeborn? So erspare ich mir den unnötigen Papierkram um erklären zu wollen, weswegen ich ein Phantom jage, das nach Aktenlage schon längst für tot erklärt wurde.«

Lee atmete durch, ehe sie den Sicherungshebel drückte und die Waffe und die Handschellen auf Bett, hinter das Kopfkissen warf.

Stimmen drangen in den oberen Bereich des Hauses, als unten die Haustüre geöffnet wurde.

Aber Lee Romero hatte noch eine Frage.

»Und was ist noch in der Kiste?«

Kelep griff hinein und holte Spielzeug heraus. Ein kleines Auto aus Holz, zwei Malbücher, Malstifte und ein ganz zerzauster Stoffhase, der einem Kind als Schlaftier gedient haben muss. Lee saß auf dem Rand des Bettes und wusste nicht genau, was sie davon halten sollte, als Kelep eine Spieluhr aus der Kiste zog. Dabei kam ein kleiner Bär zum Vorschein, der sich zur Musik auf einem runden Ball drehte.

Langsam schob jemand unmerklich die Schlafzimmertür auf. Hinter ihr kam Julianne zum Vorschein, die keinen Yard entfernt, nun direkt hinter Kelep stand. Sie hörte die Melodie der kleinen Spieluhr als sie schluchzend und ungeachtet der Anwesenheit der beiden auf den Tisch zuging, die Spieluhr und den Kuschelhasen, Kelep aus der Hand riss.

Sekunden später schnellte sie ruckartig mit ihren Händen an Kelep's Hals, während sie außer sich vor Wut immer wieder schrie: »Ist meins, die Spieluhr gehört mir. Auch der Kuschelhase Hotti ist meiner. Alles auf dem Tisch gehört mir.«

Julianne schien nicht mehr bei Sinnen zu sein und schlug wild um sich. Lee und Kelep versuchten, sie gemeinsam zu beruhigen. Unbeabsichtigt bekam Lee in dem Handgemenge einen Schlag von Julianne mitten ins Gesicht und wurde durch die Wucht ins Reich der Träume geschickt. Sie fiel rücklings aufs Bett.

»Wo haben Sie meine Sachen her?«
Hysterisch schrie Julianne Kelep immer wieder an und schlug gleichzeitig wild mit den Händen um sich.

»Ich hatte die Dinge….«
Julianne stoppte plötzlich ihren Satz, um leise weiter zu reden.

»Ich hatte die Dinge meinem Bruder geschenkt, als wir ihn damals in der Klinik besuchten.«
Krampfhaft klammerte sich Julianne an Kelep fest.

»Ich hatte das alles vergessen. Mein Bruder, was ist mit meinem Bruder geschehen?«
Lee kam benommen von dem Schlag wieder zu sich, griff an ihre Nase und richtete sich auf.

»Juli was ist los?«
Apathisch stand Julianne da.

»Ich habe vor sehr langer Zeit meinen Bruder, meine Mutter und meinen Vater verloren. Ich hatte es vermutlich nie vergessen, aber stets verdrängt.«
Kelep setzte Julianne behutsam neben Lee aufs Bett, die sich noch immer die Backe rieb, während er

nochmals in die Kiste griff und einige Schriftstücke hervorholte.

»Julianne, dies sind beglaubigte Dokumente von deiner ersten Namensänderung in Peaches, eingeleitet von einem Onkel Tracy. Unserem Onkel Tracy, verstehst du. Kannst du dich erinnern?«

Julianne schüttelte den Kopf.

»So konnte man die Spuren von deiner Existenz nicht verfolgen und dann hier.«

Kelep übergab Julianne, ein Papier aus einer Akte.

»Dies sind die Papiere, die Dokumente der Adoption deiner neuen Eltern, sprich Dylans Eltern, der Familie Shappert.«

Leise reichte er ihr die restlichen Dokumente.

»Und deine, unsere Eltern sind nie bei einem Autounfall gestorben, wie dir berichtet wurde. Hier der Beweis.«

Wieder reichte er ihr ein altes, recht vergilbtes Schriftstück.

»Und auch ich, dein leiblicher Bruder, dessen Name eigentlich Ethan Dale lautet, kam bei dem Unfall nicht ums Leben. Unsere Eltern hatten mich, deinen Bruder Ethan Dale, mit der Hilfe unseres Onkels Christoper Tracy in die Psychiatrie einweisen lassen. Danach gaben unsere Eltern dich Julianne zur Adoption frei, wesentlich früher, als auf den Dokumenten vermerkt war. Nachdem unsere Eltern eines Tages, so hieß es zunächst, bei einer Expedition in Angola nicht mehr zurückkamen, war das ominöse Dokument rechtskräftig. Nur der fatale Fehler war, die Papiere waren bereits vor ihrer Abreise nach Afrika unterzeichnet worden. Wieso sollten sie dich zur Adoption freigeben? Ich habe nachgeforscht. Sie starben nicht in Angola, wie man uns vorgegaukelt hatte, sondern sie sind hier in den Staaten verstorben. Vater 2006 und Mutter 2010.«

Julianne sah ihn hinter einem Schwall von Tränen hilfesuchend an.

»Vater und Mutter? Du kanntest meine Eltern etwa? Und was ist damals mit meinem Bruder Ethan geschehen?«

Vermutlich hatte sie im Trubel Kelep's vorangegangener Satz überhört. Kelep griff in seine Tasche und gab ihr wortlos ein altes Dokument. Sie sah es sich lange an.

»Stimmt das, was hier steht?«, fragte sie ihn ungläubig.

Kelep nickte.

»Die ganzen Sachen. Deine Spieluhr, den Hasen und selbst die Malstifte hattest du mir, deinem Bruder Ethan, bei deinem letzten Besuch geschenkt. Kannst du dich daran erinnern? Ich bin dein Bruder Ethan, Ethan Dale. Dale ist unser Geburtsname, Julianne. Und nochmals, damit auch du es verstehst, ich bin kein Mörder!«

Stumm stand Kelep, der eigentlich Ethan Dale hieß auf und wollte aus dem Raum gehen, als Julianne ihn schweigend in den Arm nahm und beide zu weinten begannen.

Dylan und Max eilten gerade die Treppe nach oben, während Lee ihnen auf halber Strecke entgegen kam und mit dem Finger in Richtung Schlafzimmer wies. Ein gutes Stück entfernt von Ethan und Julianne, blieb die Gruppe stehen. Julianne heulte leise, ehe sie sich mit einem Taschentuch die Tränen vom Gesicht wischte, um die Neuigkeit ihren Freunden mitzuteilen.

»Dylan, Max dies ist mein leiblicher Bruder Ethan, von dem ich glaubte, er wäre längst in einem Kinderheim gestorben. Ethan Dale.«

Wie versteinert sahen sie die Beiden ungläubig an. Lee, die alles hautnah miterleben durfte, hatte nur eine Anmerkung parat.

»Jungs, es stimmt. Die beiden sind wirklich leibliche Geschwister.«

»Ja wir sind Geschwister«, wiederholte es Ethan.

Die nachfolgenden Tage hatten Julianne und Ethan sich viel zu berichten, schließlich hatten sich die beiden jahrelang nicht gesehen. Lee hat nie mehr in den Akten gestöbert, die Ethan in den Koffer zurückgelegt hatte.

Sie wurden eine echt verschworene Gemeinschaft. Die Familie, die Freunde und die Menschen aus der gesamten Straße kamen sich näher. Manche schlossen dabei Freundschaften. Andere lernten ihre Mitmenschen näher kenne.

Aber viele lernten aus dem Wochenende noch mehr, nachdem jeder sein eigenes Resümee daraus gezogen hatte.

Aber die Freunde von Julienne und Dylan hatten sich einen Spruch ausgesucht, der ein Meilenstein für ihr künftiges Leben wurde.

Er wurde zu ihrem Credo.

**Verurteile niemanden, den du nicht kennst.
Verhalte dich so, dass du nie mit Schande leben musst.
Aber wenn etwas geschieht, das du zu verantworten hast, dann stehe dazu.**

ENDE

Noch was

Hat es ihnen gefallen?

Haben Sie Anregungen?

Vielleicht Lob oder Tadel?

Schreiben Sie mir ihre Meinung offen, ehrlich und
unverblümt

an:

buch-die-todesakten@web.de

Ich freue mich darauf

Ihr
Johannes Heidrich